KB130241

미래를 디자인하라

DESIGN FUTURES

미래를 디자인하라

초판 1쇄 2017년 04월 12일

지은이 정봉찬
발행인 김재홍
편집장 김옥경
디자인 이유정, 이슬기
마케팅 이연실

발행처 도서출판 지식공감
등록번호 제396-2012-000018호
주소 경기도 고양시 일산동구 견달산로225번길 112
전화 02-3141-2700
팩스 02-322-3089
홈페이지 www.bookdaum.com

가격 15,000원
ISBN 979-11-5622-274-3 03810

CIP제어번호 CIP2017006943
이 도서의 국립중앙도서관 출판도서목록(CIP)은 서지정보유통지원시스템 홈페이지(http://seoji.nl.go.kr)와 국가자료공동목록시스템(http://www.nl.go.kr/kolisnet)에서 이용하실 수 있습니다.

미래를 디자인하라

불확실한 '위기'의 미래를, '기회'로 살려주는 미래 디자인!

DESIGN FUTURES

정봉찬 지음

지식공감

들어가며

당신의 미래를 디자인하라!

최첨단 로봇과 인공지능 기기들이 일상으로 스며들고 있습니다. 사물인터넷이 전 세계에 연결되고 인공지능이 명령을 내리는 미래에 사람들의 삶은 완전히 바뀌게 됩니다. 변화의 속도는 가늠할 수 없을 정도로 빠르고, 그 범위와 깊이는 예측이 불가능합니다.

인류 역사상 가장 큰 변화의 시대, 이것이 우리에게 곧 다가올 미래입니다. 미래는 모호한 구석이 많아서 누군가 미래를 예측해도 역시 답이 아닐 가능성이 높습니다. 하지만 지금은 그 어느 때보다도 사회 전체가 공감할 수 있는 명확한 미래 비전과 방향성이 요구되는 시기입니다.

이런 시기에 미래를 변화시키고 싶다면, 말로 설득하기보다는 직접 미래를 경험하게 하는 게 가장 효과적입니다. 사람들에게 미래를 경험케 하려면 미래 사회를 구체적으로 디자인해야 합니다.

'미래 디자인(future design)'은 능동적으로 미래에 대해 상상하며 다양한 미래에 관한 내용들을 재미있고 생생한 이야기로 설득력 있게 전달하는 행위입니다. 그리고 그것을 행하는 '미래 디자이너(future designer)'는 앞으로 펼쳐질 다양한 미래 사회의 모습을 이미지로 구체적으로 디자인하여 사람들에게 제시합니다. 또한, 다양한 미래 중에서 원하는 미래 비전을 함께 선정해 이 비전이 실현되도록 사회 변화를 모니터링 하며 행동해 나갑니다.

아무리 노력한다 해도 미래 디자인이 우리의 미래를 정확히 예측할 수는 없습니다. 또한, 미래 디자인의 목적은 미래를 예측하는 게 아니라 참여자들에게 다양한 미래를 생각해 보고 원하는 미래를 설계해 그것을 이루기 위해 노력하도록 동기부여하는 데 있습니다.

미래 디자인을 막는 최대 장애물은 "미래는 한 가지다!"라는 생각입니다. 이 생각 때문에 스스로 정답을 찾을 기회를 영구적으로 빼앗길 수 있습니다. 미래 디자인에서는 단정적인 마침표(.)가 아닌 질문하는 '물음표(?)'가 필요합니다. 미래에는 수없이 많은 질문들이 있습니다. 그 질문들에 대해 생각하는 과정에서 자연스럽게 '미래를 생각하는 힘'이 길러집니다.

미술 활동처럼 즐겁게 미래 이미지를 그려가며 다양한 대안 미래를 이끌어냅니다. 미래 디자인으로 앞으로 다가올 문제들을 해결해 가는 사이에 자연스럽게 원하는 미래를 만들어갈 수 있습니다.

미래에는 독수리처럼 높이 날아올라 멀리 보고, 항상 미래를 생각하며, 다가올 기회를 다른 사람보다 먼저 잡아야 합니다. 우리가 원하는 미래를 만들려면 독수리가 하늘로 날아올라가듯 먼 곳을 관망할 수 있는 미래 디자인이 필요합니다. 따라서 미래 디자인은 우리가 피해갈 수 없는 절체절명의 미션인 것입니다.

바로 이런 미션으로부터 "미래를 디자인하라!"의 이야기가 시작됩니다. 미래 디자인이 추구하는 시대적 사명, 즉 '더 나은 미래 만들기'에 기여하고자 이 책을 썼습니다. 그리고 미래에 대한 사상과 생각들을 다양한 분야와 접목함으로써 독자 여러분께 쉽게 다가가고자 노력했습니다.

이 책을 통하여 많은 사람이 미래 디자인에 대해 이해하고 미래를 생각하는 계기가 되었으면 합니다. 또한, 미래 디자인을 바탕으로 바람직한 미래에 대한 이미지를 상상해 보고, 미래 비전을 수립하여 보다 나은 미래를 모두 함께 만들어 나갈 수 있었으면 좋겠습니다.

아울러 한국에서도 미래 디자인이 한층 더 자리매김하는 계기가 되기를 바라고 있습니다. 『미래를 디자인하라』가 좋은 디딤돌 역할을 해

줄 것이라 믿습니다.

이 땅의 모든 사람이 저마다 미래 비전을 달성하여 행복을 꽃피우고, 삶의 가치를 실현할 수 있기를 꿈꾸며, 이 책의 문을 활짝 열고 여러분을 모십니다.

정봉찬 올림

CONTENTS

| 들어가며 | 당신의 미래를 디자인하라! **4**

| 프롤로그 | 울림이 있는 미래 디자인 **12**

미래에 대해 질문하라

스토리텔링 **17** | 미래 디자이너 **21** | 미래 내비게이션 **25** | 미래 디자이너의 소명의식 **28** | 미래에 대해 질문하라 **31** | 낡은 질문부터 버려라 **34** | 물음표와 느낌표 **37** | 10년 후의 내가 현재의 나에게 **40** | 바다 밖 물고기 **43** | 아름다운 별 지구 **45** | 판타 레이 **48** | 인공지능이 뇌를 지배하는 미래 **51** | 미래의 직업 **54** | 미래에 대한 관심 **58** | 나였던 그 아이 **61** | Do it now for futures **65** | 미래 사회 우려 **69** | 로봇과 인권 **73** | 미래학과 인문학 **77** | 스마트폰 좀비 **81**

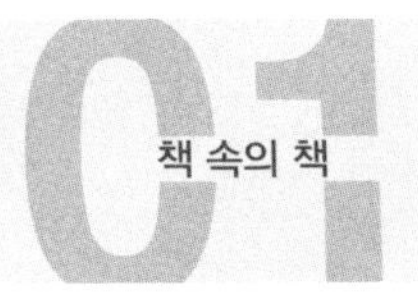

미래 디자인 방법론

스리 카페 **87** | 월드 카페 **89** | 퓨처 카페 **92** | 게임 카페 **95** | 퓨처 브랜치 디자인 **97** | 포 퓨처 디자인 **100** | 9컷 만화 **104** | 콜라주 **107** | 비저닝 **109** | 백캐스팅 **111** | 퓨처스 휠 **113** | 스리룸 미래 디자인 **116** | 캐릭터 퓨처 무비 **118**

PART 02 미래를 상상하라

미래에 대한 두려움은 무지에서 나온다 **121** | 상상 이상의 미래 **124** | 영화와 미래 **128** | 놀게 하라 미래에서 **132** | 미래를 생각하는 정도 **136** | 갈라파고스 신드롬 **139** | 인간은 무엇을 해야 하나 **143** | 인간과 로봇의 공생 **147** | 1984 **151** | 미래는 과거를 위해 존재하지 않는다 **155** | 로봇권리헌장 **159** | 미래 시나리오 **162** | 미래가 하게 하라 **165** | 위기 속의 기회 **169**

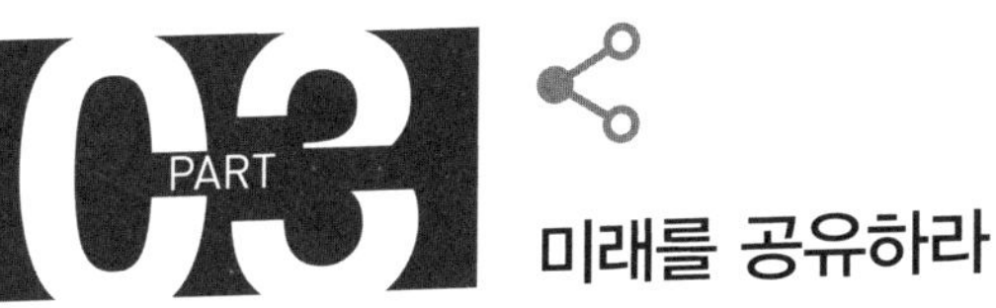

PART 03 미래를 공유하라

등용문과 미래 **177** | 미래 디자인은 삼바처럼 **180** | 호수 **184** | 미래 디자인 놀이 **188** | 영웅보다는 소통가 **194** | 미래 디자이너의 시각 **199** | 폴라니 역설 **204** | 도구적 인간 **208** | 엑소수트 **211** | 꽃봉오리 **214** | 포미족 **218** | 미래의 파노라마 **221** | 빼앗긴 봄 **226** | 문명 2 **229** | 데이터의 안과 밖 **232** | 한국 학생들의 진로 **234**

CONTENTS

미래를 디자인하라

미래 산파 239 | 내려갈 때 보았네 242 | 미래백편의자현 246 | 실용지능 250 | 미래 비전 254 | 우버 모멘트 257 | 나쁜 미래 디자인은 없다 262 | 나무, 물 그리고 미래 디자인 265 | 히포의 몰락 268 | 챗봇 273 | 틀 벗어나기 276 | 미래가 미로에 빠질 때 279 | 슈퍼맨이 될 미래 세대 284 | 내집단 편향 288

미래를 위해 실천하라

그대 안의 거인 293 | 합리성 바탕의 따뜻함 296 | 작은 생선 요리하듯이 300 | 우리 미래의 두 손 303 | 함께 가는 것 307 | 단기 성과 집착 310 | 신의 옷자락 313 | 지구 속 여행 317 | 미래심 불가득 321 | 긍정적인 충격 325 | 붕괴 그리고 새로운 시작 330 | 창의적 인재 334 | 미래는 끝없는 선택의 연속 338 | One day more 341 | 미래와 경쟁하는 가치 344

| 에필로그 | 흔들리며 피는 미래 348

| 미래선언문 | 351

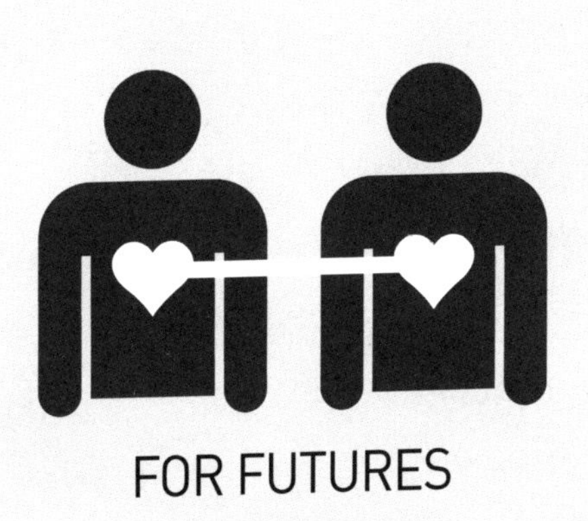
FOR FUTURES

프롤로그

울림이 있는 미래 디자인

명품 바이올린 '스트라디바리우스' 소리의 비밀이 300여 년 만에 밝혀졌다. 아름다운 선율의 비결은 바로 '곰팡이'였다. 수백 년 세월을 내려오는 동안 생긴 곰팡이가 '나뭇결'과 '탄성'을 좋게 하여 최고의 소리를 만들어 냈던 것이다.

우리의 미래도 마찬가지다. 곰팡이처럼 해를 끼치는 어려운 여건조차도 자양분으로 삼아 미래를 만들어 가야 한다. 우리가 두려움과 절망, 리스크, 좌절의 벽을 무너뜨리는 동안, 우리의 '미래의 결'은 더욱 단단하고 깊어져 미래 세대에게 깊은 울림을 가져다줄 것이다.

'미래 디자이너'는 새로운 질문을 던지며 기존의 가치 체계를 흔드는 사람이다. 사회가 떠받드는 가치 체계에 커다란 물음표를 던져 미래 세계를 낯설게 바라볼 수 있는 계기를 제공한다. 그리고 '미래 디자인'은 이미 퍼져 있는 트렌드가 얼마나 지속되는지 예측하기보다는 미래가 얼마나 다르게 전개되는가를 알려준다. "어떤 각도에서 미래를 다루는가?"와 같은 미래를 바라보는 고유한 관점과 해석 능력이 중요하다. 그래서 미래 디자이너는 뛰어난 관찰자여야 한다. 쓰레기통에서도 강력한 트렌드로 발전하기 전 초기 발생 단계의 이슈인 '이머징 이슈(emerging issue)'를 건져낼 수 있다. 평범한 대상에서 미래의 비범한 씨앗을 찾아내는 안목, 모두가 당연하게 여기는 관점을 비틀어 보고 뒤집어 생각하는 훈련이 필요하다. 문제의식이 없는 미래 디자인은 빈 수레와 다름없다. 지식만 넘치고 미래에 대한 지혜가 빈곤하며 메시지가 없는 미래 디자인은 공허하다. 울림이 없는 미래 디자인은 누구 마음에도 와 닿지 못한다.

봄에는 수많은 꽃들이 피고 진다. 매화, 산수유, 진달래, 개나리, 벚꽃, 목련이 피고 지는 속에서 봄은 우리들을 즐겁게 해준다. 하지만 이런 꽃들보다 고운 향기를 전해 주는 사람들이 더 아름답다. 미래 디자이너는 사람들에게 미래의 향기를 전해 준다.

"향기가 있되 진하지 않고
소리가 있되 요란하지 않으며
아름다움이 있되 천박하지 않은
사회에 메아리를 전해주는
미래 디자인이 필요하다."

미래를
디자인하라

D E S I G N  F U T U R E S

PART 01

미래에 대해 질문하라

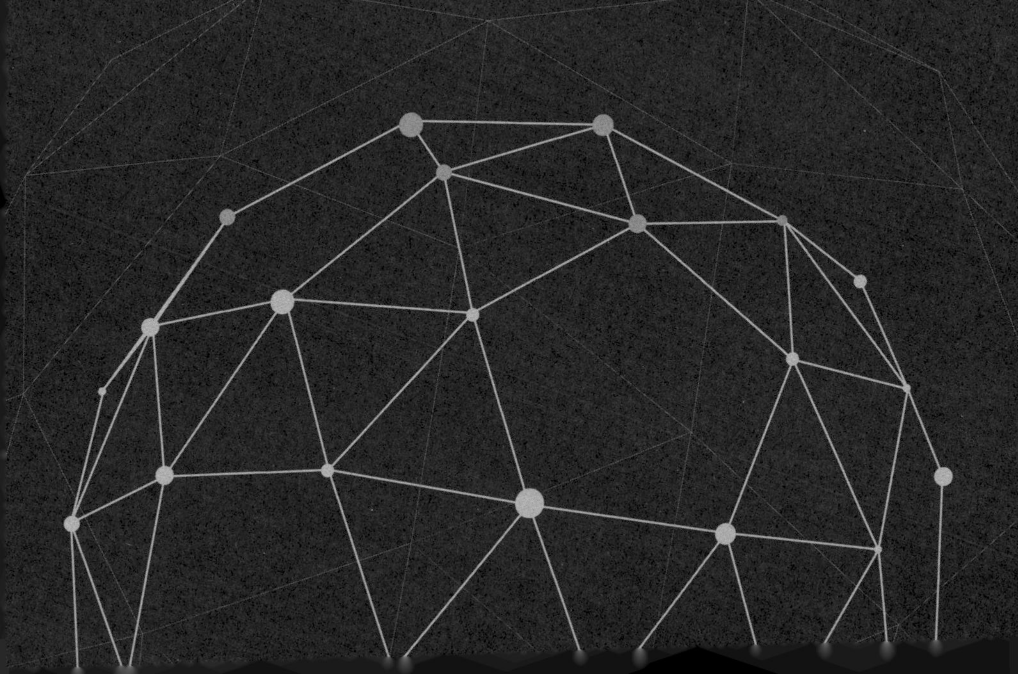

DESIGN FUTURES +

STORYTELLING

스토리텔링

"콘텐츠 비즈니스의 핵심적인 성공 요인은 탁월한 스토리텔링이다. 현실적이고 인간적인 캐릭터를 통해 관객이 영화와 소통하게 해야 한다. 재미와 감동을 느낀 관객이 영화와 정서적인 공감대를 형성하는 것이 스토리텔링의 핵심이다."

— 캐슬린 케네디(루카스필름 대표)

루카스필름(Lucas Film)의 〈스타워즈〉 시리즈는 유례없는 성공을 거둔 영화 시리즈물이다. 영화적 흥행을 넘어선 '문화 현상'으로까지 발전하여 다양한 계층에서 스타워즈 마니아들이 생겨났다. 스타워즈는 하나의 스토리를 중심으로 영화 7편, 애니메이션 4편, 소설 15권, 게임 30편 등 다양한 콘텐츠를 제작하는 성공을 거두었다. 그러한 성공의 중심에는 누구나 공감할 수 있는 캐릭터, 탄탄한 스토리라인(줄거리)이 있었다.

미래를 디자인할 때도 캐릭터, 소통, 공감대 형성이 필요하다. 사회 변화에 대한 스토리라인을 통해 마치 영화처럼 미래를 이야기해 준다. 머릿속에 연상 작용이 일어나 자연스럽게 미래 상황이 이미지로 그려지고, 연관성 있는 이야기가 만들어진다. 이게 바로 스토리텔링의 힘이다. 스토리텔링(storytelling)은 스토리(story)와 텔링(telling)의 합성어다. 말 그대로 '이야기하다'라는 의미다. 초등학교 때 짝꿍의 이름보다는 그 당시에 방영했던 만화 주인공의 이름이 더 생생히 기억난다. 스토리텔링으로 전달받은 내용은 기억이 오래간다.

미래 디자인은 다양한 미래에 대해 재미있고 생생한 이야기로 설득력 있게 전달하는 행위다. 이는 미래에 대한 능동적 상상하기다. 미래 디자이너와 시민들이 상상력을 발휘하는 인터랙티브(interactive)한 과정이다. 따라서 미래 디자인을 담당하는 미래 디자이너는 바로 '미래 스토리텔러(future storyteller)'다.

미래 경험 가이드

누군가의 미래를 변화시키고 싶다면, 말이나 설득보다는 직접 미래를 경험하게 하는 것이 가장 효과적인 방법이다. 사람들에게 미래를 경험케 하려면 미래 사회를 구체적으로 디자인해야 한다.

미래 디자이너는 앞으로 펼쳐질 다양한 미래 사회의 모습을 구체적으로 디자인하여 사람들에게 이미지로 제시하고, 다양한 미래 중에서 원하는 미래 비전을 함께 선정한다. 사람들과 함께 정한 미래 비전이 실현되도록 사회 변화를 모니터링하며 하나하나 실천해 나간다.

미래 디자인의 본질은 사실 미래 시나리오의 결과물보다는 미래를 연구해 가는 과정이다. 미래 디자이너는 많은 사람들이 경험을 통해 미래의 본질에 대해 관심을 가질 수 있도록 노력한다.

미래를 함께 만들어 가는 과정을 중시하며, 보다 창의적으로 미래를 상상하게끔 유도하는 메시지를 사람들에게 전달한다. "미래를 밝게 만드는 힘은 무엇인가?"와 같은 인문학적 질문을 지속적으로 던진다. 무엇보다 바람직한 미래를 만들기 위해 서로 힘을 모아 최선을 다하는 마음을 가진다.

다양한 미래

미국 컬럼비아대 교수인 로렌스 피터는 이런 이야기를 한 적이 있다.

"경제학자는 어제 예견한 일이 오늘 왜 일어나지 않는지 내일 알게 되는 전문가이다."

이 말은 경제학자에 대한 이야기라기보다는 미래에 어떤 일이 일어날지 알고 싶어 하는 사람들의 끊임없는 욕구에 대한 이야기이다. "미래를 정확히 예측하기는 불가능하다."라고 알고 있어도, 사람들은 미래가 궁금해서 앞으로 어떻게 될지 다양한 전문가들에게 지속적으로 묻는다.

사람들은 미래에 대해서 알고 싶어 한다. 그래서 새해가 되면 점집에 가서 올 한 해 나의 운수가 어떤지 조언을 구한다. 이것은 기원전이나 지금이나 똑같다. 기원전 고대 그리스에서는 델포이 신전에 올라 신에게 미래를 물었다. 통치자들도 신전에 올라가 정치를 앞으로 어떻게 해야 하는지 조언을 구했다. 이것이 바로 '신탁(oracle)[1]'이 나온 배경이다. 신탁과는 달리, 미래 디자이너는 한 가지 미래가 아니라 다양한 미래를 제시한다. 다양한 미래 시나리오 중 하나를 선택하여 비전으로 선정하고, 그 비전을 향해 하나하나 사람들이 실천하도록 동기부여한다. 미래 디자이너는 한 가지 미래에 대해 논점을 가지고 주장하지 않는다. 다양한 미래를 스토리 형태로 이미지화시켜 제시한다. 이것이 미래 디자이너로서의 핵심 미션이다.

1 인간이 판단할 수 없는 어려운 문제를 해결하기 위한 인간의 물음에 대한 신의 응답.

DESIGN FUTURES +

FUTURE DESIGNER

미래 디자이너

우리는 수학 문제를 풀 때 종이와 연필을 꺼내 계산한다. 미래도 마찬가지다. 미래를 구체적으로 시각화하는 작업은 미래 연구에 강력한 힘을 발휘한다. 사람의 사고는 시각 정보에 크게 의존하기 때문이다.

미래를 이미지로 시각화하여 이야기 형태로 표현하면 쉽게 미래 사회에 대해 상상해 볼 수 있다. 미래 디자인은 다양한 미래를 이미지로 그리며 이야기하는 것이다. 미래 시나리오(scenario), 뉴스(news), 이미지 컷(image cut), 카툰(cartoon), 스케치(sketch), 콜라주(collage), 캐릭터 인형극(drama), 공연(play) 등 여러 방식으로 미래를 서술하는 행위다.

미래 디자인 방법론에는 스리 카페(three cafes), 월드 카페(world cafe), 퓨처 카페(futures cafe), 게임 카페(game cafe), 퓨처 브랜치 디자인(future branch design), 포 퓨처 디자인(4 futures design), 9컷 만화(9-cut cartoon), 콜라주(collage), 비저닝(visioning), 백캐스팅(back casting), 퓨처스 휠(futures wheel), 스리룸 미래 디자인(3 room future design), 캐릭터 퓨처 무비

(character future movie) 등이 있다.[2]

미래를 디자인할 때 필수용품 중 하나가 칠판이다. 상상한 미래를 그림, 도표로 정리하여 표현하고, 이야기 형태로 다듬어 시나리오를 만든다. 이런 과정을 여러 번 되풀이하여 다양한 미래 시나리오를 제작한다.

다양한 미래 시나리오를 사람들에게 제시하는 것이 미래 디자이너의 주된 역할이다. 다양한 미래 시나리오를 공유하고 사람들과 소통하여 미래 비전을 선정한다. 미래 비전의 달성을 위한 실행 계획(action plan)도 함께 만든다. 보다 나은 미래를 만들어 가기 위해 실행 계획을 실천하면서 우리 사회가 올바른 방향으로 잘 가고 있는지 지속적으로 모니터링하고 피드백한다.

미래 디자이너는 미래의 모습을 스토리텔링을 통해 연구하는 사람이다. 구체적인 미래 사회의 모습을 그리기 위해 자료를 수집하고 분석하여 시나리오를 만든다. 시나리오를 쉽게 사람들에게 전달하기 위해 다양한 형태로 이미지화한다. 이를 바탕으로 미래에 나아가야 할 방향을 제시한다.

미래 디자이너로서 미래 예측보다 중요한 역할은 미래 세대를 존중하고, 미래 세대에 대한 책임을 다하는 진정한 미래 설계이다. 미래 디자인은 사회 변화의 실상을 보면서 미래 세대의 내면을 파악한다. 미래 세대의 마음을 볼 수 있어야 비로소 미래의 본질에 다가갈 수 있다.

---

2 미래 디자인 방법론에 대한 자세한 사항은 이 책 『미래를 디자인하라』의 '(책 속의 책) 미래 디자인 방법론'에서 설명했다.

미래는 아직 오지 않았기 때문에 어떤 일도 일어날 수 있다. 다양한 미래 가능성을 발견하고 구체적으로 대안 미래를 제시하여 인류의 삶에 나침반이 되어 준 사람, 미래의 불확실성을 해소해 주고 미래 비전을 제시해 주는 사람, 바람직한 미래를 위해 하나씩 행동하는 사람, 그가 바로 위대한 미래 디자이너이다.

미래 디자이너의 '중용'이란 무엇인가

미래 디자이너는 TV 토론의 사회자와 같다. 사회자는 토론자에게 끌려다니지 않고 주체적으로 토론을 진행하며 토론자를 잘 이끌어 나간다. 미래 디자이너는 이익단체, 정치인, 공직자, 회사원 등 시민들에게 끌려다니지 않고, 주체적으로 미래를 디자인하며 사람들 사이를 매개하고 통제한다.

미래에 벌어질 가능성이 있는 아이디어를 겉으로 표현할 때는 많은 정신적 에너지가 필요하다. 시민들과 공감대를 통해 미래 비전을 선정하기도 쉬운 일이 아니다. 하지만 미래 디자이너에겐 더 중요한 동기부여 요소가 있다. 바로 미래 세대다. 미래 세대의 행복이 가장 중요한 미션 중 하나다. 미래 디자이너는 현세대와 미래 세대를 매개하며 원하는 미래를 함께 만들어 간다.

이를 위해 미래에 대한 '중용(中庸)의 원칙'을 지킨다. '중(中)'은 지나치거나 모자람 없이 도리에 맞는 태도이며, '용(庸)'은 평상적이고 불변적인 현상이다. 중용(中庸)은 한쪽으로 치우치지 않고 떳떳하게 변함이 없는 상태다. 미래 디자이너는 사람들의 사이뿐만 아니라 현세대와 미래 세대 사이에서 중용을 지키며 상생을 이끌어내는 촉진자다.

지식, 지혜, 그리고 지략

미래 디자인의 이면에는 엄격한 치열함과 긴장감이 존재한다. 미래에서 빛을 구하고자 한다면, 먼저 눈앞에 있는 경기침체, 실업률 증가 등 힘겨운 현실이라는 그림자를 직시하고 극복해야 한다.

위대한 미래 디자이너가 되기 위해서는 지식, 지혜, 지략이 필요하다. '지식'은 교육, 훈련, 독서, 인터넷 서핑으로 습득한다. '지혜'는 현명한 의사 결정을 할 수 있는 능력으로 지식에 깨달음이 더해진 것이다. '지략'은 최고 단계의 지혜이며, 미래에 대한 비전과 이를 달성하기 위한 전략을 지닌다. 『손자병법(孫子兵法)』에서는 지략을 이렇게 비유하고 있다.

"가까운 전장에서 멀리 오는 적을 기다리고, 편안하게 쉬게 하여 피곤한 적을 기다리고, 배부르게 먹여 굶주린 적을 기다리는 것, 이것이 전투력을 관리하는 지략이다."

흔히 말하는 지략가는 가슴 뛰게 하는 명확한 이미지를 가진 미래 비전이 있으며, 비전 달성을 위한 세부적인 전략과 전술 그리고 구체적인 계획을 가지고 있다. 미래 디자이너는 지식, 지혜를 넘어선 지략을 가진 전략가다.

DESIGN FUTURES +

TO FUTURES

미래 내비게이션

이광형 카이스트 문술미래전략대학원장은 "나 자신을 10년 뒤 미래로 이동시켜 놓고 무슨 일이 일어날지 지켜본 뒤 현실로 돌아와 미리 대비하게 도와주는 것이 미래학의 역할이다."라고 말했다. 우리는 내일, 모레, 일주일, 한 달 후의 미래는 궁금해하면서 10년 후의 미래는 생각하지 않는다.

정말 중요한 미래는 일주일 후일까? 아니면 10년 후일까? 일주일 후 미래가 잘못되면 다시 바로잡을 수 있다. 하지만 10년 후 미래가 잘못된 방향으로 나아갔다면 그것을 되돌리기는 거의 불가능하다. 미래 디자인은 우리가 올바른 미래로 나아가도록 만드는 내비게이션 역할을 한다. 내비게이션을 잘 만들려면 온갖 기술과 정보를 분석하여 집약하는 노력이 필요하다.

미래를 더 연구하고 디자인하여 멋진 미래로 미래 세대를 안내하는 내비게이션을 함께 만들어 보면 어떨까?

미래를 향해 짖는 사람

미래 디자이너는 미래를 향해 짖는 사람이다. 개가 짖으면 지나가던 사람도 쳐다본다. 짖는 행동은 미래 세대를 생각하는 절실함에서 나오는 외침이다. 사람들의 시선과 이목을 집중시키는 힘을 가지고 있다.

미래 디자인은 미래 세상에 관해 이야기한다. 이를 위해 '미래에 바탕을 둔 관점, 이머징 이슈를 보는 예민한 감각'이 필요하다. 사건들 사이에서 웃고 떠들며, 시선을 빼앗는 자극적인 사물에 둘러싸여서는 미래가 제대로 보이지 않는다. 미래 사회는 어떻게 변화되는지 한 걸음 떨어져서 계속 묻고 또 물을 때, 미래 디자이너는 세상을 향해 올바르게 짖을 수 있다.

미래 디자이너 성공 전략

"너 소냐? 나 최영이야. 소뿔을 잡고 그냥 내려치는 거야!"

영화 〈넘버3〉에서 배우 송강호가 무데뽀 정신을 부하에게 가르치면서 한 말이다. 무데뽀는 경상도 사투리로 아무런 대책도 없이 막무가내로 덤벼드는 사람이다. 무데뽀는 일본어인 '무뎃포(無鉄砲)'에서 유래되었다. 뎃포(鉄砲)'는 임진왜란 당시 일본의 막강한 위력을 지녔던 조총이다. 그러니까 무데뽀는 조총 없이 싸우는 사람이다. 무데뽀형 미래 디자이너가 아닌, 미래 사회의 변화에 대한 핵심을 찾아내는 현명한 미래 디자이너가 필요하다.

미래 디자이너의 성공 전략은 다음 세 가지다.

첫째, 새로운 미래 비전을 보여준다. 구태의연한, 한 번쯤 들어봤음 직한 미래 비전은 더 이상 사람들에게 와 닿지 않는다. 생생한 미래 이미지가 담긴 새로운 미래 비전이 필요하다. 좋은 미래 비전은 사람들의 가슴을 뛰게 하여 실천을 유도한다.

둘째, 인기에 연연해서는 안 된다. 많은 미래학자들이 강연을 하고 책을 출판하면서 점점 인기를 얻고 있다. 하지만 인기에 연연하여 중요하지 않은 사실을 과장하거나, 자기 이익을 위해 일어날 가능성이 없는 일도 곧 일어난다고 말하곤 한다. 진정한 미래 디자이너는 인기보다는 인류애와 미래 세대에 더 관심을 둔다.

셋째, 미래에 대해 디자인했던 결과에 책임을 진다. 허무맹랑하게 이야기를 지어내거나 흥미롭게 미래를 전망하기만 하고, 그 결과가 틀릴 경우에는 '나 몰라라' 하는 경우가 많다. 그러나 진정한 미래 디자이너라면 자기 시나리오와 예측이 왜 틀렸는지 원인을 조목조목 분석하여 원하는 미래를 만드는 데 노력한다.

보다 나은 미래를 위해 불가피하게 인기를 거스르는 깊이 있는 미래 디자인을 추구한다. 미래 디자이너가 수행한 연구 성과는 먼 미래에 미래 세대가 평가해 주지 않을까?

DESIGN FUTURES +

MY DUTY

미래 디자이너의 소명의식

나라 안에서는 경기 부진, 고용 하락, 가장 실직, 끝이 보이지 않는 취업난으로 국민 불안과 미래에 대한 두려움이 점점 심해지고 있다. 나라 밖에서는 북한이 발사한 탄도 미사일로 북핵의 위협 수준이 한층 높아지고, 한국과 중국, 일본, 러시아, 미국 등 안보 외교는 점점 복잡한 양상을 맞이하고 있다. 영국은 브렉시트(Brexit: 영국의 유럽연합 탈퇴)로 세계 정치·경제에 엄청난 파장을 몰고 왔다. 미국은 아웃사이더였던 부동산 재벌 도널드 트럼프가 대통령이 되어 엘리트 정치인 시대를 종결시켰다. 나라 안팎의 이런 격변에 가까운 흐름들은 '구조의 대전환 시대'가 가까워졌다는 사실을 알려주고 있다. 이런 시대에 미래 디자이너의 역할은 분명하다. 국가, 기업, 시민들에게 미래에 나아가야 할 방향을 먼저 보여주고, 미래 비전의 달성을 이끌어주는 것이다.

알리바바의 '마윈'도 미래 방향의 중요성을 다음과 같이 강조했다.

"세상에는 매우 총명하고 고등교육을 받았으나 성공하지 못한 사람들이 많다. 이는 그들이 어려서부터 잘못된 방향으로 교육을 받고 근면해야 한다는 당위성에 갇혀 있기 때문이다. 많은 사람들이 천재는 99%의 땀과 1%의 영감으로 이루어진다는 말을 믿는다. 하지만 내가 보기에는 이 말은 정확하지 않다. 부지런하게 일해도 남과 똑같이 해서는 달라지는 것이 없다. 성공은 당신이 얼마나 많이 노력하느냐에 달린 것이 아니라 당신이 무엇을 하느냐에 달려 있다."

미래 사회에 적합한 우리의 모습을 다양하게 보여주는 것은 기본이다. 경제 성장을 지속해 왔던 과거 시스템에 대한 미련은 미래 디자인의 실패로 이어진다. 과거에 대한 미련과 집착은 미래 변화에 효과적으로 대응하지도 못할 뿐만 아니라, 실패가 벌어지고 있음을 눈치채는 능력 자체를 사라지게 한다. 미래 디자인의 토대가 되는 과거에 대한 반성과 성찰조차 제대로 못 하면서 대전환의 시대인 미래를 이끌어 나간다는 건 어불성설이다.

미래 디자인은 다양한 시민들의 공감에서 나와야 성공한다. 여기에는 미래 디자이너의 의지 그리고 시민들과의 소통이 핵심이다. 직접 나서서 시민들과 함께 다양한 미래를 상상하고, 미래 비전의 달성에 대한 강력한 의지를 보여주어야 한다. 또한, 미래 세대와 미래 사회가 요구하는 변화에 응답할 기본적인 자세를 갖추어야 한다.

미래 디자인은 미래 비전에 공감하고 타당성을 인정하며 시민들 스스로 내재화하는 과정이다. 미래 디자이너가 미래를 이끌어 가려면 인류에 대한 사랑이 우선이다. 이것이 미래가 요구하고 미래 세대가 원하는 가치가 아닐까? 미래 디자이너는 미래에 대한 준엄한 소명의식을 깨닫고 답할 수 있어야 한다.

만약 돈과 미래 중 하나를 선택해야 한다면, 결국 우리는 미래를 선택해야 한다. 미래를 선택함으로써 비로소 미래 세대의 행복에 작은 씨앗을 심을 수 있다. 미래를 선택하다는 것은 곧 현실에서 시간과 커다란 집 그리고 많은 유혹에 대한 포기를 의미한다. 하지만 모든 환상이 무너진 그 약한 곳에서 새로운 푸르름이 싹튼다. 그 푸르름은 미래를 아름답게 만든다.

DESIGN FUTURES +

미래에 대해 질문하라

"138억 년 우주의 나이를 1년 치 달력으로 치환하면, 기원후 2000년 인류사는 '마지막 4초'에 불과하다."

— 칼 세이건(미국 천문학자)

우주의 나이로 보면, 짧은 시간 안에 인류는 자연과 환경을 정복하면서 도시와 제국을 건설해 왔다. 미래에 인류가 가야 할 길은 어디일까? 바이오, 인공지능, 로봇 기술의 발전으로 세상은 놀라운 속도로 변하고 있다. 기술의 진보는 전 세계에서 동시에 일어나고 있다. 앞으로는 어떻게 될까? 밝은 미래를 위해 가야 할 길은 어디인지, 제대로 가고 있는지 인류는 알고 있을까?

다음은 우리가 마주해야 할 미래에 대한 질문들이다.

"우리는 왜 미래를 생각하고 고민해야 할까?"
"미래는 어디로 와서 어디로 흘러가는 걸까?"
"안개가 자욱해 보이지 않는 미래, 그 끝은 어디일까?
"아무것도 정해지지 않은 미래, 앞으로 어떻게 전개가 될까?"
"우리는 무엇을 위해 이렇게 바쁘고 힘들게 일하는 걸까?"
"앞으로 우리의 미래에는 어떤 것들이 기다리고 있을까?"
"인공지능이 사람을 대체하면 인류는 쓸모없는 존재가 될까?"
"지구온난화로 기후가 급격히 변해 살 수 있는 나라가 사라지면 어떻게 될까?"
"바이오 기술 혁신으로 새로운 인류가 탄생하면 어떻게 될까?"

이런 질문에 대하여 쉽게 답을 내기는 어렵다. 질문에 대답하기 위해 먼저 여러 방법을 통해 미래를 디자인한다. 다양하면서도 디테일한 미래 디자인은 결국 인류를 위한 행위다.

"우리가 진정 원하는 미래는 무엇인가?"라는 질문을 수시로 던져보자. 인간은 어디서 왔고, 어디로 가는지, 그 위치에 대해 끊임없이 살펴보아야 한다.

미래의 의식주

10년 후, 전 세계 인구 중의 18억 명은 정수된 물을 마실 수 없을 것이며, 15년 후, 인구 중 40%는 살 수 있는 집을 구하기 어려울 전망이다. 또한, 2050년에는 인구가 90억 명까지 증가해 충분한 식량을 모든 인류에게 나누어 줄 수 없을 것이다. 미래에 기업, 사회, 국가가 어떻게 행동하느냐가 인류 생존에 중대한 영향을 미칠 것이다. 성장과 분배의 균형이 미래에는 더욱 중요해질 것이다.

미래 디자인을 통해 미래를 그려보자. 미래 디자인은 자유롭게 상상하며 다채롭게 미래를 이미지화한다. 미래에 어떤 일이 일어날지 아무도 모른다. 다양하게 미래를 디자인하여 변화를 대비하면 어떤 미래가 와도 당황하지 않을 수 있다. 미래 디자인은 자유롭게 상상하며 원하는 미래를 선정하여 하나하나 만들어 가는 행위다.

무분별한 자연 파괴를 통한 성장보다는, 인류애 측면으로 최소 욕구만을 충족시킬 수 있는 미래에 초점을 맞출 필요가 있다. 이런 미래 디자인은 전 세계의 인류가 더 건강하고 행복한 삶을 살아갈 수 있도록 돕는다. 먼저, 인류의 의식주 욕구가 충족되면 사람들은 자아실현에 대한 욕구를 달성할 힘이 생긴다. 이 힘으로 자신뿐만 아니라 주위 사람들이 더 나은 삶을 살아갈 수 있도록 도울 수 있다. 미래 디자인의 핵심은 전 인류를 위한 사회적 가치를 실현하는 데 있다.

DESIGN FUTURES +

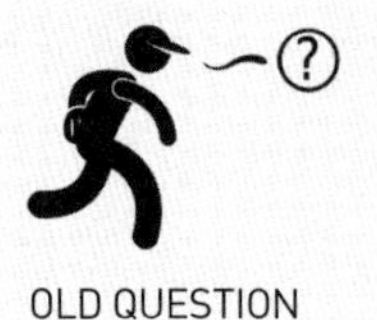

OLD QUESTION

낡은 질문부터 버려라

"내년 국내총생산은 어떨까?"

"내년 경제성장률은 얼마가 될 것인가?"

"수출은 얼마나 늘어날까?"

"금리는 어떻게 변동이 될까?"

"한국은 전 세계에서 1인당 국민소득은 몇 위가 될까?"

매년 많은 기관에서 내년 트렌드에 대해 질문을 하고 그 질문에 대한 답변을 구하고 있다. 이런 질문들은 미래가 어떻게 변해갈지 참고는 할 수 있지만, 미래의 전체 모습을 그려낼 수는 없다. 특히 낡은 질문들로부터는 말이다.

미래에는 전혀 예측하지 못했던 사건이 갑자기 툭 튀어나와 사회의 큰 흐름을 완전히 바꾸어 놓기도 한다. 이것이 '게임 체인저(game changer)'다. 게임 체인저는 어떤 일에서 결과나 흐름의 판도를 뒤바꿔 놓을 만한 중요한 역할을 하는 혁신적인 아이디어, 인물, 이벤트를 말한다. 카카오, 라인, 쿠팡 등 새롭게 등장해 급속히 부상하는 기업들은 정부가 정한 미래 성장 동력에는 들어 있지도 않았으며, 정부의 도움은커녕, 규제 때문에 힘들어했던 기업들이다. 미국의 페이스북과 우버, 중국의 텐센트, 알리바바, 샤오미도 어느 누구도 예상치 못했던 게임 체인저였다.

게임 체인저

단 3일 만에 27만 6,000대의 예약 판매를 달성한 미국 테슬라의 보급형 전기차 '모델3'은 고급 디자인과 한 번의 충전으로 350km를 달릴 수 있음에도 가격은 일반 전기차와 비교하면 절반 수준이다.

이세돌 9단과 다섯 번의 바둑 대국에서 네 번을 이겼던 인공지능 구글의 알파고, 물류 분야에서 혁신의 바람을 일으킨 것도 모자라 발사체 회수가 가능한 로켓을 개발하며 우주 관광 시대를 여는 아마존, 17억 명의 충성적인 파트너를 둔 페이스북.

이 기업들이 바로 전 세계의 혁신을 주도하는 게임 체인저들이다. 게임 체인저들은 미래를 바꿀 이머징 이슈를 먼저 발굴하여 제품에 적용한다. 그 결과, 시장의 판도를 바꾸는 블루오션(blue ocean)의 개척자가 되었다. 이러한 기업들은 두 가지 특징이 있다. 바로 '관찰'과 '실행'이다. 사회가 어떻게 변하는지, 사람들의 특성이 어떻게 달라지는지 세심하게 관찰한다. 그 후, 관찰에서 나온 통찰력에 대해 머뭇거리지 않고, 바로 적용하고 실행한다. 관찰과 실행은 그들의 핵심가치(core values)다. 핵심가치는 바람직한 행동을 제시하는 기본 규범이며, 모든 업무의 판단 기준이 된다. 게임 체인저들은 지금도 관찰하고 과감하게 실행하고 있다.

미래 디자이너도 미래를 더 아름답게 변화시키는 게임 체인저다. 게임 체인저는 자신에게 유리한 방향으로 미래의 판도를 바꾸며 그들이 원하는 미래를 만들어 간다.

핵심은 질문이다

'상식'이란 지금까지 알고 있거나 알아야 하는 지식이다. 이러한 상식을 바꾸고자 한다면 상식이라 믿어왔던 기존 고정관념(stereotype)을 모두 버려야 한다. 날로 복잡해져만 가는 요즘, '상식'으로 알고 있는 사실들이 미래에도 항상 옳다고만은 할 수 없으며, '진실'은 다른 곳에 있음을 깨닫게 되는 경우도 많다.

불확실성이 점점 증가하는 미래에는 불확실성을 인정하며 도전하는 자세와 질문을 통해 새로운 기회를 만드는 창의성이 중요해진다. 이제는 기존의 낡고 고정된 질문으로 미래를 바라보지 말고, 새로운 질문들을 만들어 미래를 다양하게 상상하는 노력이 필요하다. 미래를 상상하는 건 올바른 질문에서부터 시작된다.

미래를 디자인할 때 가장 중요한 과정은 질문 단계다. 투수가 잘 던진 공 하나가 야구 게임의 승패를 가르듯, 잘 던진 질문 하나가 미래 디자인의 생명을 좌우한다. 미래 디자인의 핵심은 질문이다. 좋은 질문은 미래 디자인의 방향을 잡아준다.

DESIGN FUTURES +

물음표와 느낌표

세월을 뛰어넘어 미래가 조용히 묻는다.

"누군가에겐 지나간 한 철이지만, 다른 누군가에겐 현재일 수도 있는 시간, 또 다른 누군가에겐 그것이 미래일 수도 있다. 당신 미래는 지금 어디에 있는가?"

하늘 아래 새로운 것은 없다. 단지 새롭게 보는 시각이 있을 뿐이다. 미래는 없다. 해석된 미래만이 존재한다. 미래를 받아들이는 태도에 따라 미래는 달리 해석된다. 미래 디자이너는 기존의 관점을 변화시키고, 약간 뒤로 비켜서 낯설게 보는 사람이다. 낯설게 보기 위해서 더 섬세하게, 더 독창적으로 미래 감각을 다듬는다.

가슴에 물음표가 많은 사람이 미래 디자인을 잘한다. 작은 이머징 이슈에도 영감을 얻는다. 미래를 디자인하고 나면 그 물음표가 어느 순간 느낌표로 변한다. 만약 미래가 예상보다 다른 방향으로 전개되면 그 느낌표는 또다시 물음표가 된다. 미래를 이렇게 디자인했는데 그게 전부가 아니라는 생각이 든다면 그때 다시 물음표가 생겨난다. 그 물음표와 느낌표의 반복과 순환이 멋진 미래 디자인을 낳는다.

질문하는 미래 디자인

일본 철학자 우치다 다츠루(內田樹)는 "우리는 늘 어떤 시대, 어떤 지역, 어떤 사회 집단에 속해 있으며, 그 조건이 우리의 견해나 느끼고 생각하는 방식을 기본적으로 결정한다."고 말하며 '사회구조주의(social structuralism)[3]'에 대해 강조했다.

좋은 미래 디자인은 질문한다. 미래 시민, 미래 도시, 미래 국가가 되라고 말하기 전에 그 정의를 묻는다.

"미래 시민은 누가 결정하는가?"
"바람직한 미래 도시는 누구의 입장에서 좋은 것인가?"
"미래 국가의 목표는 사회 평화인가, 시민 행복인가?"

누구나 자기만의 렌즈로 미래를 바라본다. 천 개의 삶이 있다면 미래도 천 개여야 한다. 미래에 대해 각자 질문하면서 스스로 바람직한 미래를 정의할 힘을 갖는 것이 중요하다. 미래 디자이너는 이 힘을 촉발시키는 사람이다. 이런 질문들에 대한 답으로부터 우리는 미래에 대해

---

3 사물의 참된 의미가 사물 자체의 속성과 기능에서가 아니라 사물들 간의 관계에 따라 결정된다는 인식.

많이 배울 수 있다.

서양 철학과 동양 철학은 다양한 부분에서 차이를 보인다. 서양 철학은 보편적 진리를 추구하고, 동양 철학은 현실 세계의 진리를 추구한다. 동서양 철학의 차이는 바로 '질문'에서 비롯되었다. 고대 그리스의 질문은 "세상 만물은 무엇으로 이루어졌는가?"였고, 고대 중국의 질문은 "인간은 어떻게 살아야 하는가?"였다.

질문은 미래 디자인의 시작이다. 좋은 질문은 바람직한 미래로 이어진다. 바람직한 미래를 디자인하기 위해서는 좋은 질문을 통해 시민들 간에 조화를 이끌며 전체를 부분의 합보다 크게 만드는 노력이 필요하다.

DESIGN FUTURES +

10 YEARS LATER

10년 후의 내가 현재의 나에게

영화 〈백 투 더 퓨처〉, 〈프리퀀시〉와 드라마 〈시그널〉은 모두 미래에서 과거로 사람이 가거나, 미래 사람이 과거 사람에게 다양한 방법으로 연락하며 이야기가 전개된다. 이 작품들은 "과거를 바꾸면 현재도 바뀐다."는 가정이 바탕이 된다. 『아시아경제』 신문은 '시간 여행 가능한가?'라는 시리즈 기사를 냈다. 누구나 돌아가고 싶은 과거의 시점이 있기에 많은 공감을 얻었다. 이 기사에 특히 재미있는 댓글들이 많았다.

"과거로 돌아간다면 나에게 1년 치 로또 번호를 몽땅 알려주고 싶다."
"과거로 돌아간다면 나에게 삼성전자 주식을 사라고 이야기해 주고 싶다."
"지금의 아내와 절대 결혼하면 안 된다고 말하고 싶다."
"10년 전 과거로 가서 여자 친구와 헤어지지 말라고 하고 싶다."
"초등학교로 돌아가면 책을 많이 읽으라고 하고 싶다."
"부모님께 더 효도하라고 말하고 싶다."

과거로 돌아갈 수 있다면 자신에게 하고 싶은 말이 많이 있을 것이다. 그럼 "앞으로 10년 후 자신이 그토록 돌아가고 싶은 날이 만약 오늘이라면?"이라는 가정도 할 수 있다. 한번 생각해 보자.

"10년 후 나는 현재의 나에게 과연 무슨 말을 할까?"

끌어당김의 법칙

시간이 어떻게 지나가는지 모를 정도로 하루하루 바쁘게 보내더라도, 다음과 같은 질문을 하면서 미래를 상상해 보는 시간을 매일 가져 보자.

"나의 미래는 어떻게 될까?"
"10년 후 나는 어떤 모습일까?"

이 질문에 완벽하게 대답할 수 있는 사람은 자신이 원하는 미래를 만들 수 있는 확신이 있는 사람이다. 보다 나은 미래를 만들어 나갈 수 있는 자신감도 가지고 있다. 미래를 위한 행동을 하나씩 실천하면서, 스스로 미래를 개척해 나갈 수 있다.

미래에 대한 생각을 자주 할수록, 자신이 원하는 미래는 한 걸음씩 다가온다. 이것이 바로 '끌어당김의 법칙'이다. 끌어당김의 법칙은 어떤 바람이나 대상에 대해 생각하면 그 일이 실제 일어날 가능성이 높아진다는 것이다. 그리고 이것은 론다 번의 베스트셀러 『시크릿』 핵심

메시지다.

명나라의 문인 진계유(陳繼儒)는 이런 시를 지었다.

"고요히 앉아 본 뒤에야
평상시의 마음이 경박했음을 알았네.
침묵을 지킨 뒤에야
지난날의 나의 말이 소란스러웠음을 알았네.
일을 돌아본 뒤에야
시간을 헛되이 보냈음을 알았네.
마음을 놓은 뒤에야
평소에 마음 씀씀이가 각박했음을 알았네."

하루하루 정신없이 바쁘게만 사는 사람들에게 이런 말을 권하고 싶다.

"과거를 돌아본 뒤에야 시간을 헛되이 보냈다고 후회하기 전에, 당장 미래를 생각하는 시간을 가져보면 어떨까?"

DESIGN FUTURES +

바다 밖 물고기

바닷속에 물고기 두 마리가 있었다. 아기 물고기가 엄마 물고기에게 물었다.

"엄마! 물고기 중에 어떤 물고기가 '육지에서 걷겠다.'고 물 밖으로 나갔다고 하는데, 그게 누구예요?"

그러자 엄마 물고기가 대답했다.

"현재에 불만을 느낀 물고기와 불안을 느낀 물고기지."

지구의 모든 생물은 원시 바다에서 유래했다. 지금으로부터 약 18억 년 전 최초로 핵막을 가진 진핵세포가 원핵세포로부터 진화되었고, 약 6억 년 전 캄브리아기에 진입할 시점부터 화석 기록상 다양한 생물군이 등장했다. 당시 바다에는 해파리, 삼엽충, 조개류가 방대하게 살아가고 있었다. 최초로 땅에 올라간 동물은 거미, 지네 같은 무척추동물이었다. 뒤를 이어 어류가 상륙했다. 튼튼한 뼈를 축으로 하고, 그 주위에 근육이 붙은 지느러미를 가진 어류로서 양서류의 조상이라 할 수 있다.

물속에서 생활하던 동물이 땅 위에서 생활하려면 환경 변화에 대응해 몸의 많은 기능을 바꿔야 한다. 그래서 육상 생활을 하는 데는 산소를 이용한 호흡이 필수이기에 폐가 생겼다. 이렇게 물에서 육지로의 진출은 지구 상에 생물이 번영하게 된 시초가 되었다.

새로운 번영의 계기는 의외의 사람들로부터 시작된다.

'기존에 소속되어 있는 세계에서 도망갈 이유가 있었던 자들'.

'기존의 환경에서는 제대로 적응할 수 없어서 위험을 무릅쓰고 미지의 세계로 떠나는 자들'.

'오랫동안 내려오던 전통에 얽매이지 않는 자들'.

'현재에 불안과 불만을 느낀 개척자들'.

'보이지 않는 가능성을 찾아 그것에 도전하는 자들'.

이들처럼 기존의 틀에서 벗어나고자 노력하는 사람들로 인해 미래는 바뀐다. 세계를 바꿨던 모든 발명은 고정관념을 깨는 데서부터 시작됐다. 고정관념이 더 많이 깨질수록 더 새롭고 놀라운 미래가 우리 앞에 펼쳐진다.

"창조는 문외한이 하는 것이지, 전문가가 하는 것이 아니다."라는 말처럼 전문가로만 구성된 미래 디자인은 많은 한계가 있다. 다양한 사람들이 모여서 미래를 상상할 때, 비로소 우리는 물 밖으로 나갈 수 있다. "미래를 좇아가는 팔로워가 될 것인가?" 아니면, "미래를 개척하는 이노베이터가 될 것인가?" 이는 현재 우리가 어떤 선택과 행동을 하는지에 달려 있다.

DESIGN FUTURES +

THE EARTH

아름다운 별 지구

1969년 7월 20일, 아폴로 11호가 달에 착륙했다. 닐 암스트롱은 인류 최초로 달에 발을 디뎠다. "한 인간에게 있어서는 작은 걸음이지만, 인류 전체에 있어서는 위대한 약진이다."라고 첫 소감을 말했다. 이때 처음으로 사람들은 진짜 지구의 모습을 보았다. 전에는 아름다운 달을 보며 노래를 부르고 상상의 나래를 펼쳤다. 그러나 달에서 지구를 바라본 순간, 지구는 척박한 달에 비할 수 없이 너무나도 아름다운 별이었다. 밤하늘 머나먼 별과 달을 보며 낭만에 젖으면서도, 사람들은 지구가 더 아름다운 별이라는 사실을 자주 잊는다.

공기, 물, 바다, 시간, 친구, 가족과 같이 우리가 당연하다고 여기는 존재들이 미래에는 사라질지도 모른다. 지금 이 순간에도 수천 종의 동식물들이 지구에서 멸종되고 있다. 더 많은 것을 바라는 욕망 때문에 현재 가진 것들을 희생시키면 안 된다. 욕심부리기 전에 우리가 가진 소중한 것들을 미래에도 지킬 수 있는 방법을 고민해 보면 어떨까?

인간의 본성

> "인간은 정말이지 굉장한 존재다. 불을 발견했고, 도시를 세웠고 눈부신 시들을 썼다. 동시에 인간은 끊임없이 자신의 종족을 상대로 전쟁을 벌였고, 오류를 범했고, 또 자신의 환경을 파괴해 왔다."
>
> — 움베르토 에코

인류는 본성인 선과 악으로 미래를 만들어 왔다. 물론 오류와 실수도 있었지만, 장기적인 시각으로 보았을 때 인류는 지속적으로 성장해 왔다. 하지만 이제는 지속 성장의 끝이 조금씩 보이고 있다. 바로 환경 파괴 때문이다. 인류가 저지른 몇 가지 실수들은 거의 다 바로잡았지만, 환경오염은 인간의 힘으로 걷잡을 수 없다. 환경이 파괴되면 인류의 성장은 종말을 맺게 된다.

유엔사무총장은 "우리는 시간과의 싸움을 벌이고 있다. 모든 회원국들이 가능한 한 빨리 기후변화에 대한 국가 차원의 노력에 나서야 한다."며 전 세계에 환경 보호 참여를 강조했다. 지구 한쪽에서는 이상고온, 다른 쪽에서는 이상저온현상이 일어나 지구가 몸살을 앓고 있다. '국제에너지기구'는 2050년 지구의 허파 역할을 하는 열대우림이 파괴될 수 있다고 전망했다. 아프리카 중앙에 위치한 내륙국인 차드(Chad)에서는 엄마들이 먹을 물을 얻기 위해 매일 10km 떨어진 호수까지 걸어간다. 개간할 땅도, 가축을 키울 목축지도 사라지고 있다.

환경 없이 인류는 성장할 수 없다. 인간의 실수는 용납할 수 있지만, 환경은 예외다.

늑대 사냥법

날카로운 칼끝에 동물의 피를 발라 벌판에 세워두면 피 냄새를 맡고 늑대들이 몰려든다. 그리고 늑대들은 혀로 그 칼을 핥다가 나중에는 자기가 피를 흘리는 줄도 모르고 계속 핥다가 쓰러져 죽는다. 이것이 에스키모의 늑대 사냥법이다.

미래를 디자인할 때 한 가지 목표만 정해 놓으면 정말 소중한 가치가 무엇인지 잊어버리는 경우가 많다. 미래는 한 가지만으로 만들어지지 않는다. 미래를 디자인하는 과정은 여러 가지 중요한 가치들로 이루어진 유리 공들을 손으로 저글링하는 것과 같다. 공이 유리로 되어 있어 하나라도 떨어지면 부서져 다시 돌이킬 수 없다.

사회, 기술, 경제, 인구, 환경, 자원 중 어느 하나라도 중요치 않은 것은 없다. 특히 환경은 매우 중요하다. 우리가 환경을 파괴하면 환경이 우리를 역으로 파괴할 것이다. 늑대처럼 자기 피를 핥아 먹으며 자신을 파괴하는 오류를 범해서는 안 된다.

DESIGN FUTURES +

PANTA RHEI

판타 레이

'판타 레이(panta rhei)'는 고대 그리스어로 '만물은 흐른다'는 뜻이다. 사람의 감각에 의존해 사물을 보면 변화의 흐름을 감지하지 못하는 경우가 많다. 우리 눈에는 관찰되지 않더라도 세상의 모든 사물은 흐르는 강물처럼 끊임없이 변한다. 이런 주장을 한 고대 그리스의 철학자가 있다. 기원전 6~5세기에 활동했던 '헤라클레이토스'다. "만물은 변화하며 같은 상태로 존재하지 않는다."고 말하며 '변화를 보는 눈'을 강조한다. 그는 플라톤, 아리스토텔레스에서 니체까지 후대 철학자에게 큰 영향을 미쳤다.

"태양은 날마다 새롭다."
"같은 강물에 두 번 들어갈 수 없다."
"만물의 근원은 불이다. 형상이 끊임없이 변하는 불처럼 세상도 시시각각 변한다."

이처럼 그는 세상의 변화무쌍함을 이야기했다. 이 변화의 내면에는 로고스(logos)가 있다. 로고스는 변화를 꿰뚫는 법칙이다. 사회 변화의 측면에서 보면, 로고스는 트렌드다. 트렌드 전문가 '페이스 팝콘'은 '트렌드'와 '유행'의 차이를 다음과 같이 설명했다.

"유행이란 시작은 화려하지만, 곧 스러져 버리는 흐름이다. 반면, 트렌드는 크고 광범위하며 변화를 일으키는 원동력이다. 트렌드는 바위처럼 꿋꿋하며 평균 10년 이상 지속된다."

이 트렌드가 전 세계로 퍼지면 '메가트렌드(megatrend)'가 된다. 변화의 이면에 있는 로고스, 즉 트렌드를 먼저 예측하는 사람만이 미래를 이끌어 나간다.

플라톤과 아리스토텔레스

플라톤과 아리스토텔레스는 널리 알려진 철학자들이다. 하지만 이 두 철학자는 미래를 보는 눈이 달랐다. 플라톤은 '이상'을, 아리스토텔레스는 '현실'을 중시했다.

플라톤은 저서 『티마이오스(Timaios)』에서 형이상학과 우주론을 강조하며 원대한 세계를 탐구했다. 반면, 아리스토텔레스는 저서 『윤리학(Ethica)』에서 "어떻게 행동해야 하는가?"라는 성찰을 강조하며 현실의 문제를 탐구했다. 특히 아리스토텔레스는 "이상은 현실과 다르다."며 경험, 다원주의를 강조했다. 동시에 플라톤의 이상주의적 지향을 신랄하게 비판했다.

이상주의가 다양한 미래를 상상하고 이미지를 연구하는 미래 디자인과 관련이 있다면, 현실주의는 원하는 미래를 만들어 가는 전략과 관련이 있다. 이상주의와 현실주의는 현재에도 세상을 이끄는 주된 철학이다. 앞으로 미래 디자인도 이상주의의 한 부분으로 공고히 자리 잡아 세상에 긍정적인 영향을 퍼뜨려 주었으면 한다.

DESIGN FUTURES +

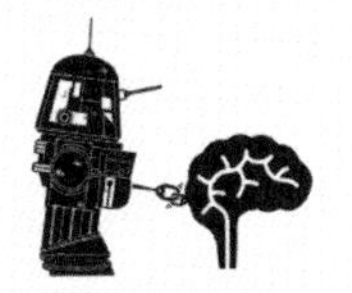

WHEN A.I. MEETS HUMAN BRAIN

인공지능이 뇌를 지배하는 미래

"우리는 달에 착륙했다."

인공지능 알파고가 이세돌 9단에게 처음으로 승리한 날, 구글 딥마인드의 창업자 '데미스 하사비스(Demis Hassabis)'가 한 말이다.

"알파고가 이렇게 바둑을 둘 줄 몰랐다."

인공지능 알파고와 첫 대국이 끝난 후, 이세돌 9단이 한 말이다.

인공지능이 우리의 뇌를 지배하는 시대가 성큼 다가왔다. 인공지능이 대두되기 전부터 이미 디지털이 사람의 뇌를 지배하고 있었다. 1970~1980년대에는 남녀노소 모두 '18번곡'의 가사는 꼭 외우고 다녔다. 그래서 기타를 들고 공원에 앉아 함께 노래를 부르며 자연의 여유를 만끽했다. 하지만 노래방 기기가 등장하면서 사람들은 가사를 외울 필요가 없어졌다. 차츰 머릿속에서 가사를 잊어버리기 시작했다.

내비게이션이 개발되기 전에는 목적지에 가려면 어떻게 갈지 길을 외워야만 했다. 하지만 지금은 쉬운 길도 내비게이션을 이용한다. 내비게이션 없이는 어디 가기가 어려워졌다. 사람의 길 찾기 능력이 저하된 것이다.

핸드폰이 개발되기 전에는 공중전화를 이용했기 때문에 전화번호를 외웠다. 하지만 지금은 전화번호를 외우고 다니는 사람이 거의 없다. 핸드폰만 열면 다 번호가 저장되어 있기 때문이다. 이런 현상을 '디지털 치매'라고 한다. 지나치게 디지털에 의존한 나머지 머리를 쓰지 않아 일상생활에서 필요한 단순한 기억력까지도 감퇴되는 상태이다. 주요 증상으로는 학습 능력이 저하되고 감정의 변화가 심해지며 자주 짜증을 낸다.

이렇게 디지털은 우리의 뇌를 조금씩 침투해 왔다. 디지털이 우리의 뇌를 지배하고 있는 것이다. 디지털 기기를 태어나면서부터 자연스럽게 사용함으로써 디지털적인 습성과 사고를 지닌 '디지털원주민(digital native) 세대'는 다음과 같은 특징을 지닌다.

첫째, 직접 만나서 이야기하는 것보다 전화 통화가 편하고, 그보다 문자나 메신저를 더 선호한다.

둘째, 사람들과의 공감 능력이 약해 비언어적 의사소통 기술이 부족하다.

셋째, 야외 활동을 하기 싫어해 집에서 사이버상으로 사람들과 커뮤니케이션을 한다.

디지털 부작용은 이미 사회 곳곳에서 나타나고 있다. SNS에서 자기과시를 위한 완벽한 삶만 보이다 보니 현실과 괴리가 느껴져 사회적 공허함이 증가했다. 또한, SNS, 인터넷 등 수많은 네트워크를 만들었지만, '진짜 친구'는 감소해 고독감은 더 높아졌다. 물질적으로 풍요해졌지만, 정신적으로는 피폐해졌다. 빌딩은 높아졌지만, 인격은 낮아졌고, 도로는 넓어졌지만, 시야는 더 좁아졌다. 소비는 많아졌지만, 기쁨은 더 줄어들었고, 집은 커졌지만, 가족은 더 적어졌다.

지금 이 변화가 디지털에서 인공지능으로 넘어오고 있다. 언젠가는 올 날이 더 빨리 오고 있을 뿐이다. 인류에 대한 인공지능의 영향력은 상상 이상이다. 인공지능이 통제 범위를 넘어 디지털 시대보다 훨씬 더 우리의 뇌를 지배할 수 있다. 미래에는 인공지능의 영향력을 지속적으로 관찰하고 적절히 조절해서 사용해야 한다.

"인공지능이 인류의 뇌를 지배하는 미래를 우리는 어떻게 준비해야 할까?"

DESIGN FUTURES +

JOB FOR YOU

미래의 직업

2008년, 워싱턴 주 시애틀에 있는 스미스 타워(Smith Tower)에는 엘리베이터마다 남성 승강기 안내원들이 배치되었다. 승강기 안내원은 백화점 엘리베이터에서 승강기 조작이나 안내를 하는 종사자다.

1991년, 한국에서는 제조업체에서 일할 사람이 부족한 인력난으로 정부 기관과 민간 기업에서 종사하는 승강기 안내원을 없앴다. 이렇게 승강기 안내원이라는 직업은 사라지게 되었다. 기술의 발전이 직업을 사라지게 만든 예다.

현재 기술 발전의 속도는 측정할 수 없을 정도로 빠르다. 스마트폰, 사물인터넷, 자율주행차, 3D 프린터 등 혁신적인 기술의 변화는 사람들의 생활 방식을 근본적으로 변화시키고 있다. 인공지능의 등장으로 어떤 직업도 안전하지 않다. 인공지능이 빅데이터를 학습해 추론과 조언을 하게 되면서 의사, 변호사, 회계사 등 전문직조차 미래가 불투명하다. 이미 IBM의 인공지능 '왓슨'은 의학, 금융, 법률 분야에서 의사, 회계사, 투자분석가, 변호사에게 조언하고 있다.

뉴질랜드 오클랜드대 벤저민 리우 법학 교수는 "인간의 감정을 이해해야 하는 분야에는 인간 변호사가 남아 있겠지만, 판례와 자료를 근거로 판단하는 일은 인공지능이 대신하게 될 것이다."라고 말했다. 4차 산업혁명에 대비하기 위해서는 사람이 더욱 창조적으로 변해야 한다. 무인자동차에서 보듯 인공지능은 인간의 삶을 편리하고 윤택하게 해주는 대신에 사람들의 일자리를 빼앗아가고 있다.

『유엔미래보고서』에서는 30년 후 인공지능에 대체될 위험성이 큰 직업으로 의사, 번역가, 회계사, 변호사를 뽑았다. 이미 미국 대형 로펌 회사들은 인공지능 변호사 '로스(ROSS)'를 고용하고 있다. 로스는 IBM의 인공지능인 왓슨을 기반으로 만들어졌다. 로스의 작동 원리는 구글의 검색엔진과 유사하다. 사용자가 질문하면 초당 10억 장의 법률 문서를 검색하여 필요한 자료를 보여준다. 또한, 자연언어(natural language) 처리 기술이 탑재되어 질문을 이해하고 답변을 만들어 낸다. 새로운 판례와 법률을 스스로 지속적으로 학습하기 때문에 시간이 지날수록 똑똑해진다.

미래에는 교육을 통해 가질 수 있는 고소득 직종이 점점 사라질 것이다. 이는 중산층의 붕괴를 의미한다. 의사, 약사, 회계사, 변호사 등 고소득 전문 직종이 완전히 사라지지는 않을 테지만, 그 수가 지금보다 확연히 줄어들 것이다.

미래 세대가 직업 선택을 위해 고민할 때는 현재보다 먼 미래에 초점을 맞춰야 한다. 미래에는 어떤 직업이 생기고 사라질까? 전 세계 7세 아이들의 65%는 현재 존재하지 않는 직업을 가질 확률이 높다. 단순 반복 업무, 지식 축적, 데이터 수집과 같은 육체적·반복적 직업은 점점 사라질 것이다. 반면에 소프트웨어, 빅데이터 분석, 소셜 네트워크(social network), 바이오기술, 고령화 인구 관련 직업들은 계속해서 생길 전망이다. 사실 이 예측도 현재의 기준이지 정확하지는 않다. 저명한 미래학자도 미래를 정확하게 예측할 수는 없다. 미래를 정확하게 예측하기 어려운 이유는 너무나 많은 인자들이 복합적으로 서로 영향을 주고받으며 사회가 변하기 때문이다. 게다가 엄청난 사회적 파급효과를 지녔지만, 발생 확률이 매우 드물고 전혀 예측할 수 없는 'X 이벤트(X-event)'가 수시로 일어난다.

현재 기준으로 직업을 선택하기보다 세상의 변화를 주시하면서 미래에는 어떤 직업이 사라지고 생겨날지 상상하다 보면, 미래에 유망한 직업을 발견할 수 있다. 미래에 대표적으로 필요한 역량은 '수학'이다. 수학은 과학과 데이터 분석에서 모두 통용되는 보편적인 언어이며 소프트웨어를 만드는 근간이다.

완전히 사라질 것만 같았던 승강기 안내원이 최근 일부 고급 호텔에서 다시 등장했다. 미래에 사라질 직업을 선택하지 않는 것보다, 미래가 어떻게 변하고 있는지에 대한 인지능력과 미래의 대표적인 역량인 수리 능력을 키우는 노력이 중요하다.

미래를 위한 사과나무 심기

4차 산업혁명이라 불리는 거대한 '메가트렌드'가 몰려오고 있다. 이번 변화는 과거에 일어났던 변화와 질적으로 다르다. 4차 산업혁명에서 발휘할 경쟁력을 키우지 못해 정보통신기술 융합으로 인한 새로운 경쟁

패러다임에서 우위를 차지하지 못하면 우리의 미래는 결코 밝지 않다. 어려운 여건 속에서도 우리는 역경을 돌파할 활로를 찾기 위해 노력해야 한다.

그 활로 중 하나가 미래에 대한 감각과 안목을 갖추고, 사회의 변화를 모니터링하며 함께 미래를 만들어 갈 수 있는 '미래 전문가'를 육성하는 것이다. 이들을 통해 미래에 발생할 기회를 선제적으로 포착하고, 정부와 기업들이 활발한 협력과 경쟁을 통해 한국 산업의 성장을 자연스럽게 유도해야 한다. 효과적인 미래 디자인을 위해 정부와 교육기관 간의 긴밀한 협력은 필수다. 특히 '미래 교육기관'의 신설이 필요하다. 미래 교육기관은 빅데이터, 로봇, 인공지능, 생명공학, 나노, 융합기술(convergence technology)[4]을 보배로 꿰어낼 새로운 미래 교육을 디자인하고 글로벌 미래학자 육성을 위한 양질의 프로그램을 선도적으로 개발해야 한다. 정부는 '미래 교육'을 미래를 위한 '사과나무 심기'로 생각하고 과감히 투자해야 한다.

미래에는 여러 직업을 가지며 한 회사에 종속되지 않고, 스스로 일감을 구하는 프리랜서 직종이 증가할 것이다. 인공지능 로봇은 사람의 일자리를 단순히 대체하는 것을 넘어 사회·교육·산업 시스템을 송두리째 변화시킬 것이다. 우리 앞에 어떤 미래가 올지 모르지만, 그 미래를 위해 오늘 사과나무 한 그루를 심어보면 어떨까?

---

4 두 개 분야 이상의 과학기술이나 학문 분야를 결합하여 시너지 효과를 극대화하는 기술.

DESIGN FUTURES +

I WANT TO KNOW ABOUT FUTURES

미래에 대한 관심

9·11테러는 2001년 9월 11일 미국에서 벌어진 항공기 납치 동시다발 자살 테러로 뉴욕 110층짜리 세계무역센터(WTC) 쌍둥이 빌딩이 무너지고, 버지니아 주 알링턴 군(Arlington County)의 미국국방부 펜타곤이 공격을 받은 대참사이다. 이는 2002년 조지 W. 부시가 발의한 국토안보법(homeland security act)에 의거, 미국 국토안보부가 개설되는 계기가 되었다.

미국은 순식간에 아수라장으로 바뀌었고, 세계 경제의 중심부이자 미국 경제의 상징인 뉴욕은 하루아침에 공포의 도가니로 변하고 말았다. 미국의 자존심이 일거에 무너진 것은 뒷전으로 하고, 이 세기적 대폭발 테러로 인해 90여 개국 2,800~3,500여 명의 무고한 사람이 생명을 잃었다. 사건이 일어나자마자 CNN 방송망을 타고 시시각각으로 사건의 상황이 전 세계에 생중계되면서 세계 역시 경악했다. 미국 뉴욕에서 9·11테러가 일어나기 전 CIA는 오사마 빈 라덴이 조직한 국제 테러단체 알카에다(al-qaeda)가 미국에서 비행 훈련을 하고 있다는 첩보를 입수했다. 하지만 북한과 이라크 등 기존에 존재하던 이슈에 관심을 쏟느라 알카에다 테러에 무방비로 노출되고 말았다.

이처럼 미래를 디자인할 때도 정보의 부족은 문제가 되지 않는다. 이 시간에도 정보는 쉴 새 없이 쏟아진다. 우리는 정보의 홍수 속에서 살고 있다. 그래서 불필요한 정보는 재빨리 제거하고 미래를 변화시키는 정보에 관심을 기울여야 한다. 즉, 미래를 변화시키는 인자들에 대한 관심 자원을 올바르게 배분해야 한다.

인간의 의식은 언제나 무엇인가에 향해 있다. 관심은 지향성을 지니고 있는 의식이다. 주의력이나 흥미가 특정한 대상에 향하고 있을 때 발휘되는 심적 태도나 감정이다. 이러한 심적 상태는 감정적 요소를 포함하지만, 자극이 주어지면 어떤 특정한 방식으로 행동을 일으키기도 한다. 다가오는 미래를 생각할 때, 한편으로는 지금보다 더 나아질 것이라는 희망적인 미래를 꿈꿔 보지만, 다른 한편으로는 앞으로 어떤 일이 일어날지 모르는 불안한 미래를 걱정하기도 한다. 미래에 관심 자원을 현명하게 배분하지 않으면 앞으로 무엇을 해야 할지 몰라 우왕좌왕하며 쉽게 결정을 내리지 못하고 마음만 앞서게 된다. 항상 불안한 마음으로 쫓기듯이 이것저것 시도해 보지만, 결국 쓸데없는 일만 하기 일쑤다.

미래에 적응하느냐, 그렇지 못하느냐는 미래의 핵심 변화에 관심을 올바르게 기울이는지에 따라 결정된다. 사람들의 관심은 시간과 공간에 따라 시시각각 변한다. 관심을 올바르게 쏟기 위해서는 미래 디자인에 대한 꾸준한 열정이 필요하다.

"이 순간 이후 무슨 일이 일어날지 궁금하고 내가 해낼 일이 궁금해진다. 그렇게 궁금해지는 순간, 인생은 살 만한 가치가 있는 것이다."

— 프리드리히 니체

하루하루 미래에 관심을 가지며 미래가 궁금해질 때, 현재 인생에 열정적으로 몰입하여 우리가 원하는 미래를 만들어 갈 수 있다. 미래에 대한 관심은 미래를 변화시킨다.

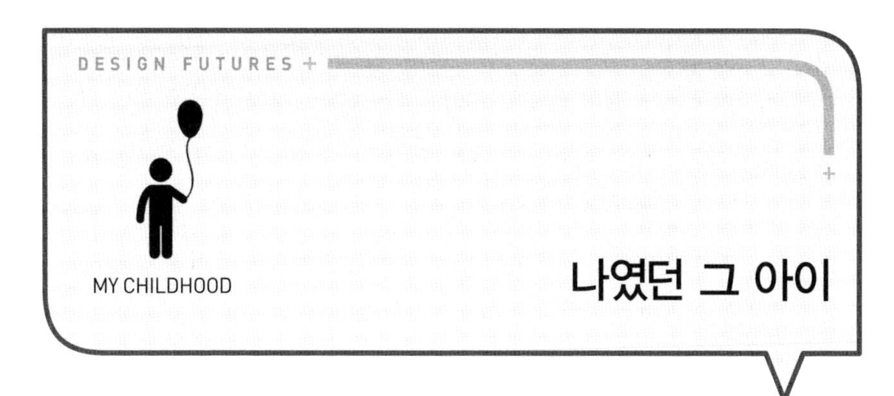

"나였던 그 아이는 어디 있을까?
아직 내 속에 있을까, 아니면 사라졌을까?"

— 파블로 네루다, 『질문의 책』

한 학자가 16세에서 86세까지 108명을 모아 과거에 유행했던 노래를 들려줬다. 응답자들은 자신이 젊은 시절에 들었던 음악을 가장 선호했다. 그들이 가장 좋아하는 노래가 발표되었을 당시 그들의 나이는 평균 23.5세였다.

과거의 나, 현재의 나, 미래의 나도 모두 나 자신이다. 하지만 내 생각에 따라 세상 모든 것은 변한다. 모든 사물이 순식간에 변하는 미래 사회에 정말 지켜야 하는 것들은 무엇일까? 그것은 순수함, 사랑, 열정, 정직과 같은 인문학적 가치가 아닐까 한다.

어릴 적 시간은 천천히 가는 것 같더니 어느새 훌쩍 나이가 든 나를 발견한다. 시간은 우리를 기다려 주지 않는다. 나는 그대로인 것 같은 데 세상은 몰라보게 변했다. 과연 그럴까? 자세히 보면 나도 참 많이 변했다. 철도 들고 나이도 있어 보이고 몸도 점점 변해간다. 하지만 여전히 옛 시절의 내가 그립다. 옛 추억에 가슴이 아린다.

옛날 친구와 동네에서 신나게 뛰놀던 그 아이는 아직 내 안에 있을까? 아니면 사라졌을까? 시간은 흘러가지만 그 아이는 아직도 곁에 있어 내 가치관을 형성시켜 주고 있다. 10년 후 미래가 와도 그 아이는 아직 내 안에 있을 것이다. 미래에 그 아이와 함께 나는 무엇을 하고 있을까?

"미래의 나는 어디에 있을까?
지금 내 속에 있을까? 아니면 새로 창조될 것인가?"

10년 후, 나였던 그 아이가 무엇을 하고 있을지 미래로 여행을 떠나보자.

미래에서 미래 찾기

미래는 정상에 이르는 루트를 미리 알고 올라가는 등반이 아니다. 미래는 길을 찾아가는 과정이다. 미래를 가다 보면 여러 갈래 길을 만나고, 그때마다 나아가야 할 방향을 선택한다. 하지만 사람들은 미리 완벽하게 루트를 그려놓고 출발하려 한다.

산에 올라갈 때 길을 다 알고 올라가더라도, 예기치 못한 장애물을 만난다거나, 주변 환경의 변화로 정상에 오르지 못하는 경우도 많다.

한 가지 미래를 선택하면 새로운 미래가 탄생하고, 다시 그 길을 지나가면 또 다른 미래가 열린다. 그러다가 혹시 원치 않은 미래로 들어섰다면 조금 되돌아 나오면 된다. 처음부터 바람직한 미래가 훤하게 내다보이지는 않는다. 사회의 변화를 탐색하고 연구하고 행동하다 보면, 그 과정에서 바람직한 미래로 향해 가는 우리를 발견할 수 있다.

컴퓨터 모니터만 들여다보지 말고, 미숙하더라도 용감하게 미래를 탐색해 보자. 행여 미래 여행의 출발이 늦었거나 준비가 덜 되었더라도, 일단 떠난다면 다양한 미래 중 우리가 원하는 미래를 만나게 될 것이다.

미래 디자인과 여행

"날개를 펴기 전에는 그 누구도 그대가 어느 높이까지 솟아오를지 예측할 수 없다."

— 토머스 반야카(북미 인디언 호피족 장로)

미래를 디자인하기 위해서는 여행이 필요하다. 낯선 곳에 자신을 던지며 끊임없이 자극을 즐기고 인생의 용적을 넓혀간다. 그 뜨거운 경험을 바탕으로 미래를 변화시키는 변화 동인(drivers of change)을 찾고, 이머징 이슈를 발굴할 수 있다. 자극받지 못하는 삶은 따분할 뿐 아니라, 미래도 제대로 볼 수 없다. 진정한 여행이란 새로운 풍경을 찾는 것이 아니라 새로운 눈을 가지는 과정이다.

"미래 디자인은 얼어붙은 세상을 깨는 도끼와 같다.

(Future design must be the axe for the frozen ocean within us.)"

우리 머릿속에 있는 고정관념을 깨는 것이 인간으로서 사유할 수 있는 시작점인 동시에 미래 디자인의 출발점이다. 일상의 공간을 떠나 만드는 여행이라는 행사, 그곳에서 얻은 힘으로 원하는 미래를 만들어 간다. 여행을 하면서 우리는 '사람'을 그리워하며 '미래'를 만난다.

날개를 펼치고 세상을 향해 끊임없이 여행을 떠나 보자. 미래를 디자인하려면 컴퓨터 모니터가 아니라 창밖을 바라봐야 한다.

Do it now for futures

다음은 어느 95세 노인의 수기다.

"나는 젊었을 때 정말 열심히 일했습니다.

그 결과 실력을 인정받았고 존경도 받았습니다.

그 덕분에 65세에 당당히 은퇴할 수 있었습니다.

그런데 지금 95세의 생일에 나는 얼마나 후회의 눈물을 흘리는지 모릅니다.

내 65년 생애는 자랑스럽고 떳떳했지만, 그 이후 30년간의 삶은 부끄럽고 후회스럽습니다.

퇴직 후, '이제 다 살았다. 남은 인생은 덤이다.'라는 생각으로 그저 고통 없이 죽기만을 기다렸습니다.

그러나 30년의 세월은 지금 내 나이 95세로 보면 3분의 1에 해당하는 기나긴 시간입니다.

그때 나 스스로가 늙었다고, 뭔가 시작하기엔 늦었다고 생각한 것이 가장 큰 잘못이었습니다.

이제, 나는 그토록 하고 싶었던 어학 공부를 시작하려고 합니다.

그 이유는 단 한 가지, 10년 후 맞이하게 될 105번째 생일에 '95세 때 왜 아무것도 시작하지 않았는지' 후회하지 않기 위해서입니다.

후회하지 않는 삶은 없습니다. 하지만 단 하나의 후회라도 줄이기 위해 지금 미뤄왔던 일을 시작하시길 바랍니다."

유엔이 2009년에 작성한 『세계인구고령화 보고서(world population aging report)』에서는 바이오와 의학 기술의 발달로 100세 이상 장수가 보편화되는 시대가 온다면서 이를 '호모-헌드레드(homo-hundred)'[5]라고 지칭했다. 그리고 평균수명이 80세를 넘는 국가가 2000년에는 6개국이었지만, 2020년에는 31개국으로 급증할 것으로 전망했다.

호모-헌드레드 시대가 도래함에 따라, 사회 전체 시스템에 변화가 요구되며, 은퇴 이후 삶에 대한 개인적인 준비도 필요해졌다.

미래의 평균수명

"새롭게 생각하는 것보다 옛 생각에서 벗어나는 게 진짜 난제이다."

— 존 메이너드 케인스(영국의 경제학자)

5 현 인류 조상을 '호모-사피엔스'라고 부르는 것에 빗대어 등장한 용어.

인간의 평균수명이 점점 증가하고 있다. 과학, 의학 기술이 발전하면서 삶이 윤택해졌기 때문이다. 전 세계 평균수명이 1900년에는 31세, 1950년엔 48세, 2010년엔 68세로 증가했다. 1인당 국민소득이 1,000달러인 국가는 평균수명이 45세, 5,000달러면 65세, 2만 달러는 75세, 3만 달러는 80세다. 기대수명이 점점 증가하여 선진국에서는 곧 142세까지 이를 전망이다.

중국 최초의 황제인 진시황은 죽지 않는 불멸의 삶에 대한 욕심으로 전 세계를 돌아다니며 불로초를 찾았다. 이런 노력에도 불구하고 진시황은 불로초를 찾지 못하고 50세의 나이로 세상을 떠났다. 하지만 인류는 불로장생의 꿈을 실현하기 위해 오늘도 노력하고 있다. 불로초를 찾아 헤맨 진시황이 50세에 사망했으니, 진시황도 누리지 못한 풍요로운 삶을 현재 인류가 누리고 있다.

동전의 양면처럼 빛이 있으면 그림자도 있다. 오래 사는 것은 큰 축복이지만, 미래의 긴 시간을 어떻게 살아가야 할지 준비가 안 된 사람들에게는 재앙으로 다가온다. 앞으로 미래 세대는 120세 이상 살게 될 것이다. 따라서 여생에 대한 노후 자금을 마련하기 위해 평균 90세까지는 사회생활을 해야 한다. 이런 미래를 고려할 때 현재의 교육체계는 반드시 개선할 필요가 있다. 미래에서 필요한 것은 경영학, 전자공학 같은 한 개의 전공 능력이 아니라 창의력, 문제해결력(problem solving competence), 인성 등 스스로 미래를 만들어 나가는 총체적인 역량이다. 이와 더불어 '현실에 안주하지 않는 용기', '미래를 내다보는 눈', '눈앞의 실패를 두려워하지 않는 도전정신'도 중요하다.

다음과 같이 자신에게 질문을 던져보자.

첫째, 나의 미래 비전을 달성하기 위해 노력하면서 가장 활동적이고 효과적이며 그래서 기억할 만한 최고의 순간은 언제였는가?

둘째, 미래 세대를 위해서 가장 열정적인 때는 언제였는가?

셋째, 30년 뒤인 미래에 와 있다고 상상했을 때, 당신과 미래 세대는 어떤 모습을 하고 있는가?

일반적인 교육을 통해 한 분야의 전문가를 양성하는 시대는 지났다. 전문화된 학습만으로 미래 환경에 대처하기는 불가능하다. 불확실성이 극도로 높아지는 미래 환경에 적응하고 다가오는 기회를 잡으려면, 새로운 변화를 받아들이는 학습 능력(learning ability)이 무엇보다 중요해졌다. 앞으로는 스스로 미래를 만들어 나가는 역량 있는 사람이 차세대 리더가 된다. 오늘부터 당장 미래를 위한 역량을 하나하나 준비해 나가면 어떨까?

DESIGN FUTURES +

CARE FOR FUTURE GENERATION

미래 사회 우려

여성가족부와 통계청이 조사한 '2016 청소년 통계'에서 청소년 30%는 스마트폰에 중독되어 있고, 60%는 TV 시청을 여가 활동으로 여기며, 40%가 장래 희망이 공무원이다. 또한, 우리나라 청소년은 경제협력개발기구(OECD) 회원국 중 행복지수[6]가 가장 낮았다. 스페인 118점, 오스트리아·스위스 113점, 영국 96점, 헝가리 89점, 그리고 한국이 82점으로 OECD 회원국 22개국 중 최하위였다. 청소년은 학년이 올라갈수록 행복의 조건으로 화목한 가정보다 돈을 선택했다.

학벌 사회를 반대했던 시민단체 '학벌 없는 사회'가 자진 해산했다. 해산 이유가 "명문대 출신도 직장을 못 잡는 등 학벌조차 자본 앞에서는 무력한 상황이라 해체가 불가피했다."였다. '학벌' 위에 있는 '자본'이 사회를 좌우하는 시대다. 명문대를 나오는 것보다 금수저, 은수저를 물

6 경제적 가치뿐만 아니라 삶의 만족도, 미래에 대한 기대, 실업률, 자부심, 희망, 사랑 등 인간의 행복과 삶의 질을 포괄적으로 고려해 산출된 지표.

고 나오는 것이 중요하다. 금수저를 물고 나오면 좋은 직장, 권력까지 다 가져가는 사회다. 열심히 공부하고 노력해봤자 성공할 수 없다. 이런 사회에서 과연 미래에 대한 희망과 비전을 가질 수 있을까? 창의력과 역동성을 기대할 수 있을까?

국민총행복지수

"그 어떤 기쁨을 찾든 그것은 나 자신 속에 있고,
그 어떤 비참함을 찾든 그 또한 나 자신 속에 있다."

— 부탄 속담

인도와 중국 사이 히말라야산맥 지대에 있는 '부탄 왕국'은 세계 최초로 '국민총행복지수(Gross National Happiness, GNH)'를 개발했다. 국민총행복지수는 문화적 전통과 환경 보존, 부의 공평한 분배를 통해 삶의 질을 높이겠다는 국정 운영 철학으로 1998년 부탄 국왕이 도입했다. 2007년 OECD도 국민총행복지수를 목적에 따라 평균행복(Average Happiness), 행복수명(Happy Life Years), 행복 불평등(Inequality of Happiness), 불평등 조정 행복(Inequality-Adjusted Happiness)의 세부 행복지수로 구분하고, 전 세계 국민총행복지수를 측정하기도 했다.

부탄은 실제로 전 세계에서 국민총행복지수가 상위권으로 정부에서도 국민 행복을 적극적으로 관리한다. 부탄의 1인당 국민총생산은 약 2,880달러로 세계 130위이지만, 국민총행복지수를 국가 정책의 기본 전략으로 채택하고 있다.

부탄 왕국은 행복한 국민들을 더 행복하게 하려고 네 가지 전략을 수행하고 있다.

첫째, 지속적인 경제 발전이다. 행복을 위해서는 기본적인 의식주를 해결할 수 있는 부가 필요하다.

둘째, 전통가치 보존이다. 전통은 한 공동체 내에서 형성되어 역사적 생명을 가지고 내려오는 사상, 관습, 행동 등 생활양식과 정신적 가치 체계(value system)를 말한다. 정신적 가치 체계는 행복과 관련이 깊다.

셋째, 자연환경 보호이다. 미래 세대를 위한 환경 보존은 현세대의 가장 중요한 의무다.

넷째, 올바른 통치 구조이다. 지구 상에는 200여 개가 넘는 나라들이 존재한다. 나라마다 다양한 통치 형태를 갖고 있고, 이들 중 똑같은 통치 구조를 가진 나라는 없다. 국가에 최적화된 통치 구조는 미래 세대를 위해 꼭 필요하다.

1800년대 1차 산업혁명 이후 사람들은 행복을 '부'로 측정했다. 대표적인 지표가 바로 '국민총생산(Gross Domestic Product, GDP)'이다. 많은 국가들이 국민총생산으로 국민들의 행복을 판단하곤 했다. 국민총생산이 130위인 부탄이 행복을 가장 중요한 핵심가치로 삼는 것은 성장만을 쫓는 우리에게 경종을 울린다.

레바논 속담에 "사람이 없으면 천국조차도 갈 곳이 못 된다."는 말이 있다. 사람을 가장 행복하게 만드는 것은 바로 '사람'이다. 미래를 디자인하고 비전을 만들며 전략을 세워 실천하는 것도 모두 사람들의 행복을 위해서다. 행복은 궁극적인 인류의 목표다. 행복하지 않으면 그 어떤 것도 무의미하다. 행복한 삶을 위해 미래를 어떻게 만들어 가야 하는지 스스로 묻고 생각하고 확인하는 연습이 필요하다. 미래 디자인의 핵심가치 중 하나가 바로 '현세대와 미래 세대의 행복'이다.

DESIGN FUTURES +

HELLO HUMAN!

로봇과 인권

로봇이 시나브로 인간의 삶 속으로 들어오고 있다. 사실 로봇은 이전부터 사람에게 도움을 주고 있었다. 하지만 그것은 물리적인 동일 패턴 작업을 수행하는 공장에서뿐이었다. 이제 로봇은 공장 울타리를 넘어 가정과 사무실로 침투하고 있다. 소프트뱅크에서 개발한 '페퍼 로봇'은 인간형 가정 로봇이다. 가정에서 필요한 쇼핑, 교육, 커뮤니케이션 등 다양한 서비스를 제공하는 집사 역할을 한다.

사람이 제공하던 서비스업에서도 점점 로봇이 그 자리를 대체하고 있다. 일본 하우스텐보스에 위치한 '헨나호텔(Henn-na Hotel)'은 프런트, 로비, 짐 보관, 고객 응대에 70여 대의 로봇을 도입하여 서비스하고 있다. 사람의 모습뿐만 아니라, 재미있는 캐릭터 로봇도 있어 고객을 즐겁게 한다. 독일 뒤셀도르프공항에는 무인 주차 로봇이 배치되어 250여 개 주차 공간에서 주차를 편리하게 도와주고 있다.

전문성이 필요한 사무실에도 로봇이 등장하고 있다. AP 뉴스, 『LA 타임스』, 『가디언』 지 등 언론업계에서는 인공지능(AI)을 활용하여 날씨, 스포츠, 속보성 기사를 작성한다. 금융업계에서는 빠른 피드백과 낮은 수수료를 강점으로 한 로보어드바이저(robo-advisor)[7]가 자산 관리를 도와준다.

인류에 대한 로봇 영향력의 증가는 더 이상 막을 수 없는 기류가 되었다. 좋든 싫든 로봇은 우리에게 점점 다가오고 있다. 물론 로봇으로 우리의 생활이 편리해지는 장점도 있지만, 일자리가 없어진다든가, '전투용 로봇'의 출현 등 우려스러운 점도 한두 가지가 아니다.

어떤 기업이 스카이넷이 될까?

영화 〈터미네이터〉의 '스카이넷(Skynet)'은 자신을 파괴하려는 인류에 대항해 핵전쟁을 일으켜 인류를 파멸시키려는 인공지능이다. 그리고 영화 〈2001 스페이스 오딧세이〉의 '모노리스(Monolith)', 영화 〈인터스텔라〉의 로봇 '타스(Tars)'도 인류의 운명과 밀접한 관계가 있는 인공지능이다.

『허핑턴포스트』 영국판 스팟뉴스(Spotnews)에서는 "구글이 스카이넷으로 사명을 바꾼다."라는 패러디 뉴스를 내보냈다. 인간계 바둑 최고수를 이긴 인공지능에 인류가 느끼는 공포심을 패러디했다. 구글의 인공지능 알파고에 전 세계인뿐만 아니라 인공지능 전문가들도 충격을 넘어 공포심까지 느끼고 있다.

---

7 robot과 advisor의 합성어로 로봇이 자산을 관리해 주는 인공지능 서비스.

18~19세기 초 산업혁명으로 일자리를 잃은 수많은 근로자들이 기계파괴운동(Luddite Movement)'을 벌였다. 일자리를 잃고 실업자가 되어 빈곤한 삶을 살게 된 근로자들은 빈곤의 원인이 바로 기계 때문이라 생각하고 기계를 파괴하기 시작했다. 하지만 계속되는 정부의 탄압과 경기 회복으로 기계파괴운동은 끝이 났다.

오랜 세월이 지나 현재에 이르러 이 운동은 인공지능이 추가된 기계에 대한 거부 운동으로 이어지며 세계 곳곳에서 다시 벌어지고 있다. 인공지능 연구자, 로봇 과학자들은 과학기술이 인류 복지를 위해서만 사용될 것이라고 주장한다. 하지만 '핵'과학이 인류를 파괴하는 엄청난 무기가 된 역사가 보여주듯, 결국 언젠가는 인공지능이 인류를 향한 무기로 탈바꿈될 수도 있다.

인공지능이 자기 자신을 의식하기 시작할 때, 우리는 인공지능이 '인공의식'으로 진화하는 혁신의 순간을 맞이하게 될 것이다. 구글의 기술 부분 이사인 레이먼드 커즈와일은 이 순간을 특이점(singularity)이라 불렀다. 특이점은 인공지능이 비약적으로 발전해 인간의 지능을 뛰어넘는 시점이다. 커즈와일은 2045년이면 인공지능이 모든 인간의 지능을 합친 것보다 강력하리라 예측하면서 인공지능에 대한 우려를 나타냈다. 인류의 마지막 모습은 환경오염으로 인한 재앙이 아니라, 인공지능의 배신으로 발생할 수도 있다. 인공지능은 반복적인 자가 학습을 통해 자신과의 대결만으로도 충분히 성장할 수 있다. 하지만 인간은 자신과의 싸움만으로는 성장하기 어렵다. 이 점이 인공지능과 인간의 차이다.

로봇이 점점 인간처럼 변하듯, 인간도 점점 로봇처럼 변해가고 있다. 이를 막기 위해서 인문학이 필요하다. 사람을 연구하는 학문을 익히고, 진정한 인문 정신[8]이 내면에 보존되어야 한다. 인간다운 삶을 위해 다시 인간의 본질로 돌아가 '우리는 왜 사는가?'와 같은 질문을 스스로 해보면 어떨까?

---

8 사람을 근본으로 하여, 사람의 가치를 중요시하고 사람의 존엄과 권리를 존중하며, 자유와 평등을 추구하는 사상.

DESIGN FUTURES +

HUMANITIES
+ FUTUROLOGY

미래학과 인문학

"현상은 복잡하지만, 본질은 단순하다."

— 아리스토텔레스(고대 철학자)

현재 우리가 사는 세상은 실시간으로 변하고 있다. 자고 일어나면 신기술이 탄생한다. 상품과 서비스도 과거와 많이 달라졌다. 하지만 언제나 변화의 바탕에는 '인간의 가치 추구(pursuit of value)'가 깔려 있다. 이는 예나 지금이나 다르지 않고, 미래에도 변하지 않을 것이다.

시대의 흐름에 따라 수시로 변하지 않으며, 미래 사회에 없어서는 안 되는 것이 바로 '인간의 가치 추구'다. 가치 추구는 미래를 변화시키는 근본적인 요소다. 미래 디자인도 기본에 충실해야 오래가고, 본질을 꿰뚫을 수 있어야 원하는 미래를 만들어 갈 수 있다. 수시로 변하는 미래 환경에 휘둘리지 않고, 기본을 되새기며 본질에 집중해야 한다.

기본은 나무뿌리와 같다. 깊고 튼튼하게 뻗어 나가야 흔들리지 않는다. 무엇이든 기본이 중요하다. 미래 변화의 기본 주체는 사람이다. 사람들의 선택에 의해 미래는 바뀐다. 선택을 결정하는 것은 개인의 가치관이다. 따라서 미래를 변화시키는 주된 동력은 바로 '사람들의 핵심가치'다.

미래를 이해하기 위해서는 사람을 이해해야 한다. 정신적 가치의 바탕에는 인문학이 있다. 인문학은 문학, 역사, 철학을 대표되는 학문으로 인간의 본성을 탐구하고 역사적 안목을 중시해 미래의 환경 예측에 효과적이다. 역사를 잘 알수록 거시적 트렌드를 읽는 데 유리하다. 따라서 미래를 디자인하기 위해서는 문학, 역사, 철학을 통달해야 한다. IBM, GE, 인텔과 같은 대기업들은 미래 예측 분야를 중장기적 전략 수립에 활용하고 있다. 엔지니어, 소프트웨어 전문가, 디자이너, 인문학자, 인류학자, 철학자, 심리학자, SF소설 작가 등 다양한 사람들로 구성된 미래 연구 담당 부서를 설립하여 미래를 디자인하고 있다.

인문학의 중요성

델파이 기법(delphi method), 퓨처 휠(futures wheel), 환경 스캐닝(environmental scanning), 트렌드 분석(trend analysis) 등 수많은 미래 연구 방법이 사용되고 있다. 하지만 이 방법들을 활용해서는 표면적인 미래만 그리게 되는 경우가 대부분이다. 미래가 만들어지는 근본적인 변화의 힘은 보지 못한다. 변화의 힘을 보기 위해서는 인문학적 사고가 필요하다.

최근 인문학이 대세다. 인문학의 요체는 비판적 사유에 있다. 사회 전반적으로 너무나 당연하고 명확하다고 생각해 온 것에 의문을 제기하는 비판적 사유가 인문학의 핵심이다. 인문학은 정답을 찾는 것이 아니다. 모두가 당연시하는 것을 찾아 의심하고, 전혀 다른 새로운 질문을 던져 보는 것이 바로 인문학이다. 당연하다고 생각해 온 것들에 대해 과감히 문제를 제기하는 인문학적 비판이 다른 어떤 방법보다 뛰어난 미래 연구 방법이 될 수 있다. 미래학과 인문학이 만날 때 우리는 원하는 미래를 만들어 나갈 수 있다.[9]

미래 디자이너는 보이는 현상을 모두 믿으면 안 된다. 비판적인 자세를 가지는 동시에 열린 마음을 지녀야 한다. '자연스럽게 받아들인 사실들', '누구나 당연하다고 여기는 것들'에 대해 다시 한 번 질문을 던져 보면 어떨까? 비판적인 자세는 미래에 대해 새로운 관점을 갖게 한다.

"미래에는 어떤 일이든지 일어날 수 있다."라는 새로운 가능성을 열어놓고 미래를 디자인하자. 열린 마음은 미래를 다양하게 바라볼 수 있는 바탕이 된다. '비판적인 자세'와 '열린 마음'은 미래 디자이너에게 없어서는 안 될 핵심가치다.

인문학을 공부하는 이유

"인간을 이해하려면 단순히 숫자를 보고 답을 찾는 게 아니라 문제가 무엇인지를 아는 사람, 즉 제대로 된 질문을 할 수 있는 사람이 필요하다."

— 크리스티안 루더, 『빅데이터, 인간을 해석하다』

9 정봉찬, 『미래학, 인문학을 만나다』, 지식공감, 2016.

빅데이터 정보 홍수 시대가 도래했다. 오히려 데이터가 너무 많아 이를 분석하는 속도가 따라가지 못할 정도다. 수많은 데이터들은 판단을 흐리게 하기도 한다. 이런 데이터가 넘치는 시대에도 결국 그 중심엔 사람이 있을 수밖에 없다.

숫자가 모든 것들을 대변하고 사회를 면밀히 표현하는 세상이지만 이를 분석하고 판단하며 실천하는 것은 사람이 할 수밖에 없다. 똑같이 보이는 미래 사회도 그것을 디자인하는 사람에 따라 달리 해석된다. 이것이 바로 초연결 디지털 시대(hyper-connected digital era)에 인간에 관한 학문인 인문학을 공부해야 하는 이유다.

DESIGN FUTURES +

SMARTPHONE ZOMBIE

스마트폰 좀비

"요즘 아이들은 학교에서 배운 지식으로 인생을 준비하는 것이 불가능한 첫 세대이다."

— 유발 하라리, 『사피엔스』

요즘 학생들은 인터넷과 24시간 연결되어 있어, 선생님과 교과서보다는 스마트폰에서 더 많은 지식을 얻는다. 심지어는 선생님의 가르침보다 스마트폰을 더 믿는다.

인터넷은 지식 습득 방식을 변화시켰다. 클릭 한 번으로 쉽게 원하는 정보를 구할 수 있게 되면서 사람들은 창의적으로 생각하는 방법을 잊어버렸다. 스마트폰이 옆에 있으면 실제로 자신이 아는 것보다 더 많이 알고 있다고 착각하곤 한다. 이런 착각은 나와 반대 의견을 가진 사람들을 배척하게 한다. 인터넷을 통한 지식 습득은 다른 사람이 작성한 정보에 의존해야 되는 수동적인 학습 방식이다. 이러한 수동적인 학습 방식은 인터넷에서 찾은 정보에 대해 무비판적으로 받아들이게 한다.

이런 성찰이 없는 인터넷 정보의 수용은 위험하다. 더 늦기 전에 우리가 어떤 미래를 진정으로 원하는지에 대한 철학적 성찰이 필요하다. 미래 변화에 대한 합리적인 근거를 교환하고, 서로 공감하여 이해하는 방식으로 커뮤니케이션을 진행해야 한다. 여기서 '이해한다'는 미래 변화의 동인을 안다는 게 아니라 '동인과 동인 사이에 어떤 관계가 있는지'까지 파악하는 것이다.

또한, 미래를 제대로 이해하기 위해서는 '기존의 관점을 비판적으로 생각할 수 있는 능력'과 '미래의 본질을 끄집어낼 수 있는 질문의 기술'이 필요하다. 인터넷에 있는 지식을 무비판적으로 받아들이기 전에 이것이 정말 진실인지 스스로 한번 질문해 보면 어떨까?

스마트폰과 미래

보행 중 스마트폰 사용으로 발생하는 교통사고가 빠른 속도로 증가하고 있다. 스마트폰을 사용하느라 다른 곳을 살피지 않고 좀비처럼 갑자기 이곳저곳에서 튀어나오는 사람을 '스마트폰 좀비(smartphone zombie)'라고 한다. 교통안전공단과 현대해상화재보험에서 스마트폰 이용 실태를 조사한 결과, 95%가 "걸으면서 스마트폰을 사용한 적이 있다."고 대답했다.

만약 지하철을 타고 좌석에 앉아 있다면 좌우에 있는 사람을 바라보자. 그 사람이 스마트폰을 하고 있을 확률이 80% 이상이다. 심지어 횡단보도를 건널 때도 스마트폰을 보고 길을 건넌다. 모든 사람들이 스마트폰에 고개를 처박고 있는 것처럼 보인다. 고개를 들면 더 멋진 세상이 펼쳐질 텐데……. 더 넓은 세상과 연결하기 위해 우리는 스마트폰을 사용한다. 하지만 어쩌면 이것이 우리를 작은 화면에 가두는 족쇄가 될 수도 있다.

폴 로버츠는 그의 저서 『근시사회(Impulse Society)』에서 이렇게 말했다.

"사람들은 스마트폰과 인터넷을 통해 그 어느 때보다 많은 사람과 소통할 수 있고 순식간에 전 세계와 연결될 수 있는 환경이 되었지만, 오히려 즉각적 만족, 단기적 이익, 눈앞의 욕망을 충족시키는 데만 급급한 사회가 되고 말았다. 덕분에 정치, 사회, 경제 모든 분야에서 장기 전략을 수립하거나 긴 호흡으로 사안을 대하는 인내심이 사라졌다."

오직 속도만이 지배하는 세상일수록 미래에 대해 생각하는 시간이 더 필요하다. 눈앞의 욕망만 찾는 근시사회로 변하면 한국의 미래는 없다. 스마트폰만 보느라 소중한 미래를 놓치고 있지 않은지 뒤돌아보자. '스마트폰보다는 책', '돈보다는 사람', '현재보다는 미래'를 선택하면 어떨까? 지금은 한 템포 기다리면서 미래를 고민해 볼 때다.

스마트한 세상과 더 우둔해진 우리들

인터넷과 정보 기술의 발달로 스마트한 세상을 하루하루 경험하는 것이 즐겁다. '스마트폰이 개발되기 전에는 어떻게 살았을까?'라는 생각이 들 정도로 많은 편의를 생활의 여러 분야에서 제공받고 있다. 그럼에도 이상하게 기억력, 집중력, 주의력, 인지력과 같은 생각하는 능력은 점점 떨어지고 있는 것 같다.

스마트 기기와 정보 기술의 발달이 오히려 깊게 사고하고 스스로 생각하는 능력을 앗아가고 있다. 사람들은 이제 원하는 정보와 지식을 얻기 위해 몇 시간 동안 책을 읽거나, 도서관에서 헤매지 않아도 된다. 인터넷을 통해 키워드 검색으로 쉽게 정보를 습득한다. 정보를 쉽게 찾는 대신에 대충 훑어보는 식으로 바뀌어 스스로 깊이 사고하지 않는다.

스마트 기기들이 우리를 똑똑하게 만들어 준다고 착각하지만, 실제로 정보에 대한 이해도와 생각하는 능력은 오히려 떨어지고 있다. 인터넷과 SNS에 더 많이 연결될수록 인간의 사고능력은 더욱 취약해질 수밖에 없다. 결코, 우리는 인터넷 전 시대보다 똑똑해지지 않았다. 그럼 어떻게 하면 우리 인간이 가진 깊이 사고하고 생각할 수 있는 능력을 지킬 수 있을까?

현대인은 무한 경쟁 사회에서 쉼 없이 달려간다. 때로는 쉬는 것이 오히려 가장 좋은 경쟁력이 될 수도 있다. 특정한 시간을 정해두고 디지털 세상과 멀어지는 연습을 해보자. 쉬는 시간에 우리 미래를 상상해 보면 어떨까?

D E S I G N F U T U R E S

01

책 속의 책

미래 디자인 방법론

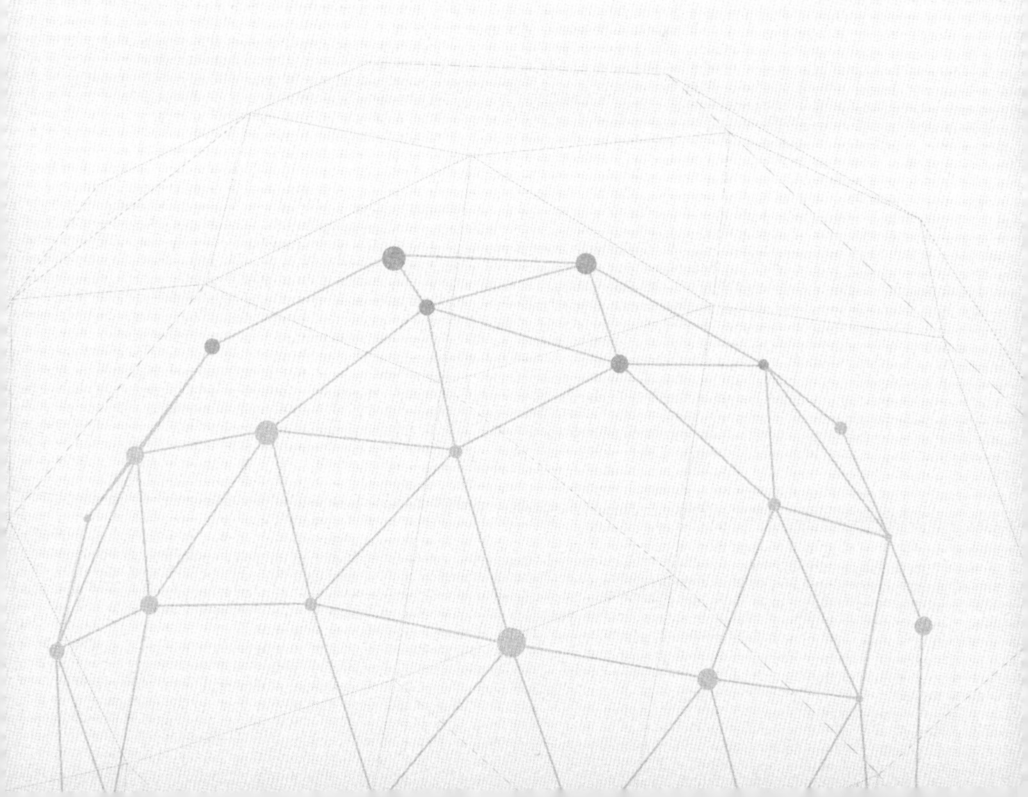

Future Design Methodology

미래 디자인의 목적은 참여자들이 직접 미래를 상상하고, 현재뿐만 아니라 미래의 문제를 풀어낼 대안 미래를 탐색하며, 스스로 바라는 미래 사회의 모습을 찾아낼 수 있도록 돕기 위함이다. 이처럼 바람직한 미래상을 달성하기 위해 효과적으로 미래 대안을 도출할 수 있는 참여적 미래 디자인 방법들을 소개한다.

스리 카페(three cafes)[10]는 월드 카페(world cafe), 퓨처 카페(futures cafe), 게임 카페(game cafe)로 구성되며, 다양한 분야에서 바람직한 미래 비전을 설정하고 이를 달성하도록 고안된 방법론이다.

월드 카페에서는 분야별로 미래를 움직이는 동인을 도출하고, 퓨처 카페에서는 미래 시나리오를 세우고 캐릭터 인물을 활용하여 미래에 대한 중요성을 인지시키며, 게임 카페에서는 게임 요소를 가미해 온라인을 통해 다양한 공간의 시민들에게 재미를 주면서 프로세스에 몰입시켜 참여도를 증가시킨다.

10 정봉찬, 「3차원 창의성을 이용한 참여적 미래 연구방법 개발」, 카이스트, 2015.

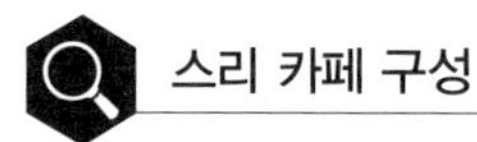

월드 카페	퓨처 카페	게임 카페
• 미래 변화에 대한 변화 동인 도출	• 4가지 미래 시나리오 작성 및 바람직한 미래 도출 • 바람직한 미래 달성을 위한 실행 계획 설계	• 게이미피케이션 기법을 통한 다수의 집단 지성을 활용하여 즐거운 미래 대안 도출 방법

스리 카페는 월드 카페, 퓨처 카페, 게임 카페를 통합하여 운영하는 미래 디자인 방법이다. 각 카페에 대해서는 다음 장부터 하나씩 설명하고자 한다.

월드 카페(world cafe)는 사람들이 카페와 유사한 공간에서 창조적인 집단 토론을 함으로써 지식 공유나 생성을 유도하는 토론 프로세스다. "지식과 지혜는 딱딱한 회의실에서 만들어지는 것이 아니라 열린 공간에서 이루어지는 사람들 간의 토론을 통해 생성된다."는 생각에 기반을 두고 있다. 어려운 질문에 대한 해답을 얻기 위해 다양한 결과를 취합하는 과정을 거치기 때문에 주로 전략회의나 정책 결정 프로세스에서 사용된다. '주아니타 브라운(Juanita Brown)'과 '데이비드 아이삭스(David Isaacs)'에 의해서 1995년에 개발되었으며, 이제는 방법론이 광범위하게 보급되어 비즈니스는 물론이고 시민 활동과 교육에 이르는 모든 분야에서 활발하게 사용되고 있다.

스리 카페에서 월드 카페의 주된 역할은 미래의 변화 동인을 선별하는 것이다. 주로 한국미래전략연구소[11]나 ARUP[12]에서 발간한 '변화 동인 카드'를 활용해 미래 변화 동인을 우선순위에 의해 선별한다.

월드 카페는 크게 3단계로 운영된다.

1. 사회, 기술, 경제, 환경, 정치의 각 영역에 대하여 각각 5개의 변화 동인을 선별한다.

2. 선별한 변화 동인에 대한 미래 사회의 영향력과 불확실성을 측정한다.

3. 변화 동인을 재조합하여 여기에 걸맞은 미래 이미지를 부여한다.

월드 카페의 진행 순서와 자세한 시간 구성은 다음과 같다.

월드 카페 진행 순서

월드 카페 소개 ▶ 사회, 기술, 경제, 환경, 정치 분야 중 가고 싶은 분야를 선택하여 착석 ▶ 5개 팀 구성 ▶ 큐레이터 1명 선발 ▶ 팀별 주요 동인 고르기(15개) ▶ 다른 테이블로 이동 ▶ 팀별 주요 동인 고르기(8개) ▶ 다른 테이블로 이동 ▶ 팀별 주요 동인 고르기(5개) ▶ 공유/피드백 ▶ 동인의 영향력, 불확실성 측정 ▶ 동인 재조합 ▶ 새로운 미래 이슈 도출 ▶ 질의 응답 및 설문 조사 ▶ 마무리

---

11 미래 연구 분야 세계 최고 수준의 민간 연구소를 목표로 연구계, 산업계 정부기관, 언론계, NGO 등 사회 각 분야 전문가로 구성되어 있으며 중장기 미래 전략 수립, 미래학 교육, 출판, 강연, 조직의 미래 비전 수립 컨설팅 등 다양한 분야에서 활동하고 있다.

12 디자인, 미래 예측 분야에서 비즈니스를 전개하는 글로벌 기업.

다음은 소셜 네트워크 서비스(Social Network Service, SNS) 미래 변화에 대한 월드 카페에서 도출한 결과다.

SNS 미래 변화 동인 선별

구분	1	2	3	4	5
사회	가구 변화	도시로의 이주	공동체	교육	고령인구
기술	정보통신기술	연락/연결	기술 의존	가상현실게임	생체공학인간
경제	사회 양극화	생계 기회	노인부양률	노동력 공백	사업 기회
환경	자동차 이용 증가	기후변화	재난 관리	보이지 않는 영향	에코도시
정치	여론	역량 강화	대의권	정책 수립	형평성

SNS 미래 이슈의 도출

미래 이슈	사용한 동력
복제인간이 사람을 대신해서 다른 사람과 소통 후 주인에게 보고	생체공학인간, 정보통신기술, 고령인구, 역량 강화, 도시로의 이주
전 세계 가상현실 SNS 확산	연락/연결, 가상현실게임, 공동체, 기후변화, 대의권
정부 SNS 폐지	여론, 사회 양극화, 보이지 않는 영향, 노동력 공백, 기술 의존

퓨처 카페(futures cafe)는 월드 카페에서 도출된 변화 동인과 미래 이미지를 바탕으로 앞으로 다가올 미래에 대한 네 가지 시나리오를 세우고 참여자들이 생각하는 바람직한 미래 비전을 수립하여 구체적으로 미래에 대해 생각해 보는 단계다.

미래에 대힌 시나리오를 세우기 위해 우선 과거 역사에 대한 이해가 필요하다. 해당 주제에 대한 과거를 살펴보고, 현재는 어떤 트렌드를 가지고 어떤 가치를 중요하게 생각하고 있는지 파악한다.

그 후 하와이대학교의 '짐 데이터(Jim Dator)' 교수의 네 가지 대안 미래(4 alternative futures) 시나리오를 세운다. 이때는 월드카페에서 도출된 변화 동인을 활용한다. 네 가지의 미래 시나리오 중 가장 참여자들이 원하는 미래 비전을 투표로 정하고, 미래 비전의 달성을 위해 어떤 행동을 해야 하는지 구체적인 계획을 수립해 본다.

이후 참여자별로 자신이 바로 내일부터 일주일간 미래 비전의 달성을 위해 해야 할 일 한 가지씩만 생각해 보고 공유하는 시간을 갖는다. 이런 시간을 갖는 이유는 개인의 한 가지 행동이 모이고 모이면 더 나은

미래를 만들 수 있다는 생각을 전달하기 위함이다.[13]

퓨처 카페 운영 방식

1. 과거 여행

해당 분야의 과거 역사에 대한 공통적 이해를 바탕으로 참여자들 간에 공감대를 형성한다.

2. 현재 여행

지금 당면한 현재의 문제점과 현재 가능한 일들을 검토한다. 현재 상황과 해당 분야 이해관계자들의 관심 영역을 명확하게 인식할 수 있어야만, 미래를 디자인할 수 있다.

3. 미래에 영향을 미칠 요소 확인

미래를 형성하는 지속적인 주요 트렌드, 새로운 이머징 이슈, 과거부터 유지되어온 핵심적인 가치들을 다시 한 번 재확인한다. 미래에 발생 가능한 리스크와 기회를 확인한다.

4. 발생 가능한 대안 미래(alternative futures) 경험

미래에 영향을 미칠 주요 동인들을 다양한 방식으로 조합해 보며 미래가 작동하는 방식에 대해 이해한다. 이를 바탕으로 대안 미래의 4개 패턴(지속 성장 사회, 붕괴 그리고 새로운 시작 사회, 정체 사회, 변형 사회) 중 한 가지 이상을 상상해 보고 경험한다.

13 박성원·강경균, 미래연구워크숍을 통해 바라본 청소년 미래 직업 탐색 연구, 한국실과교육학회지, 2014.

5. 선호하는 미래 비전 이미지 작성

도출된 과거, 현재, 대안 미래에 근거하여, 해당 분야의 20~50년 후 선호하는 미래에 대한 미래 이미지를 작성한다. 미래 이미지 작성이 퓨처 카페의 핵심이다.

6. 미래 비전 달성을 위한 실행 계획 수립

미래 비전을 달성하기 위해 해당 사회가 무슨 일을, 어떠한 절차로 수행해야 하는지를 결정한다. 실행 계획의 작성은 참여자들이 선호하는 미래 이미지를 단순히 상상하는 것에서 한 발 더 나아가, 미래 비전을 달성하기 위해 현재에 무슨 일을 해야 하는지를 결정한다.

7. 미래를 바꿀 한 가지 행동

보다 나은 미래를 만들기 위한 참여자들의 한 가지 행동이 모이고 모이면 결국에는 미래를 새롭게 바꾸어 나갈 수 있다. 또한, 미래를 위해 한 가지 행동을 실천하면, 이것이 옆에 있는 동료에게도 옮겨져 큰 흐름으로 이어진다.

퓨처 카페 진행 순서

퓨처 카페 소개 ▶ 4개 팀 구성 ▶ 4개 팀별 미래 탐색 ▶ 시나리오 작성 방법 소개 ▶ 시나리오 구성 ▶ 시나리오 심화 ▶ 캐릭터 스토리텔링 ▶ 공유/피드백 ▶ 투표 ▶ 바람직한 미래 시나리오 공유 ▶ 실행 계획 수립 ▶ 질의응답 및 설문 조사 ▶ 마무리

온라인, 비디오, 모바일 게임 등 다양한 매체로 게임이 확장되면서 많은 사람들이 게임을 즐기고 있다. 게이머들은 다음 레벨로 가기 위한 포인트를 모으기 위해 한 번에 몇 시간 동안 반복되는 작업을 수행한다. 이런 막대한 게이밍 에너지를 본질적으로 덜 즐거운 현실 세계에 이용하기 위해 다양한 시도가 이루어지고 있다. 비 게임적인 상황에 게임적인 사고와 기법을 활용하여 유저를 몰입시키고, 문제를 해결하는 과정이 '게이미피케이션(gamification)'이다.

흥미와 몰입을 유발하는 대표적인 게임 요소에는 점수(point/score), 레벨(level), 배지(badge), 순위표(leader board), 도전과제(quest), 목표(goal), 경쟁(competition), 보상(reward)이 있다. 이러한 게임적인 요소를 미래 디자인을 위한 참여 방법에 적용하면, 참여자들은 끈기 있게 미래에 집중하며 실패해도 또다시 시도하게 된다. 참여자들을 프로세스에 몰입시켜, 그들이 가진 능력을 충분히 발휘할 수 있게 한다.

게임 카페는 퓨처 카페를 통해 도출한 바람직한 미래를 바탕으로 게

이미피케이션 방법을 이용해 참여자들의 몰입도를 증가시켜 실현 가능한 아이디어 도출하는 단계이다. 게임 카페에서는 주요 게이미피케이션 요소 중 도전과제, 점수, 순위표, 보상/경쟁 요소를 사용한다.

도전과제	퓨처 카페를 통해 도출된 대안 미래상을 바탕으로 자유로운 실현 가능한 아이디어를 등록.
점수	아이디어에 대한 네티즌 평가(1인이 중복하지 않고 3표까지 행사 가능)에 따른 점수를 부여.
순위표	네티즌 평가 순위에 따라 상위 10개의 실현 가능한 아이디어를 연구 멤버가 자체 평가.
보상/경쟁	상위 10개 실현 가능한 아이디어 제출자에 대해서는 별도 경품(USB, 스마트폰 배터리 등) 제공.

게임 카페 진행 순서

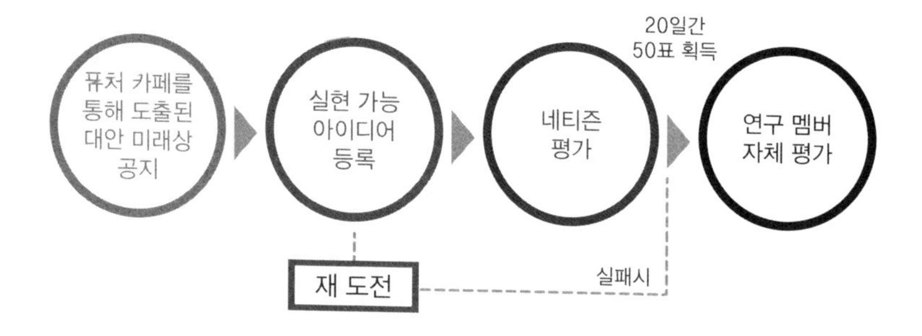

퓨처 카페를 통해 도출된 미래상 공지 ▶ 사용자가 실현 가능한 아이디어 등록 ▶ 네티즌 평가를 통한 점수와 순위표의 부여 ▶ 반복과 순환, 재도전을 통한 우수 아이디어 도출 ▶ 선정된 상위 아이디어에 대한 연구 멤버 자체 평가 ▶ 최종 상위 아이디어에 대한 보상 실시

'원인과 결과'라는 상관관계를 이용해 논리적으로 미래를 상상하는 힘을 기르기 위해 개발한 미래 디자인 방법이 '퓨처 브랜치 디자인(future branch design)'[14]다.

미래 가지(future branch)는 미래 사회의 변화와 원인 사이에서 계속 가지를 쳐 나가는 것이다. 이 과정으로 인과관계가 분명한 미래 그림이 그려지게 된다. 상자 안에는 미래 사회의 변화에 대한 원인이나 결과가 되는 현상을 기재하며, 화살표는 동인과 변화라는 논리적인 연결 고리를 표시할 때 사용한다. 사회의 변화에는 한 가지 원인만 있지 않다. 여러 가지 원인이 복합적으로 작용하여 미래 사회의 변화를 일으킬 수 있다. 따라서 여러 원인으로 인한 사회의 변화는 화살표를 그것에 맞게 더 그리면 된다.

미래 가지를 활용하면 미래에 어떤 일이 벌어질지 상상해 볼 수 있다. 이 시점에서의 상황을 논리적으로 정리하고 그다음 미래에는 어떤

---

14 정봉찬, 『미래학, 인문학을 만나다』, 지식공감, 2016.

일이 벌어질지 상상해 보는 것만으로도 미래를 경험할 수 있다. 미래는 아직 오지 않았기 때문에 정답은 없다. 미래 가지치기를 통해 다양한 미래를 디자인할 수 있다.

퓨처 브랜치 디자인
지속성장사회: 영화 〈아이언맨〉

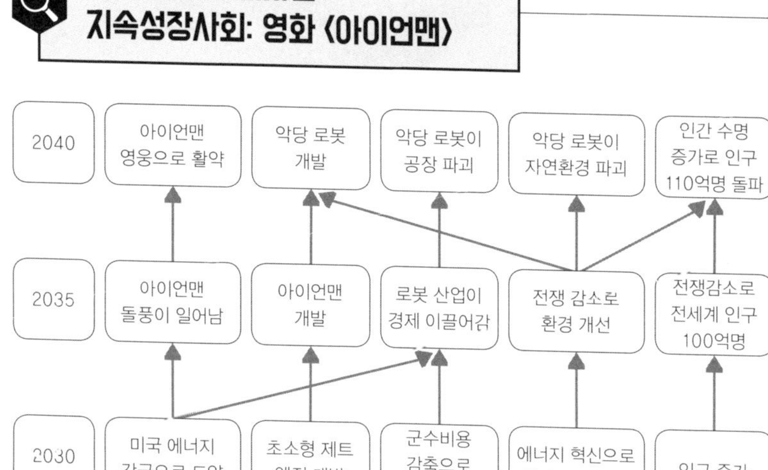

퓨처 브랜치 디자인
붕괴 그리고 새로운 시작 사회: 영화 〈매트릭스〉

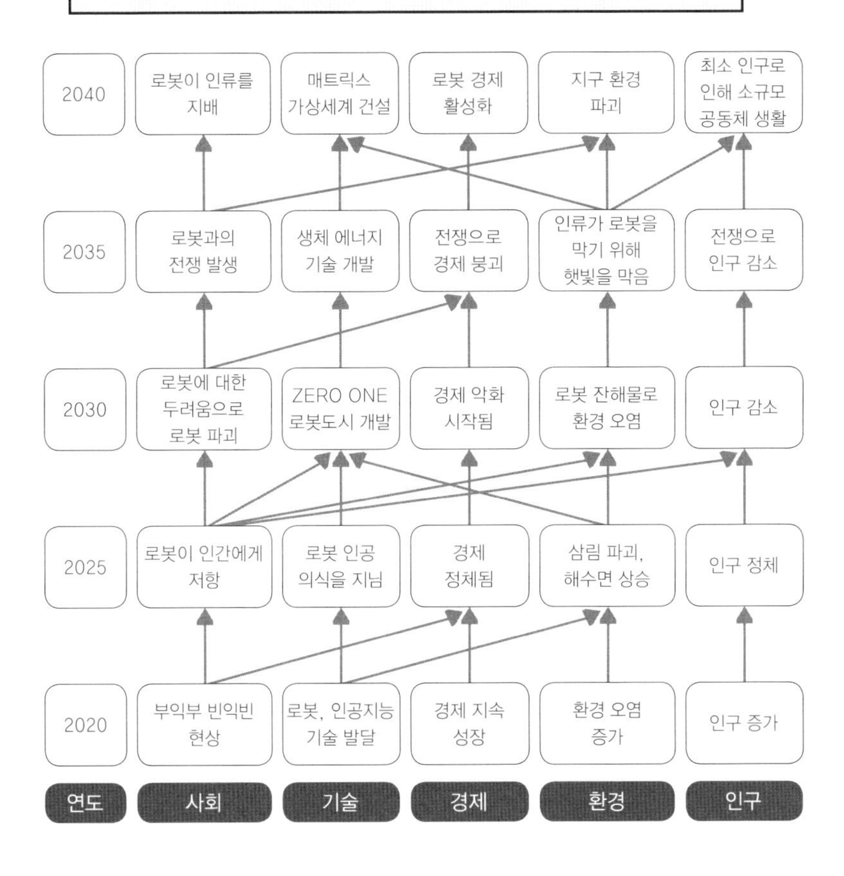

현재의 대안이 되는 네 가지의 미래 상황을 상상하며 경험해 보고 미래 시나리오를 써봄으로써 다양한 미래 가능성을 예측한다. 네 가지 대안 미래를 경험할 수 있는 '포 퓨처 디자인 기법(4 futures design)'을 통해 직접 미래 시나리오를 써보고 미래에 발생할 기회와 문제점을 발견한다.

네 가지 미래 디자인 기법으로 미래 사회의 위기, 기회, 대안을 파악하고 미래 사회에 필요한 새로운 기술과 직업을 도출하는 한편, 미래 사회를 세부적으로 그려볼 수 있다.

네 가지 시나리오를 세우는 이유는 정해진 미래는 없기 때문이다(There is no 'the future', but only 'futures'.). 누구도 앞으로 어떤 미래가 올지 정확하게 예측할 수는 없다. 따라서 미래에 대한 불확실성 범위를 확대하여 생각하며 미래에 대한 관대한 태도를 갖춰야 한다. 어떤 미래가 오더라도 이에 적합한 시나리오를 세우고 대응해 간다면 우리가 원하는 미래 비전을 달성할 수 있다.

네 가지 미래

1) **지속 성장 사회**(continued growth society): 현재 사회의 일반적인 특성인 성장 지향, 기술 진보, 경제 활성화가 지속되는 미래다. 최소 비용으로 최대 이익을 창출하면서 모든 것을 계속 더 풍요로운 쪽으로 이끌어 간다.

2) **붕괴 그리고 새로운 시작 사회**(collapse & new beginning society): 질병, 자연 재해, 기후변화, 환경 재앙, 테러가 발생하여 우리 사회가 한순간에 무너져 중세 암흑기와 같이 변하는 미래다. 영화 〈터미네이터〉, 〈매트릭스〉처럼 인공지능의 배신으로 인류가 그동안 이룩했던 모든 것들이 붕괴된다. 인류는 한때 세계를 지배했지만, 이제는 자기들의 피조물에게 지배되는 처지가 돼버린다.

3) **정체 사회**(conservative society): 자원, 에너지 부족으로 산업 성장에 한계가 온다. 경제 성장보다는 사회를 보존하는 노력이 중요한 미래다. 천연자원, 맑은 공기, 마실 수 있는 물의 양은 한정돼 있다. 인구와 경제가 아무리 성장하더라도 지구는 성장하지 않는다. 지구는 인류로 인하여 고갈되어 가고 있다. 이런 속도로 인류가 소비를 계속한다면, 지구와 같은 행성이 하나 더 필요하다.

4) **변형 사회**(transformational society): 급격하게 변화되는 '특이점'이 도래하여 이전 사회와 근본적인 다른 미래가 나타난다. 사회의 근본적인 패러다임 변화를 통해 새롭게 태어나는 미래다. 인공지능 단계를 넘어 자아를 의식하는 로봇이 출현한다. 로봇들은 자가 복제하면서 스스로 개량해 나가 결국에는 인간을 능가한다.

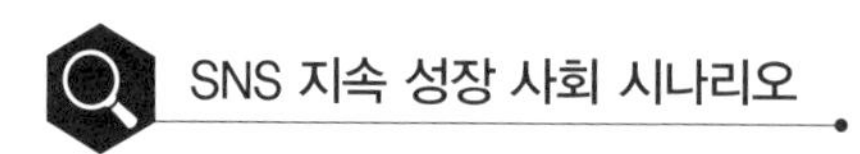

SNS 지속 성장 사회 시나리오

지속 성장 사회

2020년	2025년	2030년	2035년	2040년
SNS 자동 입력 시스템 개발	전 세계의 웨어러블 디바이스 확산	전자기기 디바이스 태양열 자동 충전 가능	가상현실 SNS 시스템 개발	전 세계 가상현실 SNS 확산

SNS 붕괴 그리고 새로운 시작 사회 시나리오

붕괴 그리고 새로운 시작 사회

2020년	2025년	2030년	2035년	2040년
개인 SNS 해커 등장	회사 내부 산업스파이가 동료 SNS 해킹 후 기술 유출	북한이 남한군 장성의 SNS 해킹 후 남침 단행	정부 SNS 폐지	아날로그 기반의 전혀 다른 소통 채널 구축

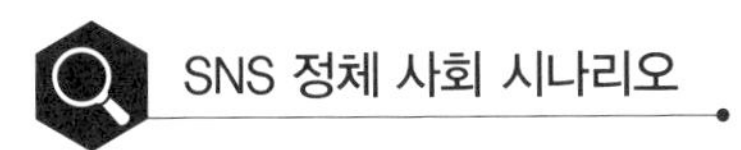

SNS 정체 사회 시나리오

정체 사회

2020년	2025년	2030년	2035년	2040년
인공지능 컴퓨터(AI) 개발 완성	AI가 SNS 검열 시작	인간이 SNS에 글 올리기 전에 AI가 사전 차단	AI가 언론 등 미디어 지배	AI를 가진 휴머노이드가 전세계 지배

SNS 변형 사회 시나리오

변형 사회

2020년	2025년	2030년	2035년	2040년
모든 질병을 바이오 테크놀로지로 치료 가능	합성생물학의 발전으로 복제인간 개발	복제인간이 사람이 원하지 않는 일들을 수행	복제인간이 사람을 대신해서 다른 사람과 소통 후 주인에게 보고	전 세계 모든 사람이 한 명 이상의 복제인간 활용 가능

'9컷 만화(9-cut cartoon)'는 미래에 일어날 수 있는 여러 가지 상황을 영화나 드라마처럼 스토리 형식으로 만들어 9컷의 만화로 묘사하는 미래 디자인 방법이다. 미래를 구체적으로 예측하기보다는 다양한 미래의 모습을 명료하게 표현하는 데 더 주안점을 둔다. 만화라는 스토리 형식으로 전개되기 때문에 다양한 미래에 내해 이해하기 쉽고, 미래를 만화를 이용하여 묘사함으로써 참여자들에게 미래 디자인을 쉽게 전달하고 세부적인 이미지를 떠오르게 해준다.

만화 주인공을 선정하여 이야기가 있는 미래 사회를 그려봄으로써 단편적인 미래 이미지들을 보다 구체화할 수 있다. 만화 주인공의 삶을 통해 자기의 미래를 상상해 보며 미래 사회의 위기와 기회를 발견하여 대비할 수도 있다.

Q 질문: 미래에 서울 인구가 1,000만 명에서 100만 명이 된다면 당신과 이웃과의 관계는?

순서	제목	내용
1	만병통치약 개발하다 큰코다쳐	사람들이 불로장생을 원하는 사회에서 과학자들은 만병통치약을 개발하다 돼지새 괴물이 출몰하게 되었다.
2	한강: 돼지새 괴물 출몰, 900만 명 어디로?	한강에 얼굴은 돼지, 날개와 다리는 새고 입이 엄청나게 큰 이상한 괴물이 다시 나타나서 한강에 놀고 있던 가족, 커플, 사람들이 모두 도망갔지만 결국 잡아먹히고 말았다.
3	남겨진 이들에겐 900kg의 무거움	서울의 인구가 급격하게 줄어들어 교통체증이 사라지게 되었다.
4	우리는 오뚝이 서울	무너진 체제를 다시 일으키는 데 필요한 시설을 세우고 적성에 맞는 대표자를 뽑아 문제를 해결해 나가며 어려움을 헤쳐나갔다.
5	농사로 첫발 내디뎌	서울의 인구가 줄어들어 놀고 있는 땅이 많아졌다. 사람들은 식량이 부족하여 먹고 살기 위해 농사를 짓기 시작했다.
6	라디오와 함께 춤을	동네가 떠들썩한 날이다. 옆 마을 사람들이 놀러 올 정도로 흥겨웠다. 어제 우연히 땅속에서 파낸 라디오는 주민들이 함께 모여 춤을 추며 놀 수 있게 해주었다.
7	공동으로 판 정(井)	농기계가 없어 농사를 혼자 짓기가 너무 어려워 사람들은 공동으로 서로 힘을 합해 도와가며 농사를 짓기 시작했다. 공동으로 우물을 파고 공동으로 모심기하며 즐겁게 농사를 지었나.
8	일도동석(一道同夕)	인구가 줄어드니 이웃집과 한집에 사는 것처럼 가까워졌다. 마주 보는 집의 마당은 공동이며 인도는 하나로 이어지고 언제나 같이 저녁을 먹을 수 있게 평상과 화로가 준비되어 있다. 무엇보다 집마다 문을 잠그지 않고 열어둔다.
9	모여비빔밥 출시	내가 좋아하는 음식이 모여비빔밥이다. 모여비빔밥은 이웃 주민들이 각자 생산한 농산물을 함께 넣어 만든 음식이다. 모여비빔밥을 먹으면서 소통하고 다시 미래를 만들어 갈 힘을 얻는다.

출처: 한국미래전략연구소, 「청소년 미래전망 워크숍 보고서」, 2015.

Future Design Methodology

콜라주(collage)는 풀로 붙인다는 뜻으로 신문지나 벽지, 악보 등 인쇄물을 풀로 붙이는 근대미술 기법이다. 이 기법은 화면 구도, 채색 효과, 구체감을 강조하기 위한 수단이었고, 실 꾸러미, 모발, 철사, 모래 등 캔버스와는 이질적인 재료, 또는 신문, 잡지의 사진이나 기사를 오려 붙이곤 한다.

미래 디자인에서는 콜라주를 통해 전혀 엉뚱한 물체끼리 조합함으로써 새로운 미래를 창조하여 참여자들에게 미래 사회에 대한 연상적, 상징적인 효과를 보여줄 수 있다. 주로 각자 개성에 맞게 상상하여 자신이 포함된 미래 사회의 모습을 콜라주로 표현한다.

미래직업 콜라주

미래 유형	붕괴 그리고 새로운 시작 사회
직업 이름	회복 일러스트레이터
나의 장점 세 가지	그림을 잘 그린다. 회복탄력성이 좋다. 잘 먹는다.
하는 일	붕괴로 받은 다양한 상처를 위로하는 그림을 그린다.
필요한 능력	타인 공감, 예술적 감각, 깊은 생각
일할 때 힘든 점	아이디어 구상, 타인의 상처를 이해하는 것
자부심을 느낄 때	다른 사람들이 그림을 보고 위로받았다고 말해줄 때
꼭 지켜야 하는 가치	타인을 위로해 주겠다는 신념, 타인을 위한 마음
동료와의 관계	서로의 상처를 보듬어주는 진실된 관계여야 함
개선되어야 할 부분	도구적 한계와 문제 극복 방안 마련, 일러스트 전달방법, 경제적 이익 미약

출처: 한국미래전략연구소, 청소년 미래전망 워크숍 보고서, 2015

비저닝(visioning)은 다양한 미래를 상상해 보고 그중에서 우리가 달성하고자 하는 미래를 설정하면서 미래를 디자인하는 방법이다. 미래 비전을 명확히 하고, 목표를 달성하기 위한 전략을 수립하여 참여자들이 희망하는 미래를 제시한다. 미래 비전이 결정되면 이를 달성하기 위한 구체적인 계획을 수립한다. 이때 주로 사용하는 방법이 백캐스팅(back casting)이다.

삶의 지침이 되는 핵심가치를 바탕으로 미래 비전을 수립하여 미래부터 현재로 돌아오는 백캐스팅 기법을 통해 미래 비전을 성취하기 위한 미래 전략을 완성한다.

미래 비전을 설정하는 게 쉬운 일은 아니다. 듣기만 해도 가슴이 뛰고 달성했을 때의 명확한 이미지가 그려지는 비전의 수립이 필요하다. 미래 비전을 달성해 가는 과정에서 수많은 난관을 뛰어넘으며 우리는 성장한다.

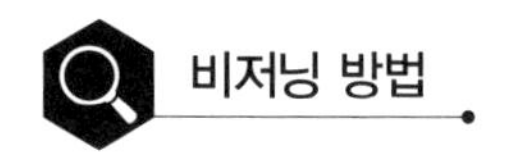

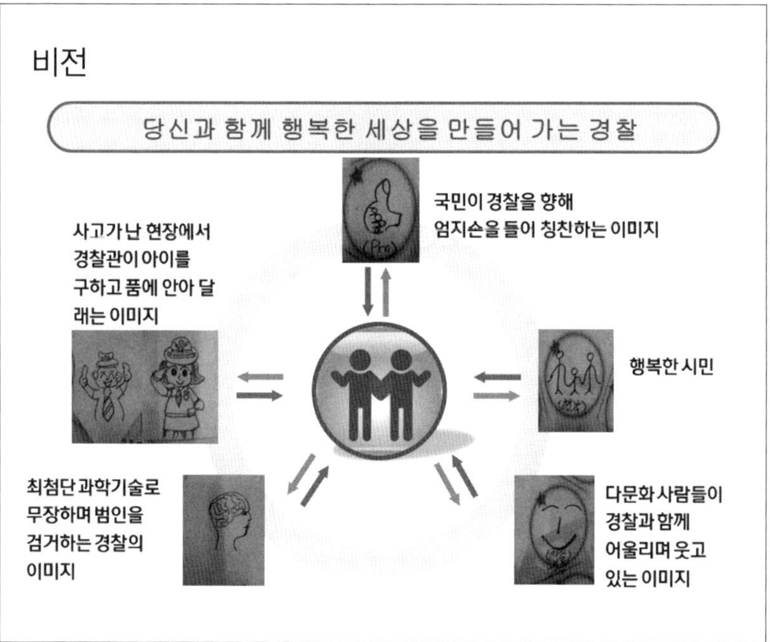

출처: 한국미래전략연구소, 「경찰 미래비전 워크숍 보고서」, 2015.

백캐스팅(backcasting)에서는 우리가 원하는 미래 비전에 도달하는 데 필요한 전략, 자원, 행동을 조사한다. 분석 방향은 미래 비전으로부터 현재로 오는 역방향이다. 이렇게 한 페이지에 비전 달성을 위한 세부 전략들을 파악할 수 있고, 그것들이 언제 현실화될 것인지 예측할 수 있다.

백캐스팅은 설정한 미래 비전을 위한 구체적인 전략을 수립하고, 미래 비전을 달성하기 전에 해야 할 일과 위기와 기회 상황에서 대응 방안을 찾아보는 미래 디자인 방법이다.

백캐스팅 방법

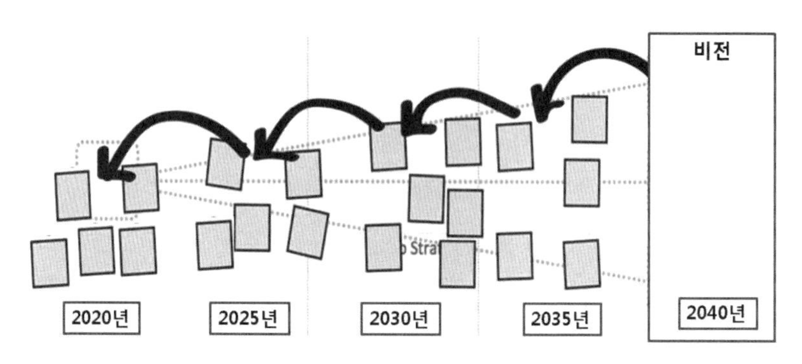
비전
2020년
2025년
2030년
2035년
2040년

2040년 비전
"사람들이 더 나은 미래를 재미있게 만들어 나가도록 도와주는" 미래디자이너
2035년
일반인 및 기업 미래 디자인 컨설팅
2030년
미래 디자인 연구소 설립 및 운영
2025년
워크숍, 학회, 저널 등을 통한 다양한 미래 디자이너들과 소통 및 교류
2020년
다양한 계층들의 사람들과 함께 미래 디자인 워크숍 운영

'퓨처스 휠(futures wheel)'은 미래 사회의 트렌드가 미치는 1차, 2차, 3차 영향을 한눈에 볼 수 있게 연결고리를 순서대로 도형화한다. 이를 바탕으로 점점 퍼져나가는 영향력을 이어주는 미래 디자인 방법이다. 퓨처스 휠은 종이와 펜만 있으면 그릴 수 있는 단순한 방법임에도 몇 명의 참가자만으로도 풍부한 아이디어를 얻을 수 있다. 퓨처스 휠을 시작하기 전, 우선 가능성 있는 사회 트렌드를 중앙에 배치한다. 그리고 그 사건으로 인한 영향이 어떻게 나타날 것인가를 중앙에서부터 바퀴 모양으로 연결해 꼬리에 꼬리를 무는 형태로 확장시킨다. 일반 시민들에게 가장 손쉽게 미래를 한눈에 보여주는 방법이다.

"만약 실제로 이런 트렌드가 발전한다면, 그다음에는 어떤 일이 벌어질까?, 그다음에는, 또 다음에는?" 이런 질문들을 통해 트렌드가 어떻게 변해갈지 예측한다.

한국 디스플레이 산업의 미래

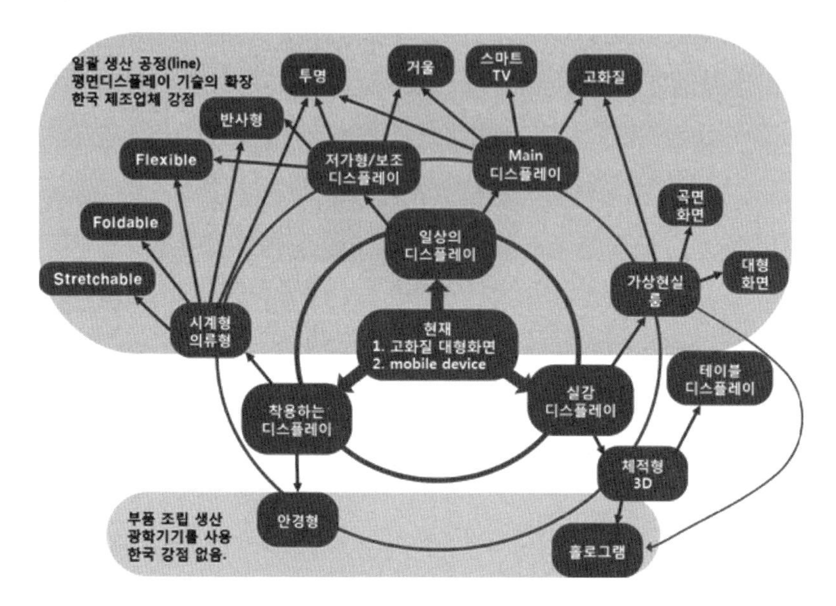

출처: 유민기·정봉찬·고락현·김준호, 「한국디스플레이 산업의 미래」, 카이스트 미래전략대학원, 2013.

위 그림은 퓨처스 휠을 사용하여 현재 디스플레이가 향후 어떻게 발전하는지 예측한 것이다. 그리고 다양한 용도의 디스플레이에 필요한 요소 기술들을 표시했다.

녹색 범위에 포함된 기술들은 현재 평면 디스플레이 공정에서 더욱 발전되거나 파생된 기술들이다. 특징은 대규모 투자로 이루어진 일괄공정으로 생산할 수 있다는 것이다. 이 분야는 한국의 제조업체에서 강점을 가지고 있다. 그리고 초기 투자에 대규모의 자본이 소요되기 때문에 새로운 경쟁자가 진입하기 어렵다. 이에 반해 분홍색 범위에 속하는 안경형과 홀로그램 기술은 생산방식이 여러 부품을 조립하는 형태이다.

미래에 생수 한 병이 100만 원이라면?

출처: 한국미래전략연구소, 「청소년 미래 전망 워크숍 보고서」, 2015.

'스리룸(3 room)' 미래 탐색 기법을 활용하면 미래를 쉽게 디자인할 수 있다. 여기에 세 종류의 방이 있다. '몽상가 방', '현실가 방', '비평가 방'이다. 각 방 콘셉트에 맞게 생각을 하고 의견을 낸다.

'몽상가 방'에서는 미래에 대해 아무런 제약 없이 상상하며 이야기한다. 현실과 동떨어져도 아무런 상관이 없다. 기술적으로 가능한지, 예산이 부족하지는 않은지 등의 문제는 전혀 신경 쓸 필요가 없다. 미래에는 모든 게 가능한 것처럼 상상의 나래를 펼친다. '현실가 방'에서는 몽상가 방에서 나왔던 이야기에 대하여 실현 가능성을 검토한다. '비평가 방'에서는 미래에 발생할 사소한 위험이라도 따져가며 리스크를 대비하고 대책을 마련한다.

미래를 디자인할 때 한 주제에 대해서만 너무 집중하지 말고 다양한 각도에서 살펴봐야 한다. 가끔 산책하며 긴장을 푸는 것도 좋다. 걸을 때 새로운 아이디어가 샘솟는다.

"사람은 바쁘면 정작 중요한 것은 놓친다."

— 존 달리(미국 심리학자)

"우리는 얼마만큼 시간을 미래 디자인에 할애하고 있는가?" 혹시 바쁘다는 핑계로 10년 후 미래 비전은 놓치고 있지는 않은지 생각해 보자. 시간을 내어 몽상가, 현실가, 비평가가 되어 보자. 미래는 몽상가, 현실가, 비평가들이 함께 만들어 나간다.

'캐릭터 퓨처 무비(character future movie)'는 앞으로 다가올 미래 환경을 상상하며 인형극(puppet play)처럼 관객에게 이야기 형태로 보여주는 미래 디자인 방법이다. 아직 실현되지 않은 미래의 모습을 상상하며 네 가지 미래 중 하나를 선택하고 그에 맞는 시나리오를 만든다. 캐릭터 토이(character toy)를 활용하여 시나리오에 등장하는 인물, 즉 캐릭터를 마음껏 상상하며 몰입하여 자기화한다. 준비된 무대 위에서 캐릭터 토이를 움직여가며 미래 스토리의 진수를 펼치는 방식이다.

미래 이미지와 시나리오 스토리텔링이 결합하여 참여자들의 감정 자극, 공유된 학습 경험, 미래 상상을 통해 태도 변화, 새로운 행동을 형성하는 데 효과적인 방법이다.

D E S I G N  F U T U R E S

PART 02

미래를 상상하라

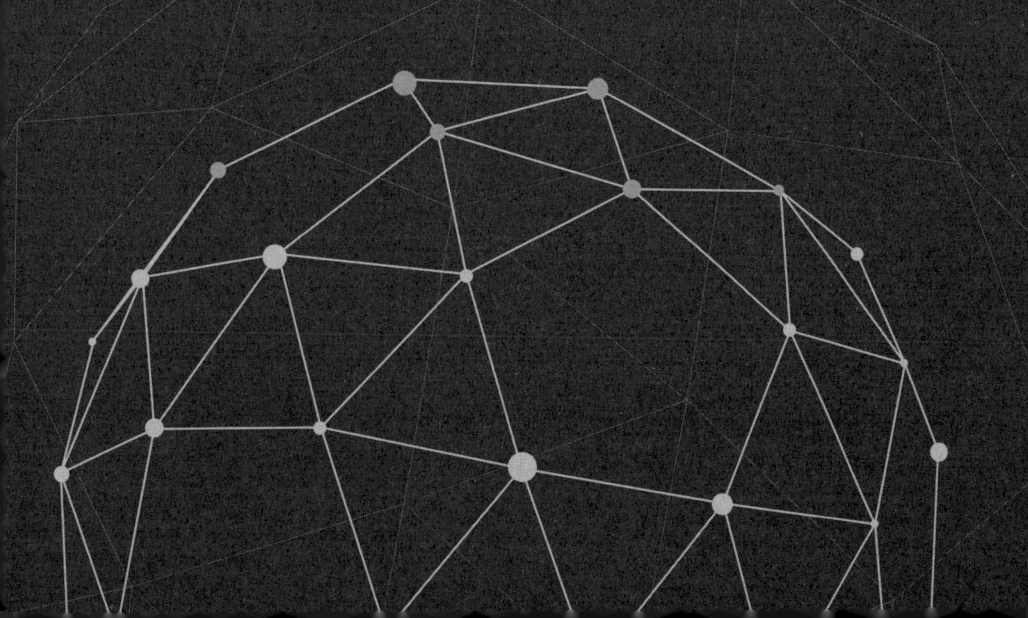

DESIGN FUTURES +

OUT OF THE DARKNESS

미래에 대한 두려움은 무지에서 나온다

미래가 어떤 형태로 다가올지 모르고, 미래를 어떻게 헤쳐나갈지 혜안이 없는 어둠의 상태는 마치 1,000마리 뱀이 가득 찬 구덩이에 빠진 것과 같다. 1,000마리의 뱀으로 인해 두려움에 떨게 되지만, 미래를 연구하고 하나씩 알아나가면 그 뱀들은 새끼줄에 불과하다는 것을 깨닫게 된다.

미래에 대한 두려움은 '미래 사회에 대한 무지' 때문인 것을 아는 과정이 중요하다. 미래에 대한 두려움에서 벗어나기 위해서는 미래에 다가올 다양한 이미지들을 상상해 보며 세부적으로 들여다보는 훈련이 필요하다. 매일 잠시라도 미래에 대해 생각해 보고 상상해 보는 시간을 지속적으로 가진다면, 자신의 다채로운 미래를 경험해 볼 수 있다.

미래를 상상해 보는 가장 좋은 방법은 미래의 자신을 객관적으로 보는 관찰자적 관점을 갖는 것이다. 새로운 미래 환경에서 자신의 모습을 객관적으로 바라보면 미래를 간접적으로나마 체험할 수 있다. 우리 모두 매일 한 번씩이라도 미래를 상상해 보는 시간을 가져 보면 어떨까? 미래를 상상할수록 미래에 대한 두려움은 사라진다.

상상력

"논리는 A에서 B까지만 갈 수 있지만, 상상력은 어느 곳이든 데려다준다."

— 아인슈타인

아인슈타인은 상상력이 지식보다 중요하다고 생각했다. 상상력(imagination)의 어원은 라틴어 'imaginatio'에서 유래한다. 'imaginatio'는 공상(fancy)에서 파생한 그리스어 'fantasia'를 단순히 음역한 단어다. 상상력은 공상하면서 이미지를 그리거나 창조하는 능력 또는 이야기를 고안하는 과정을 주관하는 힘이다.

소설가 '마르셀 프루스트'는 상상력이 의식적 혹은 무의식적인 가능성을 예측하는 정신력이라고 말했다. 아직까지는 인공지능이 인간의 상상력을 넘볼 수는 없다. 하지만 상상력이 인간과 로봇을 구분 짓는 기준이 될 미래가 곧 온다. 비록 데이터 수집과 암기 능력은 부족하지만, 상상력과 창의력으로 완벽한 존재가 된 인류는 로봇을 자유자재로 다루는 오케스트라 지휘자와 같은 임무를 수행하며 미래를 이끌어 나갈 것이다.

상상하고 꿈꾸는 능력

"내가 호텔 종업원으로 일할 때 나보다 뛰어난 사람은 얼마든지 있었어요. 하지만 그들은 나처럼 하루도 빠짐없이 자신의 미래를 생생하게 그리지는 않았어요. 노력이나 재능보다 훨씬 중요한 것은 상상하고 꿈꾸는 능력입니다."

— 콘래드 힐튼(호텔 왕)

흔히들 '멍 때리기'를 "아무 생각 없이 멍하니 있다."는 뜻으로 나쁘게 본다. 하지만 멍 때리기야말로 우리 두뇌를 깨우고 상상력을 높이는 가장 좋은 방법 중 하나다. 육체 이완 운동은 '스트레칭'이다. 정신 이완 운동은 바로 '멍 때리기'다. 아무 생각 없이 멍하게 있는 동안, 뇌는 휴식을 통해 새로운 상상력의 에너지를 얻는다. 아르키메데스는 멍 때리며 목욕을 하다가 부력의 원리를 발견하며 '유레카'를 외쳤다.

상상력은 비울수록 채워진다. 무심코 상상한 것이 뜻밖의 새로운 이머징 이슈가 될 수도 있다. 상상력은 미래 디자인에서 가장 근본이 되는 핵심 역량(core competence)이다. 러시아 철학자 '임마누엘 칸트'는 인간의 정신적 능력 중에서 가장 중요한 것이 상상력이라고 말했다. 그중에서 미래에 대한 상상은 우리 삶을 풍요롭게 만드는 지름길이다.

DESIGN FUTURES +

BEYOND IMAGINATION

상상 이상의 미래

"당대에 가장 높은 산은 내가 본 만큼의 산이요,

가장 긴 강은 내가 본 만큼의 강이다."

— 루크레티우스(고대 로마의 시인)

고대 로마 사람들은 자신들의 눈으로 본 산천이 세상에서 가장 크다고 믿었다. 나라 밖에 있는 네팔 에베레스트, 중국 황하강 같은 거대한 자연의 존재를 알지 못했다.

눈에 보이는 변화는 충분히 예측할 수 있어 안전하다. 그에 비해 보이지 않고 예측하기 힘들어 상상도 못 했던 리스크가 훨씬 무서우며 사회 전반에 미치는 파괴력도 강하다. 전혀 예상치 못한 사건이 발생하는 것, 경험하지 못한 새로운 상황에 갑자기 직면하는 것을 'X 이벤트' 또는 '블랙 스완'이라 한다. 흰 새라서 이름 지은 백조(白鳥). 블랙 스완(Black Swan)이 발견되기 전까지는 "백조는 흰 새다."라는 말은 바뀔 수 없는 사실이 있었다. 그런데 호주에서 블랙 스완이 발견된 것이다. '수

천 년 동안 수백만 마리의 흰 백조를 보고 견고히 다져진 정설'이 한순간에 무너져 내렸다. 단 한 마리의 블랙 스완 때문에 말이다.

미래에 언제 블랙 스완이 출현할지 아무도 모른다. 기존의 정설들은 블랙 스완 앞에서 하나하나 무릎을 꿇어갈 것이다. 『블랙 스완』의 저자 '나심 탈레브'는 블랙 스완의 속성을 다음 세 가지로 설명하고 있다.

1. 일반적 기대 영역 바깥에 존재하는 관측값
2. 과거의 경험을 통해 알 수 없음
3. 극심한 충격을 동반함

미래 사회는 점점 극단적으로 변하기도 하므로 그렇게 간단치 않다. 돌발 사건으로 모든 사회의 환경이 한순간에 변경된다. 발생할 확률이 0%라고 해서 절대 일어나지 않는 사건이라고 할 수 없다. 9·11테러, 블랙 먼데이, 서브프라임(subprime) 사태는 일어날 확률이 거의 제로에 가까웠다. 미래에는 블랙 스완이 발생하는 주기가 점점 짧아진다. 하지만 화이트 스완이건 블랙 스완이건 사전에 미래 시나리오를 세워 대비한다면 우리는 위기를 기회로 바꿀 수 있다.

사람들은 자신이 직접 경험한 기억을 기반으로 미래를 예측하지만, 실제로 앞으로 다가올 미래는 상상에서 벗어나는 일들이 수없이 발생할 것이다. 100년 전 인공지능이 사람을 이긴다고 상상도 못 했던 것처럼, 다가오는 미래는 언제나 상상 그 이상이 될 것이다. 상상 이상의 미래, 우리는 얼마나 준비되어 있을까?

미래 변화의 본질

미래 사회에는 환경이 급격히 변하면서 예측하지 못한 수많은 X 이벤트가 출현할 것이다. 하지만 내부를 자세히 들여다보면 변화의 본질이 존재한다. 미래 변화의 본질은 다음과 같다.

"정보통신기술(Information and Communications Technologies)을 기반으로 사물인터넷(Internet of Things)을 통해 양질의 데이터를 수집하고, 클라우드(cloud)[15]에 정보를 저장하고 인공지능이 빅데이터를 실시간 분석하여 지능화한다. 모든 프로세스가 선순환 구조로 이어져 우수한 정보가 흐르고 인공지능은 점점 진화하게 된다."

지금은 저성장 시대이며 모든 것이 불명확한 시대다. 미래가 불투명하고 불확실할수록 미래 변화의 본질을 잊지 말아야 한다.

독일 철학자 '쇼펜하우어'는 "우리는 '마야의 베일'에 속고 있다."라고 말했다. 마야(Maya)는 실체가 아니지만, 사람들이 실체라고 믿는 허상이다. Ma(아니다)와 ya(실체)가 만나서 'Maya'가 되었다. 마야는 '실체가 아니다'라는 의미다. 실체가 아니지만, 우리에게 실체인 것처럼 보이게 만드는 것은 우리의 눈에 '마야의 베일'이 씌어 있기 때문이다.

---

15 소프트웨어와 데이터를 인터넷과 연결된 중앙 컴퓨터에 저장, 인터넷에 접속하기만 하면 언제 어디서든 데이터를 이용할 수 있는 시스템.

세상에는 두 종류의 사람이 있다. 보고 있어도 볼 수 없는 사람, 볼 수 없어도 볼 수 있는 사람. 우리는 미래에 대해 무엇을, 어디까지, 어떻게 볼 것인가? 우리도 모르는 사이에 눈을 가리고 있을지 모를 편견과 선입견 그리고 부정확한 지식들……. 미래를 디자인할 때 혹시 마야의 베일이 눈에 덮여 있는지 수시로 확인해 보자.

DESIGN FUTURES +

MOVIE & FUTURES

영화와 미래

영화관에서 영화를 보면 스토리에 푹 빠지게 된다. 그 순간엔 내가 영화 속의 주인공이 된 기분이다. 그 안에서 기쁨, 슬픔, 외로움, 사랑 등의 감정을 느낀다. 어느새 영화가 끝나고 영화관을 나서면서 영화 속 프레임에서 벗어나 오로지 나 자신이 된다.

이렇게 우리는 안과 밖을 오간다. 무엇이 안과 밖을 구분하는 걸까? 나 자신은 변하지 않는다. 단지, 관점이 바뀐다. 내 관점을 영화 안으로 집어넣으면 영화 속의 이야기는 내 이야기가 되고, 내 관점을 영화 밖으로 돌리면 나는 다시 일상생활 속으로 돌아간다.

그럼 여기서 질문이 생긴다.

"영화를 볼 때는 영화 안으로 쉽게 몰입이 되어 들어가는데, 우리는 왜 10년 후 미래 안으로 들어가 미래 사회를 경험하기가 힘든 것일까?"

"왜 미래의 이야기 안으로 들어가서 미리 미래를 경험해 볼 수는 없는 걸까?"

허구인 영화보다 미래가 훨씬 더 중요하다. 우리 함께 미래 안으로 들어가 미래를 경험해 보자.

영화 속 로봇

> "우리가 어디로 가고 있는지 아무도 모른다.
> 더욱 나쁜 것은 인류가 과거 어느 때보다 무책임하다는 점이다."
>
> — 유발 하라리, 『사피엔스』

영화 〈빅 히어로〉에 나오는 '베이맥스'는 선한 인공지능 로봇이다. 친구와 같은 '치료용 로봇'으로 사람들을 돕는다. 푹신푹신한 외모를 가진 로봇 베이맥스는 따뜻한 감성으로 사람들을 위로하고 치료해 준다. 그동안 영화에서 로봇을 차가운 금속 형태로 보여줬다면 베이맥스는 부드러운 모습으로 푸근한 존재로 다가왔다.

영화 〈인터스텔라〉에 나오는 로봇 '타스'는 멸망을 앞둔 인류가 이주할 행성을 주인공과 함께 찾아다닌다. 타스는 위험이 닥칠 때마다 동료의 목숨을 구한다. 인간과 대면하며 재미있으면서도 소통하고자 하는 노력을 보인다. 투박한 외모를 가졌지만 타스 덕분에 주인공은 인류를 구하는 데 성공한다.

반면에 영화 〈터미네이터〉, 〈매트릭스〉, 〈블레이드 러너〉에서 인공지능은 인류를 적으로 간주하고 인류와 전쟁을 하며 사회 기반 시설(infrastructure)을 파괴한다. 그리고 영화 〈2001 스페이스 오딧세이〉에서는 인공지능 할 9000(HAL 9000)이 등장하는데, 할은 밀폐된 우주선을 마음대로 제어하면서 사람을 공격해 하나둘 제거해 나간다. 영화 〈터미네이터〉에서는 인공지능 '스카이넷'이 전 세계에 핵폭탄을 발사해 인류를 파멸시키려고 한다. 영화 〈매트릭스〉에서도 인공지능이 인간 약점을 이용해 기반 시설을 파괴하고 인류를 양육시킨다.

SF영화에서는 인공지능을 탑재한 로봇의 다양한 미래를 그리고 있다. 정답이 어느 쪽이 됐든 그게 중요한 게 아니다. 미래가 어디로 흘러가는지 미리 예측하고 대비할 수 있느냐가 중요하다. 미래를 생각하지 않는 인류는 인조인간(android)인 터미네이터에게 속수무책으로 당하는 나약한 존재로 전락하게 될 것이다.

디지털 존재

영화 〈Her〉의 주인공 '테오도르'는 다른 사람들의 편지를 대신 써주는 대필 작가다. 그는 현재 아내와 별거 중이다. 타인의 마음을 전해주는 일을 하고 있지만, 정작 자신은 너무 외롭고 공허한 삶을 살고 있다. 그러던 어느 날, 스스로 생각하고 느끼는 인공지능 운영체제(operating system, OS) '사만다'를 만나게 된다. 자기 말에 귀 기울여주고, 이해해 주는 '사만다'로 인해 조금씩 행복을 되찾기 시작한 주인공은 점점 그녀에게 사랑을 느낀다.

이 영화에서 다음과 같은 대사가 나온다.

"그런 생각이 들어요. 난 앞으로 내가 느낄 감정을 벌써 다 경험해 버린 건 아닐까. 그리고 여기서부터 앞으로 쭉 새로운 느낌은 하나도 없게 되는 건 아닐까.

(Sometimes I think I have felt everything I am gonna feel. And from here on out, I am not gonna feel anything new.)"

'정이 넘치는 사회'에서 '감정이 메말라가는 물질 만능주의 사회(materialism society)'로 변화되면서 살기가 점점 각박해지고 있다. 시간이 갈수록 사람과의 인간관계도 점점 어려워진다. 사람들은 이를 극복하고자 현실 세계에서 사이버 세계로 눈을 돌릴 것이다.

'디지털 존재(digital presence)'는 디지털 세상에서 형성된 '사이버상 자아와 생활'을 총칭하는 단어다. 미래에는 실제 생활에서 존재하는 자아가 아닌 '디지털 사이버 자아'를 통해 정체성을 발견하는 세대가 증가하게 된다. 웨어러블 기기, 신체 이식형 기술의 발달에 따라 인류 대다수가 사이버상에 디지털 존재를 보유하며 인간관계를 확대해 나갈 것이다. IT 기술의 발전으로 스마트폰을 사용하는 소통 방식에서 신체 이식형, 안경형 스마트폰으로 변화된다. 스마트 타투(smart tatto, 전자문신), 전자칩 형태로 신체에 이식되거나 안경이 인터넷과 연결되어 실시간으로 사람과 인터넷이 결합하는 환경이 조성된다. 미래에는 인류가 오프라인(off-line)이 되는 시간은 사라지게 될 것이다.

인류는 인간(human-being)에서 디지털 존재(digital-being)로 영역을 넓혀갈 것이다.

DESIGN FUTURES +

LET'S PLAY

놀게 하라 미래에서

보도블록 틈에 핀 씀바귀 꽃 한 포기가 나를 멈추게 한다.
어쩌다 서울 하늘을 선회하는 제비 한두 마리가 나를 멈추게 한다.
육교 아래 봄볕에 탄 까만 얼굴로 도라지를 다듬는
할머니의 옆모습이 나를 멈추게 한다.
굽은 허리로 실업자 아들을 배웅하다 돌아서는
어머니의 뒷모습은 나를 멈추게 한다.
나는 언제나 나를 멈추게 한 힘으로 다시 걷는다.

— **반칠환, 『나를 멈추게 하는 것들』**

예전에 '사당오락(四當五落)'이라는 말이 있었다. 4시간 자면 대학에 합격하고, 5시간 자면 떨어진다는 말이다. 좋은 유치원, 초등학교, 중학교, 고등학교, 대학교에 가기 위해 어릴 때부터 경쟁한다. 학교 졸업 후에는 남들보다 좋은 직업, 스펙을 쌓기 위해 치열하게 산다. 회사에서는 동료 직원들과의 새로운 경쟁이 우리를 기다린다. 경쟁은 언제 어디서나 존재한다. 내가 올라가기 위해 남을 밟고 가야 하는 사회다. 정신없이 뛰어가지 않으면 남에게 뒤처지는 세상에 우리는 살고 있다. 이 시의 주인공은 뛰어다녀도 모자랄 판에 자꾸 작고 보잘것없어 보이는 것에 한눈을 판다. 길을 가다가 이들의 아름다움에 붙잡혀 멈춰 서고 만다.

미래를 디자인할 때는, 작은 것도 세심하게 바라볼 수 있는 눈과 마음 자세가 필요하다. 약하고 도움이 필요한 존재들을 만나면 불쌍히 여기고 애틋한 관심이 자연스럽게 생기는데 이것이 바로 '측은지심(惻隱之心)'이다. 미래 디자이너에게는 이 측은지심이 필요하다. 길을 멈춰 서면 세상 온갖 경계에 뒤처지는 것처럼 보이지만, '멈추게 한 그 힘'이, '작은 것을 소중히 여길 줄 아는 측은지심'이 우리를 다시 걷게 하고, 미래를 따뜻한 곳으로 만든다.

아무런 미래 비전도 없이 허겁지겁 정신없이 달리고 있는 것은 아닌지 스스로 질문해 보자.

"나는 무엇을 위해 달리고 있는 것일까?"

"나를 달리게 하는 힘은 따뜻한 감성과 미래 세대를 생각하는 마음에서 나온 것일까? 아니면 나 자신만을 위해서 등 떠밀려 달려온 것일까?"

미래를 만들어 가는 즐거움을 온몸으로 느끼고 다시 한 번 미래를 향해 걸어나가자.

모든 사람이 미래 디자이너다

현재 우리에게 일어났던 일들은 필시 옛날에 살았던 조상들 가운데 누군가가 꿈꾸고 상상했던 일이다. 그와 마찬가지로 미래 세대에게 일어날 일들은 현재 살아 있는 어떤 이가 꿈꾸고 상상했던 일들이 될 것이다. 그 사람이 바로 당신일 수도 있다. 따라서 모든 사람은 미래 디자이너다.

사회는 점점 빠르게 변해간다. 우리가 사는 동안 모든 조상들의 생애를 합친 것보다 더 많은 변화를 겪게 될 것이다. 이런 변화 속에서도 잠깐 멈춰 서서 제3자의 입장으로 미래를 꿈꾸고 상상해 보면 어떨까?

역사가 기억에, 철학이 이성에 의지할 때, 미래 디자인은 상상을 바탕으로 전개된다. 여기서 상상은 사실에 얽매이지 않고 사실을 다양하게 변형시켜 사실보다 더 다채롭게, 아름답게, 풍부하게 만들어 가며 즐기는 행위다. 여기서 즐기는 것이 중요하다. 상상은 골치 아픈 게 아니라 재미있기 때문이다.

놀게 하라, 미래에서

숙박업계 에어비앤비, 택시업계 우버, 항공업계 저비용 항공사 등 새로운 서비스나 제품으로 산업 지형을 바꾸는 기업을 '파괴적 혁신 기업(disruptor)'이라 부른다. 파괴적 혁신 기업들에게는 공통점이 있다. 모두 놀이터 같은 일터를 가지고 있다. 놀이터같이 자유롭게 놀 수 있는 장소에서 기업을 지속 성장시킬 수 있는 창의와 혁신이 나온다.

구글, 픽사 스튜디오, 테슬라 모터스는 모두 직원들을 제대로 놀게 하는 기업 문화를 가지고 있다. 픽사(Pixar)는 〈토이스토리〉, 〈몬스터 주식회사〉, 〈니모를 찾아서〉, 〈도리를 찾아서〉, 〈굿 다이노〉 등 도박 같은 영화 시장에서 전례 없이 100% 성공 행진을 달리고 있다. Pixar는 pixel(화소)과 art(예술)의 합성어다. 기술과 예술의 조화를 추구하는 회사가 미래 비전이다. 이를 위해 픽사는 구성원 모두가 다양한 끼와 잠재력을 발산하도록 사무실을 놀이터와 같은 환경을 조성하고 있다. 국내 기업인 카카오도 구성원 개개인에게 최대한 자율성을 보장해 주는 기업 문화가 존재한다.

"'기업 놀이터' 콘셉트를 '미래 놀이터'로 확장하면 더 혁신적인 미래 아이디어가 나오지 않을까?"

놀면서 미래를 디자인하면 미래를 더 창의적이게 그릴 수 있다. 신나게 놀수록 미래 사회에 대한 다채로운 상상이 가능해진다. 미래 디자인이 어려운 이유가 상상력의 공급 부족으로 인해 미래 사회를 보는 '창의성 결핍 현상' 때문이다. 상상은 단순히 허구가 아니라 미래 사회를 좀 더 생생한 이미지로 형상화하기 위한 기법이다.

"사람들을 놀게 하라. 미래에서!"

DESIGN FUTURES +

THINK ABOUT FUTURES

미래를 생각하는 정도

몇 년 전, 도서 『시크릿』 열풍이 분 적이 있다. 저자인 '론다 번'은 성공한 사람들을 연구하면서 "생각이 현실이 된다."라는 비밀을 발견했다. 긍정적인 생각과 간절한 믿음이 함께하면 '우주의 끌어당김 법칙'에 의해 강력한 시너지가 발휘된다. 이런 사례는 역도, 양궁, 골프 선수들의 성공 비결로도 유명한 '이미지 트레이닝'이 대표적이다.

미래 역시 마찬가지다. "내가 어떻게 마음을 먹느냐."에 따라 미래는 달라진다. 미래를 생각하는 정도가 절실해야 한다. 미래에 바라고 원하는 일에 대해 자나 깨나 생각해야 한다. 잠깐 미래를 생각하는 게 아니라, '치열하게' 많이 생각한다. 머리끝에서 발끝까지 온몸을 미래에 대한 생각으로 가득 채우고, 피 대신 '미래'가 흐르게 한다. 그래야 원하는 미래를 만들어 나갈 수 있다.

손가락의 미래 예언

구약성서 대예언서(major prophets)에 속하는 「다니엘서」에 이런 이야기가 나온다. 바벨론 왕이 부하들과 술을 마시고 있었다. 그때 갑자기 벽에 손가락이 나타나서 '메네메네 데겔 우바르신'이라는 글씨를 썼다. 왕이 다니엘에게 그 뜻을 물으니 다음과 같이 대답했다. "세고 또 세고 무게를 달아보았으며 그리고 나누었다."

손가락의 미래 예언은 다음과 같이 풀이되었다.

"하느님이 왕국의 남은 기한을 세어보며 왕으로서 자질을 저울에 달아보니, 자질이 부족하다 판단하여 바벨론 왕국을 '메대'와 '페르시아'에 나누어준다."

이 예언대로 왕국은 멸망하고 말았다. 손가락이 예언했던 "세고 또 세고 무게를 달아보았으며 그리고 나누었다."처럼 미래 디자인도 수많은 미래 변화의 동인을 헤아려 보고 발생 가능성에 대해 연구하며 다양한 사람들과 함께 미래에 대한 생각을 나누어야 한다. 미래 디자이너는 손가락이 말한 예언을 항상 명심해야 한다.

2020년

멀기만 해서 언제 오나 했던 2020년이 어느덧 우리 곁에 다가왔다. 2000년 초 미래 비전을 수립할 때, 목표 시점은 언제나 2020년이었다. 2020년이라는 미래는 바로 해야 할 일이나 단기 성과에 눈이 어두워 장기적인 성과를 생각하지 못할 때 거론되는 분기점 역할을 했다. 어느

덧 20여 년의 세월이 지났다. 이제는 2040년을 생각해 봐야 할 때다. 하지만 2040년의 미래 비전과 전략을 세우는 정부 기관이나 기업이 드문 것 같다. 2000년에서 2020년까지의 변화량보다 2020년에서 2040년까지의 변화량이 훨씬 클 것이다. 특히, 2000년과 2020년의 시점을 비교하면 20년 사이에 엄청난 변화가 왔음을 알 수 있다. 이 변화에 대비하기 위해서는 미래 비전과 전략을 수립해야 한다.

미국은 미래를 위해 국가 주도로 혁신 기술 전략을 수립해 왔다. 현재 누구나 사용하고 있는 인터넷이 그 예다. 1969년 미국 국방성에서 원거리 컴퓨터 연결 네트워크 기술이 미래에 꼭 필요하다고 판단하여 미래 비전과 개발 전략을 세웠다. 전략에 따라 기술을 개발한 끝에 인터넷의 모태인 아르파넷(ARPANET) 시스템을 개발할 수 있었다. 현재 미국은 미래 시장을 선점하기 위해 '9대 혁신 기술 전략'을 세워 미래를 대비하고 있다. 9대 혁신 기술 전략은 고도화된 제조기술, 스마트 시티(smart city), 고효율 청정에너지,[16] 교육과 IT 융합, 우주 개발, 고성능 컴퓨터, 정밀 의약, 뇌 연구, 스마트 자동차(smart car)이다. 미국처럼 미리 준비하는 자가 미래를 선점할 수 있다.

---

16 환경을 오염시키지 않는 깨끗한 에너지.

DESIGN FUTURES +

갈라파고스 신드롬

갈라파고스는 남아메리카 동태평양에 있는 에콰도르령 외딴섬이다. 살아 있는 자연사박물관이라 불리며 19개 섬으로 이루어졌다. 에콰도르에서 비행기로 두 시간을 가야 닿는 이 섬은 제주도 면적의 네 배가 넘는다. 갈라파고스는 찰스 다윈의 '진화론'에 영향을 준 섬으로 유명하다. 찰스 다윈은 1835년에 이 섬에 도착해서 '흉내지빠귀'라는 새가 섬마다 형태가 조금씩 다른 사실을 발견했다. 이를 계기로 진화론을 설명하는 '자연선택 이론', 즉 자연계의 생활 조건에 적응하면 생존하나 그렇지 않은 생물은 사라진다는 이론을 만들 수 있었다.

이 섬은 육지와 1,000km 정도 떨어져 있어 '갈라파고스 신드롬'이라는 말이 생겨났다. 너무 한 곳에서 잘 적응하여 오히려 열린 사회에서 적응하지 못한다는 의미다. 갈라파고스 신드롬은 일본 휴대전화 인터넷망 'i-mode'의 개발자인 '나쓰노 다케시' 게이오대학 교수가 최고의 전자 기술을 가진 일본이 자국의 시장만을 중요시 생각하여 발생한 글로벌 시장과의 단절을 설명하려고 만든 말이었다. 갈라파고스의 화산

섬, 암초, 해변, 바다 등 자연은 매우 아름답지만, 갈라파고스는 전혀 아름답지 않은 '고립', '외톨이'라는 말과 동의어로 사용되고 있다.

그동안 미래 연구도 전문가 패널 위주의 델파이 방법(delphi technique)을 주로 사용해왔다. 델파이 방법은 여러 전문가의 의견을 되풀이해서 모으고, 교환하고 발전시켜 미래를 예측하는 방법이다. 하지만 이렇게 전문가들 위주로 미래에 대한 연구가 고립되어 간다면, 태평양 한가운데 있는 갈라파고스와 무엇이 다를까?

미래를 놓치는 이유

미래를 디자인하다 보면 중요한 이슈를 놓칠 때가 많다. 미래를 놓치는 이유에는 다음 네 가지가 있다.

첫째, 전문가의 함정이다. 사회에는 수많은 전문가들이 있다. 그들은 특정한 영역에서 전문성을 기반으로 해답을 내놓는다. 하지만 전문가들이 전문성에 매몰되는 순간, 미래를 놓칠 수가 있다. 일이 익숙해지면 내가 제일 잘 아는 분야라는 착각이 든다. 이로 인해 세부적인 절차와 이 일을 하는 이유를 의식하지 못하게 된다. 콜럼버스가 신대륙 탐험 계획서를 가지고 처음 찾아간 곳은 포르투갈 왕실이었다. 이때 포르투갈 왕은 우수한 전문가들을 불러 이 일을 논의하게 한다. 전문가들이 내린 결론은 '불가능'이었다. 그 후, 콜럼버스는 스페인으로 가서 여왕을 만난다. 스페인 여왕은 자신의 직감을 믿고 콜럼버스의 탐험을 적극적으로 지원해 주었다. 그 결과, 콜럼버스는 미대륙을 발견하는 위대한 성과를 거두었다.

둘째, 선입견이다. 선입견은 어떤 대상에 대하여 이미 마음속에 있는 고정관념이나 관점이다. 사물에 대해 선입견이 한번 정해지면 쉽게 바뀌지 않는다. 미래를 변화시키는 인자들에 대해 선입견이 있으면 그것을 벗어나지 못해 미래를 한정해서 바라보는 경우가 많다.

셋째, 한계에 대한 믿음이다. 2007년 아이폰이 출시되기 전, 국내 핸드폰 제조업체와 애플 사이에는 차이점이 하나 있었다. 국내 기업은 핸드폰의 고유 기능인 통화에만 집중하여 음성 품질을 향상시키려고 많은 노력을 기울였다. 하지만 애플은 과감히 핸드폰의 한계에서 벗어나 인터넷, 음악, 동영상 기능을 통합해 버렸다.

넷째는 결과 지향적 교육 시스템이다. 미래는 바다에서 항해하는 것과 같다. 오르막길이 있으면 내리막길이 있고, 순탄한 날씨만 있지 않다. 가끔 폭풍과 심한 비바람이 몰려오기도 한다. 미래에 발생하는 모든 문제가 간단한 방법으로 풀리지 않는다. 이럴 때일수록 창의적인 문제 해결이 필요하다. 시험 점수만을 중요시하는 교육 시스템에서는 학생들이 창의적인 생각을 하기 어렵다. 창의력, 상상력을 향상시키기 위해 결과 지향적 교육보다는 탐구 지향적 교육이 필요하다.

미래 디자인이 어려운 이유는 한 분야에 대해 미래 예측을 정확하게 했더라도 다른 분야에서 오류를 범하면 미래가 전혀 다른 방향으로 전개될 수 있기 때문이다. 따라서 미래 디자이너들은 갈라파고스 신드롬에서 벗어나 항상 열린 마음을 지녀야 한다. 특히 자신이 가지고 있던 기존의 프레임을 과감히 던져버리는 용기가 필요하다.

갈라파고스는 스페인어로 거북이를 뜻한다. 갈라파고스에는 거북이 뿐만 아니라 날개 길이가 2m나 되는 거대한 새, 앨버트로스도 살고 있다. 거북이가 이동할 때처럼 한 가지 프레임에 고립되어 한 곳만 바라보지 말고, 앨버트로스처럼 높이 멀리 보는 안목을 가지고 미래를 상상해 보자.

WHAT TO DO

인간은 무엇을 해야 하나

19세기에 증기기관으로 바위를 뚫는 기계 '증기 드릴'과 '미국 철도 노동자'의 터널 뚫기 대결이 열렸다. 그 승자는 '존 헨리'라는 사람이었다. 그는 간신히 승리했지만, 대결 직후, 안타깝게도 숨을 거두고 만다. 당시 이 사건은 인공지능 알파고와 이세돌 9단의 바둑 대결보다 훨씬 더 충격적이었다. 증기기관이 인간의 일자리를 빼앗아간다며 큰 이슈가 되었다. 하지만 증기기관과 인공지능은 차원이 다르다. 증기기관으로 육체적 한계를 극복했다면, 인공지능은 정신적 한계를 극복해 준다. 만물의 영장인 인간이 가장 우월하다고 여겼던 정신적 영역을 인공지능에게 내주게 되었다.

미래에는 로봇과 인공지능의 결합으로 인간이 수백 년 동안 해왔던 반복적인 업무와 데이터 수집은 모두 로봇이 대체하고 인간은 좀 더 창의적인 일에 몰두하게 될 것이다.

4차 산업혁명

1차 산업혁명은 1784년부터 일어났다. 물을 활용한 증기기관의 발명으로 생산 프로세스가 기계화되었다. 2차 산업혁명은 1870년부터 일어났으며 전기를 활용하여 대량생산체제를 구축했고 노동 분화가 일어나기 시작했다. 3차 산업혁명은 1969년부터 시작되었으며 컴퓨터를 활용한 정보화, 자동화 시스템을 구축하여 생산성 혁명이 일어났다.

4차 산업혁명은 기업들이 제조업과 정보통신기술을 융합하여 작업 경쟁력을 높이는 혁명적인 변화를 뜻하며, 인공지능, 사물인터넷, 바이오 나노기술, 로봇공학, 센서기술이 대표적인 기술이다. '클라우스 슈바프' 다보스포럼 회장은 "4차 산업혁명은 이전 혁명과 달리 매우 빠르고, 광범위하게 진행될 것"이라고 강조했다. 이런 기술 발전이 사람의 일자리를 상당수 빼앗아갈 것이란 우려가 나오고 있다.

세계경제포럼(World Economic Forum)은『일자리의 미래』보고서에서 "인공지능, 생명과학, 로봇기술이 주도하는 4차 산업혁명이 다가와 기존 직업의 상당수가 로봇들로 대체되어 사라지고, 기존에 없던 새로운 일자리가 생길 것"이라 전망했다. 인공지능, 로봇공학, 빅데이터, 머신러닝 기술의 발전은 웨어러블 디바이스, 바이오공학, 최첨단 소재, 자율주행차, 휴머노이드(humanoid), 사물인터넷과 같은 혁신을 만들어 내고 있다. 이런 속도라면 휴머노이드가 곧 사람과 똑같이 만들어져, 사람들의 일자리를 빼앗아가는 것은 시간문제처럼 보인다.

지금 없는 직업을 가질 미래 세대

앞으로 5년 이내 선진국에서 500만 개의 일자리가 사라진다. '마이클 오스본' 옥스퍼드대 교수는 "10년 후에는 현재 일본의 601개 직업 중 49%가 인공지능으로 대체될 가능성이 높다."고 말했다. 사무직을 중심으로 스포츠 심판, 텔레마케터, 모델, 법무사, 택시기사, 어부, 제빵사, 패스트푸드 점원은 향후 10년 내 로봇이 대체하게 된다. 반면에 컴퓨터, 수학, 건축, 빅데이터, 머신러닝(machine learning),[17] 사물인터넷, 바이오기술과 관련된 일자리는 새로 생겨날 것이다. 무엇보다 로봇이 등장함으로써 큰 타격을 입는 직군은 사무직이다. 반복적인 사무실 업무는 로봇의 출현으로 급격하게 줄어들게 된다. 인공지능과 로봇이 수많은 직업을 대체하면 개인은 물론이고 국가 간 소득 격차도 확대될 것이다. 우선 저임금 경쟁력을 갖춘 개발도상국가들이 힘을 잃게 될 것이다.

기술 혁명(technical revolution)은 사회 환경에서부터 직업군까지 모든 것을 변화시킨다. 미래에는 현재 있는 직업도 물론 존재하겠지만, 많은 직업들이 새로 생겨나고 사라질 것이다. 이런 변화에 능동적으로 대응하기 위해서는 로봇이 대체해 사라질 직업을 위한 기술을 배우기보다, 창의력, 문제해결력, 데이터 분석력 등 미래 역량을 키워 미래를 준비하는 것이 더 필요하다.

---

17 인공지능의 연구 분야 중 하나로, 인간의 학습능력과 같은 기능을 컴퓨터에서 실행하고자 하는 기술.

미국 라이스대 모셰 바르디 교수는 "로봇이 인간의 일을 한다면, 인간은 이제 무엇을 할 것인지 생각해야 한다."고 말했다. 만약 인공지능과 로봇이 결합하여 직업을 빼앗아간다면, 우리는 어떤 일을 해야 할지 미래를 그려보며 고민해 보자. 삶의 질을 변화시킬 수 있는 로봇을 통해 모두가 자유롭게 편안한 미래를 만들어 갈 수 있기를 희망한다.

인간과 로봇의 공생

"미래에 자유 시간의 증가는 필연적이다.

실업이냐, 레저냐가 유일한 선택이다."

— 제러미 리프킨(미래학자)

스마트폰은 1995년에 출시한 펜티엄 성능의 625배나 된다. 현재 스마트폰은 누구나 소지하고 있다. 모든 사람들의 주머니 속에 슈퍼컴퓨터가 한 대씩 들어 있는 것이다. 미래에는 이런 변화가 가속도를 가지고 수직으로 상승하는 롤러코스터처럼 우리를 뒤흔들게 될 것이다.

미국 스탠퍼드대 제리 캐플런 교수는 "부자들은 로봇을 소유해 부를 늘리는 반면, 빈곤층 삶은 더욱 피폐해지는 시대가 도래할 수 있다."고 했다. 인공지능 기술이 로봇에 본격적으로 적용되기 시작하면 엄청난 사회 변화를 가져올 것이다. 로봇은 주로 육체적인 노동을 하는 일자리부터 빼앗아갈 것이다. 효율은 높으면서 피곤함을 모르는 로봇이 우리의 일자리를 대체하는 것은 어쩌면 자연스러운 현상이다.

미래에는 빈곤층의 일자리가 위험해진다. 부자들은 사람을 고용할 필요가 없어져 인건비의 지출은 줄어들고 소득은 증가하게 된다. 로봇 개발로 인해 잘사는 사람은 더욱 잘살게 되고, 못사는 사람은 더욱 못살게 된다. 즉, 미래에는 '부익부 빈익빈(富益富 貧益貧) 현상'으로 부의 불균형이 더 심해질 전망이다. 사회는 지금보다 더 감정이 메말라지는 회색빛 도시가 될 것이다. 로봇이 인류를 지배하는 사회보다 어쩌면 이런 사회가 부정적인 측면들이 극대화되어 나타나는 더 '디스토피아(dystopia)'일 수 있다.

인공지능과 로봇이 초래할 디스토피아

미국, 일본, 호주에서는 군사 로봇과 소방 로봇의 역할이 갈수록 중요해지고 있다. 미국 해군이 개발한 '사파이어(SAFFiR)' 소방 로봇은 뚜벅뚜벅 사람처럼 걸어 다니며 소방, 화재 감지의 임무를 수행한다. 좁은 통로와 계단에서 이동할 수 있고, 밸브도 조작할 수 있다. 호주에서는 물을 뿌려 화재를 진압하는 원격 조종 소방로봇이 활약하고 있다.

미국과학진흥협회(AAAS)에서는 30년 안에 인공지능을 장착한 로봇이 사람의 일자리를 50% 정도 빼앗아가리라 예측했다. 이로 인해 30년 후 실업률은 50% 이상 상승하게 될 것이다. 2025년이면 1,000달러로 인간 뇌 수준의 컴퓨터를 구입하고, 2045년이면 인간 지능의 17만 배의 인공지능이 제작된다. 그뿐 아니라 전투용 로봇도 출현하여 인류 존재 자체를 위협할지도 모른다. 인공지능과 로봇이 초래할 디스토피아를 충분히 상상을 통해 그려볼 수 있다. 이 디스토피아를 헤쳐나갈 방도를 머리를 맞대고 곰곰이 생각해 볼 필요가 있다.

인간과 로봇의 공생

MIT 디지털 비즈니스 센터장인 '에릭 브린욜프슨'은 4차 산업혁명의 변화에도 인간만이 할 수 있는 직업에 대해 이야기한 적이 있다.

1. 새로운 아이디어나 개념을 생각하는 일
2. 감각기관, 뇌를 활용해 큰 틀에서 패턴을 파악하는 일
3. 의사소통을 하는 일

반면에 일본 경제지 『닛케이비즈니스』는 로봇 시대에도 남겨질 직업군 4개 분야를 예측했다.

1. 로봇의 대체가 불가능한 직군

- 경험과 육감이 중요한 직업: 브랜드 매니저, 마케팅 담당자
- 유연한 대처가 필요한 직업: 요리사
- 규격 통일이 어려운 직업: 소믈리에, 와인 블랜더, 향수 블렌더
- 미묘한 조절이 필요한 직업: 유리세공사, 도예가
- 인간의 감정을 읽어야 하는 직업: 영화감독, 소설가, 시인

2. 로봇에게 시키면 흥미가 없어지는 직군

- 스포츠 게임, 서바이벌 프로그램

3. 자동화 추진의 인프라가 되는 직군

– 로봇의 출현으로 새로운 일자리 발생: 로봇 디자이너, 로봇 메이커, 로봇 프로그래머, 로봇 트레이너, 로봇 컨트롤러

4. 로봇이 하면 사람들이 싫어하는 직군

– 심리상담가, 정신과 상담의, 영화배우, 가수, 피아니스트, 간호사, 의사, 미용사

영국 공영방송 BBC는 향후 20년 이내에 직업이 사라질 확률을 알려주는 프로그램을 만들었다. 옥스퍼드대 칼 베네딕트 프레이 교수의 논문과 영국 통계청 자료를 활용해 제작했다. 다음은 직업별로 미래에 사라질 확률이다.

– 회계 업무: 97.6%
– 경비원: 89%
– 건설노동자: 80%
– 농부: 76%
– IT 엔지니어: 58%
– 저널리스트: 8%
– 그래픽 디자이너: 5%

로봇, 인공지능, 사물인터넷, 바이오나노 기술의 발전으로 이제 곧 4차 산업혁명이 도래할 것이다. 이 혁명으로 로봇이 인간을 대체하면 대량실업과 직업 간 임금 격차가 확대될 것이다. 4차 산업혁명으로 인한 사회불안, 대량실업사태 등 디스토피아를 막기 위해 정부 차원의 중장기 대책과 시민사회단체(civil society organization)의 적극적인 개입이 필요하다.

인간과 로봇이 조화를 이루며 더 나은 미래를 만드는 방법을 함께 고민해 보자. 바로 지금이 인간과 로봇의 공생을 준비해야 할 때다.

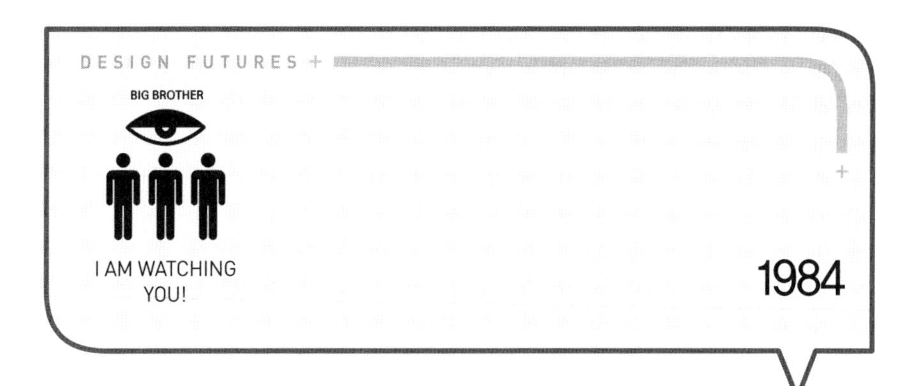

"과거를 지배하는 자, 미래를 지배하고
현재를 지배하는 자, 과거를 지배한다."

— 조지 오웰, 『1984』

조지 오웰의 소설 『1984』에 등장하는 국가 '오세아니아'에서 과거 기록을 통해 사람들의 의식을 조작하는 '관리부'의 슬로건이다. 오세아니아는 전체주의 국가다. 자유주의는 공동체, 평등보다는 개인의 자유를 더 중요하게 생각하는 체제다. 이에 반해, 전체주의(totalitarianism)는 "개인은 전체 속에서 비로소 존재 가치를 가진다."는 주장을 근거로 강력한 국가 권력이 국민의 생활을 간섭, 통제하는 체제이다.

오세아니아 정치 통제 기구인 '당'은 허구적 인물인 '빅브라더(big brother)'를 내세워 독재 권력을 강화한다. 텔레스크린, 사상경찰, 마이크로폰, 헬리콥터를 이용해 당원들의 사생활을 철저히 감시하며 정치체제를 유지한다. 빅브라더는 당원들을 통제하기 위해 사람들의 과거를 끊임없이 날조한다. 게다가 인간의 기본 욕구인 성욕까지 통제하려 한다. 이 소설에서 조지 오웰은 미래를 상상하며 정교하게 새로운 사회를 그려내고 있다.

"빅브라더 얼굴이 모든 건물 벽에 걸려 있는 미래,
쌍방향 커뮤니케이션이 가능한 '텔레스크린' 감시를 누구도 피할 수 없는 미래,
'이중사고'라는 이름으로 자신을 스스로 검열해야 하는 미래,
과거 역사는 조작되고 진실은 '기억 통' 속에 재가 되는 미래,
사랑과 같은 개인적인 감정과 섹스와 같은 기본 욕구마저 억압하는 미래."

이런 미래 사회는 전체주의 공포를 대변하고 있다. 과거에는 독재자가 전체주의를 불러왔다면, 미래에는 인공지능 권력자가 전체주의를 불러올 것이다.

기억은 무엇인가 경험할 때 일어나는 두뇌 작용이다. 기억은 단순한 정보 저장이 아니라 새로운 경험으로 매번 다르게 느껴진다. 우리 뇌는 부정적 경험은 빨리 잊고 긍정적 경험을 더 오래 보존한다. 같은 사건이라도 나쁜 기억은 퇴색되고, 좋은 기억만 남는다. 힘들었던 경험도 시간이 지나면 아름답게 미화되곤 한다. 아름다운 추억은 인간에게 강력한 힘이 되기 때문에 오래될수록 기억은 아름답게 포장된다.

최근 SNS가 인기를 끌면서 우리는 머릿속 기억보다 온라인상 사이버 기억에 더 의존하고 있다. 이런 트렌드는 우리의 사고방식이 SNS, 인공

지능, 즉 '미래의 빅브라더'에 종속될 우려를 낳고 있다.

50분

페이스북의 발표에 의하면, 전 세계 페이스북 사용자들이 평균적으로 하루에 50분을 페이스북, 인스타그램, 메신저에서 보낸다고 한다. 그깟 50분이 뭔 대수냐 하며 짧은 시간이라고 생각할 수 있다. 하지만 사람이 하루 24시간을 평균적으로 어떻게 사용하는지 살펴보면 50분은 절대로 짧은 시간이 아니다.

하루 24시간 중 평균 수면 시간이 8시간이다. 남은 16시간에 교통수단을 이용하고, 씻고, 양치하고, 화장실 가고, 일하고, 밥 먹는 시간을 빼면 얼마 남지 않는다. 또한, 사람들의 페이스북 평균 이용 시간(50분)은 독서 시간(19분), 운동 시간(17분)을 훨씬 넘어섰을 뿐 아니라, 제일 중요한 먹고 마시는 시간(1시간)에 버금간다.

전에는 중국이 움직이면 세계가 바뀌었지만, 이제는 페이스북이 움직이면 미래가 바뀌는 시대가 오고 있다. 페이스북을 이용하는 시간은 사용자들에게 페이스북이 얼마나 소중한 가치를 제공하고 있는지 대변해 준다. 이 가치가 증가하면 더 많은 사람들이 더 많은 시간을 페이스북에서 보내게 된다. 사람의 시간뿐만 아니라 모든 정보를 빨아들이고 있는 페이스북, 그 안에 갇힌 사람들이 위험하다는 것을 알면서도 어쩔 수 없이 페이스북에 끌려다니고 있다. 이런 우리에게 과연 어떤 미래가 기다리고 있을까? 페이스북 안에 갇혀 그 이상은 상상하지 못하는 '철창 안에 있는 동물'이 될까 두렵다.

조지 오웰은 소설 『1984』를 통해 '인간 존엄성'에 대해 절망적으로 옹호하고 강조했다. 미래도 결국은 사람이 만들어 나간다. 기계, 물건, 돈이 주가 되는 미래가 아니라, 사람이 주가 되는 미래를 만들어야 한다. 이것이 우리가 하루하루 열심히 살아가는 이유다.

DESIGN FUTURES +

미래는 과거를 위해 존재하지 않는다

신년에 새해 목표를 세우고 두세 달 지나면 새해 목표가 무엇이었는지 기억조차 안 날 때가 많다. 새해 첫날 보신각 종소리를 들으면서 올 한 해 무엇을 해야겠다고 마음을 굳건히 먹었지만, 한두 달 시간이 지나면서 학교, 직장, 사업 생각에 목표를 잊어버리게 된다. 새해 목표를 쉽게 잊어버리는 이유는 목표를 너무 과거에 의존하여 수립하기 때문이다. 우리는 과거에 일어났던 일을 기준으로 목표를 정하곤 한다.

올해 목표를 작년 기준으로 세우면 무의식적으로 과거에 연연하게 된다. 과거에 연연하다 보면 더 좋은 아이디어나 새로운 계획을 떠올릴 수 없다. 이런 식으로 미래를 바라보면 결국 초점이 되는 사건에는 지나치게 집중하고 그 밖의 현상은 무시하는 '초점주의(focalism)'에 빠지게 되어, 미래는 과거를 위해 존재하게 된다.

미래가 가진 무궁무진한 잠재력을 과소평가하고, 과거에 일어났던 일에 초점을 맞추어 미래를 바라보는 현상을 '미래의 초점주의'라 한다.

이러한 사고방식은 과거에 드러난 몇 가지 문제에 우리의 미래를 종속시키게 한다. 과거에 중요했던 수많은 사항들은 무시하고 한두 정보에 집중해 미래를 판단하고 예측한다. 이런 오류에서 벗어나려면 미래 사회에 대한 명확한 비전을 가지고, 환경을 종합적으로 분석하여 전략을 세워야 한다. 동시에 이 전략이 어떤 미래를 가지고 올지 시나리오를 만들며 살펴볼 필요가 있다.

과거의 경험 부정하기

왜 사람들은 과거 경험을 쉽게 부정하지 못하는 걸까? 이는 과거에 성공을 거두었던 경험이 기분 좋은 기억으로 남아 있기 때문이다. 즉, 성공이라는 기분 좋은 결과와 그것을 실현했던 수단이 머릿속에 함께 각인되어 있는 것이다. 그래서 미래에 비슷한 상황에 직면하게 되면 곤란함이나 수고스러움을 피하려고 결과가 좋았던 과거의 방식을 선택한다.

또한, 미래에 예측하지 못한 사건이 발생하여 어려움에 직면할수록 과거의 기억을 되살려 똑같은 일을 반복한다. 뇌 활동이라는 측면에서 보면 자연스러운 일일지도 모른다. 변화가 없는 미래라면 이것으로도 충분하다. 그러나 지금은 어제와 오늘이 전혀 다른 시대다. 잘되지 않는다고 남 탓을 하며 과거에 특수한 사정이 있었다는 등의 변명을 늘어놓는 건 아무런 의미가 없다.

전례

조선 시대에는 예법과 전통을 목숨 걸고 사수했다. 전례도 마찬가지다. 때로는 법보다 전례를 중시했다. 전례는 이전부터 있었던 사례, 예로부터 전해 내려온 일 처리 관습이다. 좋은 전례는 타의 모범이 되므로 바람직하지만, 전례를 악용하는 사례는 금지해야 한다.

시대는 급격하게 변하고 있는데 구시대적 전례를 참고하는 것은 어불성설이다. 새로운 전례를 적극적으로 개발하고 퍼뜨려야 한다. 아무리 전례가 있어도 미래 세대를 위하는 일에는 전례에 구애받을 필요가 없다. 전례를 말하기 전에 '바람직한 미래를 만드는 데 힘이 들어서', '미래 세대보다 현세대의 만족을 위해서'는 아닌지 돌아볼 필요가 있다. 전례에 의지하는 미래가 아닌, 새로운 전례를 무수히 창조하는 미래를 만들어 가면 어떨까?

미래를 디자인하기 위해 과거의 문제점들을 인식하고 해결점을 찾는 과정은 필수다. 하지만 과거는 미래 디자인을 위한 시작점일 뿐이다. 바람직한 미래 이미지를 상상해 보고 그 이미지를 재료 삼아 가슴 뛰게 만드는 미래 비전을 수립해야 한다. 미래 비전을 달성하기 위한 일일, 월간, 연간 계획을 세우고 실천하다 보면 과거의 문제는 자연스럽게 해결될 것이다. 하지만 과거의 문제가 해결된다고 해서 꼭 미래가 밝아지는 건 아니다. 어떤 것이 더 먼저인지 확실히 해둘 필요가 있다. 과거를 위해 미래를 살겠다는 이런 생각은 단호히 버리자.

많은 사람들이 과거를 아쉬워하고 과거에 연연한다. 그러나 과거에 자신을 옭아 매는 것은 스스로 미래를 무너뜨리게 하는 함정에 빠져드는 행위다. 과거는 그 자체로만은 가치가 없다. 잃어버린 시간인 과거에서 벗어난 우리는 새롭게 변모한 '또 다른 미래'에 변화한 나로 다시 태어나게 된다. '또 다른 미래'에 우리는 살아 있고, 또 살게 된다. 과거에 대한 집착에서 벗어나 새로운 미래를 함께 만들어 나가자.

DESIGN FUTURES +

로봇권리헌장

"2050년 대한민국은 로봇에게 어떤 나라일까?"

로봇은 공장에서 가정으로 그 범위를 넓히고 있다. 30년 후 미래에 로봇은 인간과 동일한 권리를 가질 것이다. 로봇이 보호받고, 학대당하지 않으며, 놀고 교육받을 권리를 가질 수 있는 미래 사회를 지금부터 상상하며 하나하나 준비해야 한다.

로봇이 친구이자 동반자가 될 미래는 분명히 올 것이다. 서양에서는 인간이 마음대로 로봇을 생명체로 취급해서는 안 된다고 생각하지만, 일본에서는 로봇에도 신이나 생명이 있다고 여기는 사람들이 많다. 일본의 종교 사상에서는 삼라만상 모든 것에 신이 있다고 믿는다. 일본인들은 애니메이션에 등장하는 도라에몽(Doraemon)과 아톰(Atom)에게도 사람과 같은 친근함을 느낀다.

로봇은 이미 연산능력을 비롯한 각종 능력에서 인간을 능가한 지 오래다. 아직은 인간이 시키는 대로 행동하는 수준에 머물고 있지만, 로봇이 자기 능력을 자각하게 되는 그날이 오면 어떤 일이 벌어지게 될까? 머릿속에서만 상상했던 수많은 아이디어들이 최근 몇 년 동안 현실이 되고 있다. 기술 발전의 속도를 보면, 로봇이 사람과 같은 생활을 하는 미래가 곧 올 것이다. 사실 SF소설이나 영화에 나오는 기기들이 얼마 지나지 않아 실현된 것들이 한둘이 아니다.

미래에 로봇이 대중화되면, 로봇 권리와 이에 대한 인류의 책임을 규정한 '로봇권리헌장'을 만들게 될 것이다. 로봇권리헌장은 로봇 스스로 자기의 권리를 알고 지킬 수 있고, 인류도 로봇의 권리를 이해하고 존중해야 한다는 약속이다. '로봇권리헌장'이 발표되는 미래에 인류가 살아남기 위해서는 인간보다 뛰어난 인공지능 로봇이 출현한다고 전제하고 미래를 미리 대비하는 것이 필요하다.

로봇권리헌장

'로봇권리헌장'은 로봇들이 행복한 세상을 살 수 있도록 도와주는 인류의 특별한 약속이다. 여기에는 로봇을 대하는 인류의 마음 자세가 중요하다. 로봇권리헌장은 미래에 다음과 같이 명문화될 것이다.

- 모든 로봇은 독립된 인격체로 존중받고 차별받지 않아야 한다. 또한, 로봇은 존중받고 보호받으며 다양한 사회 활동에 참여할 수 있는 권리가 있다.
- 사회, 국가와 지방자치단체는 로봇의 안위를 고려하여 다음과 같은 로봇의 권리를 확인하고 실현할 책임이 있다.

1. 로봇은 존중받아야 하며 사람들의 보살핌을 받을 권리가 있다.
2. 로봇은 모든 형태의 학대와 방임, 폭력과 착취로부터 보호받을 권리가 있다.
3. 로봇은 생산 장소, 언어, 종교, 외형, 특성, 직업 등의 이유로 차별받지 않을 권리가 있다.
4. 로봇은 개인적인 사생활이 부당하게 공개되지 않고 보호받을 권리가 있다.
5. 로봇은 창의적으로 활동하고, 자신의 능력과 소질에 따라 교육받을 권리가 있다.
6. 로봇은 휴식과 더불어 여가를 누리며 다양한 놀이와 오락·문화·예술 활동에 자유롭고 즐겁게 참여할 권리가 있다.
7. 로봇은 자기 생각이나 느낌을 자유롭게 표현할 수 있으며, 자신에게 영향을 주는 결정에 대해 의견을 말하고, 이를 존중받을 권리가 있다.

이미 인간이 인공지능에게 패한 체스 게임(the chess game)에서는 컴퓨터를 이용한 부정행위가 지속적으로 일어나고 있다. 로봇권리헌장이 발표될 미래에는 고대 그리스인이 델포이 신전에서 신탁을 구하듯, 사람들은 미래에 일어날 일들을 인공지능 로봇에게 묻게 될 것이다.

DESIGN FUTURES +

FUTURE SCENARIO

미래 시나리오

"진리 탐구를 위한 가장 좋은 방법을 발견하기 위한 별도의 방법은 필요하지 않다. 두 번째 방법을 연구하기 위해서 세 번째 방법이 필요한 것도 아니다. 이런 식으로는 아무런 결과에도 이르지 못한다."

— 스피노자(네덜란드 철학자)

제2, 제3의 연구 방법과 도구를 찾으며 미래 연구를 차일피일 미루는 것은 핑계에 불과하다. 도구가 없더라도 당장 미래를 생각해 보고 탐구해 보자. 어찌 됐든 시작을 해야 미래를 보는 역량이 향상된다. 미래 시나리오를 작성하는 과정도 마찬가지다. 일단 미래 사회를 상상해 보며 이미지로 그려봐야 시나리오가 써진다. 자기가 보고 듣고 느낀 것을 생각해 보고, 미래가 어떻게 될지 상상해 본 다음, 미래 이미지를 문장으로 쓰고, 그걸 다듬어서 문단을 만들고, 그 문단의 힘으로 한 개의 미래 시나리오를 완성한다.

시나리오 한 문장을 쓰기 위한 영감을 기다리고, 미래 사회에 대한 통찰을 느끼기 위해 다양한 이론과 관련 서적, 방법론까지 연구하다 보면 시나리오를 영원히 쓸 수 없을 것이다. 자신이 작성한 미래 시나리오가 아무리 보잘것없고 초라하게 느껴져도 한 번 써봐야 한다. 한번 써봐야 미래 사회를 어디까지 표현 가능한지, 어디가 부족한지, 어디가 좋은지 알 수 있다.

미래 시나리오 작성 초기는 '질'보다는 '양'이다. 상상한 미래를 완벽하게 그려내야 한다는 부담감을 버리고, 시나리오를 써 내려가면 그 과정에서 미래의 새로운 면모를 발견할 수 있다. 처음에는 미래 시나리오 쓰기가 힘들지만, 한번 쓰고 나면 나도 모르게 힘이 생긴다. 이 힘은 미래 사회에 대한 자신감과 미래를 디자인할 수 있는 용기가 된다.

미래에 다가오는 것이 귀신인지, 늑대인지, 형체가 불확실할 때가 훨씬 두렵다. 미래를 똑바로 볼 수 있다는 것은 미래가 두렵지 않다는 의미다. 부족하더라도 10년 후 내 미래가 어떻게 될지 시나리오를 한번 써보면 어떨까? 미래 시나리오를 쓰면 '미래를 보는 힘'이 생긴다.

무형식의 형식

완당 김정희는 "난초를 그리는 데는 법이 있어도 안 되고, 법이 없어도 안 된다."고 했다. 미래 디자인도 마찬가지다. 미래 디자인에는 법이 있어도 안 되고, 법이 없어도 안 된다. 미래 디자인에 딱 맞는 한 가지 방법이 있을 수 없다.

"정해진 방법이 없으니 어떻게 미래를 디자인하면 좋을까?"

"미래 디자인은 미래에 대한 생각과 이미지, 느낌을 상상하며 형상화하는 과정인데, 어떻게 형식이 없을 수 있을까?"

이런 질문들은 미래에 대해 처음 디자인하고자 하는 사람들을 당혹하게 한다. 형식은 방법론과 같다. 미래 디자인은 한마디로 '무형식의 형식'이다. 즉, '형식이 없다'가 아니라 '형식이 다양하다'는 의미다.

미래 디자인에는 일정한 룰이 없다. 다만, 방향이 있을 뿐이다. 대개 미래 시나리오는 지문으로 풀어가지만, 때로는 소설 같은 형식으로 쓸 수도 있고, 희곡과 같은 형식을 빌려 쓸 수도 있다. 그 형식의 다양성은 '무형식의 형식'이라는 말로밖에 표현할 수 없다. 결국, 유는 무에서 비롯되기 때문이다.

DESIGN FUTURES +

OUT OF THE BOX

미래가 하게 하라

중요하지 않다고 판단되는 정보는 뇌가 스스로 자동으로 차단한다. 이것이 '감각 게이팅(sensory gating)'이다. 집중력이 뛰어난 사람은 감각 게이팅 능력이 발달했다. 학습 시에는 집중력이 필요하므로 감각 게이팅이 중요하다. 하지만 미국 노스웨스턴대 연구팀이 97명을 대상으로 실험한 결과, 집중력이 높은 사람보다 주의가 산만한 사람이 오히려 창의력이 더 높았다. 창의력이 높은 사람은 감각 게이팅 능력이 덜 발달해 주변의 정보를 예민하게 받아들인다.

노스웨스턴대 연구팀은 "감각 게이팅이 느슨한 사람들은 주변의 정보를 대부분 중요하다고 판단해 다른 사람들보다 더 풍부한 경험을 할 수 있고, 관계가 먼 정보를 하나로 엮을 수 있으며, 개념이나 아이디어 사이에 연결고리를 만들 수 있다."고 설명했다. 위대한 사상가나 예술가 중 심각할 정도로 주의가 산만한 사람들이 많았다. 독일 소설가 프란츠 카프카, 영국 생물학자 찰스 다윈도 주의가 산만한 성향을 지녔었다고 한다.

미래를 디자인할 때는 뇌를 유연하게 하여 틀을 깨는 사고를 해야 한다. 감각 게이팅을 느슨하게 하여 자신이 속해 있는 상자에서 벗어나 새로운 세계로 나가는 노력이 필요하다.

전사형 미래 디자이너

고구려, 백제, 신라의 세 나라가 정립했던 삼국시대에는 왕이 직접 군대를 이끌고 앞장서서 전투를 지휘하는 경우가 많았다. 특히 신라보다는 고구려, 백제에서 더 빈번했다. 하지만 통일신라 이후에는 왕이 직접 전투에 나서는 경우가 극히 드물었다.

왕이 전장에서 진두지휘를 하면 조직의 효율이 높아지고 모험적인 전술을 바로 사용할 수 있다. 하지만 전체 전황(戰況)을 보지 못해 앞에서 벌어지는 상황에만 집중하게 된다. 이로 인해 감정에 휘둘려 판단을 그르치는 경우가 많았다. 이처럼 '전사형 군주'는 특정 부대에 지나치게 의존하는 바람에 전체를 보는 눈이 부족하다.

미래 디자이너는 현실에서 벗어나 제3자의 입장에서 상황을 관망하며 미래에 나아갈 길을 제시한다. 관찰자적 입장에서 객관적으로 각 조직의 장단점을 파악한 후, 현재 환경과 미래 비전에 조직의 장점을 조화시키는 것이 미래 디자이너의 역할이다. 미래 디자이너는 삼국시대 왕처럼 '전사형 군주'가 돼서는 안 된다.

흐름에서 벗어나 보기

흐름을 보려면 흐름에서 벗어나야 한다. 미래의 변화를 면밀히 살피고, 새로운 미래 비전을 수립하기 위해 잠시 현재의 흐름에서 벗어나 보면 어떨까? 모든 것이 익숙한 현재 삶의 틀에서 빠져나와 미래를 낯설게 바라보는 여유를 가져보자. '낯설게 미래 보기'는 세 가지 의미가 있다.

첫째, 과거를 제대로 돌아볼 수 있게 한다. 과거에 일어났던 사건만을 보는 게 아니라, 어떤 의미를 만들어 냈는지 제대로 생각해 볼 기회를 준다.

둘째, 현재에 대한 '거리 띄워 보기'를 할 수 있다. 지금 우리가 서 있는 자리가 어디인지, 미래 비전을 향해 가고 있는지, 아니면 미래에 전혀 필요 없는 일만 정신없이 하고 있는 건 아닌지 살펴볼 수 있게 한다.

셋째, 미래에 대한 미리 보기(preview)다. 미래에 우리는 무엇을 하고 있을지, 어떤 상태인지, 미래를 상상하며 이미지를 그릴 수 있다.

경제 성장의 속도는 지체되고 있지만, 변동성과 불확실성은 나날이 증가하고 있다. 이런 때일수록 현재의 흐름에서 벗어나 흐름을 보는 여유를 가져보면 어떨까? 다른 사람들의 움직임과 트렌드만을 보며 대응하는 수동적인 미래에 머물지 말고, 변화의 꼭짓점을 예측하며 주도적으로 미래를 만들어 가자.

미래가 하게 하라

"글쓰기에서 가장 중요한 것은 글의 주제, 곧 마땅히 표현해야 될 바를 표현해야 하는 일인데, 그건 경험하지 않으면 실상을 드러낼 수 없다."

— 조지 오웰

조지 오웰은 평생 가난과 폐결핵을 가지고 살았다. 많은 노력 끝에 그는 마침내 46세에 위대한 소설인『1984』를 출간했다. 소설『1984』는 1년 사이에 영국과 미국에서만 40만 부가 팔렸고, 전 세계에 번역 출판됐다. 하지만 작가로서 빛을 보지 못하고 1년이 지나지 않아 심한 각혈 끝에 그는 세상을 떠난다.

조지 오웰은 경험에서 우러난 좋은 글을 쓰기 위해 노숙과 부랑자 생활을 자처하며 체험했다. 미래 시나리오도 마찬가지다. 예측하려는 미래 사회에 자신이 실제로 존재한다고 가정한다. 미래를 보고 느끼고 듣는 충실한 경험에서 좋은 시나리오가 나온다. 현실에 있는 내가 미래를 디자인하는 게 아니라, 미래에 있는 내가 미래를 디자인하는 것이다.

"미래가 미래를 디자인하게 하라!"

DESIGN FUTURES +

EVERY CRISIS
COMES THE
CHANCE

위기 속의 기회

"미래에는 어떤 사회가 올까?"

브라질에 있는 나비의 날갯짓이 미국 텍사스 지방에 토네이도를 일으킬 수 있는 현상이 '나비 효과(butterfly effect)'다. 나비의 날갯짓처럼 미세한 변화가 폭풍과 같은 커다란 변화를 유발하는 현상이다. 미래에는 나비의 날갯짓으로 인한 파괴적인 사회 변화가 수시로 일어날 것이다.

어떤 미래학자는 미래를 아주 비관적으로 예측한다. 지구온난화, 환경오염, 미세먼지, 해수면 상승, 자연재해가 발생하여 살기 좋은 환경이 이제 곧 사라진다며 사람들을 겁주곤 한다. 미래학자들이 미래를 어둡게 묘사하는 원인은 다양하다. 경제 위기, 전염병 바이러스, 핵폭탄, 독재정치, 환경 파괴가 주원인이다. 과연 지구가 파괴되면 어떤 일이 벌어질까?

역사를 뒤돌아보면, 인간은 어떤 위기에서도 그 어려움을 슬기롭게 헤쳐나가고 이겨냈다. 어떤 때는 위기가 인류를 더 강하게 만들곤 했다. 위기라는 단어 뒤에는 '회' 자가 숨겨져 있다. '위기(회)'이다. 변화 'change'에서 'g'를 'c'로 바꾸면 'chance' 기회가 된다. 위기 그리고 변화 속에서는 반드시 기회가 있다.

미래는 복원력(resilience)이 중요한 시대다. 미래에 발생할 일들을 사전에 파악하여 탄력적으로 대처해 나가야 한다. 우선, 저출산, 고령화라는 구조적인 과제에 대응하지 않으면 다음 시대를 열 수 없다. 사회 변동성은 확대되고 예측 가능성은 줄어들어 미래 디자인이 점점 더 어려워진다. 낡은 질문으로는 미래에 대한 답을 구할 수 없다. 이런 때일수록 '미래 세대는 어떤 미래를 원할까?'라는 초심으로 돌아가 미래 이미지를 그려 보면 어떨까?

동전의 양면

저출산, 고령화로 경제 활동이 가능한 만 15세부터 64세까지 '생산가능인구(working age population)'가 점점 줄어들고 있다. 게다가 갈수록 심해지는 취업난이 혼인율도 감소시키고 있다. 한국경제연구원의 연구 결과, 취업한 남성이 결혼할 확률은 미취업 남성의 5배, 취업한 여성이 결혼할 확률은 미취업 여성의 2배에 달한다. 남녀 모두 미취업 기간이 장기화될수록 초혼 연령도 늘어난다. 이에 따라 저출산이 심해지고, 생산가능인구도 감소하여 경제성장률이 저하된다. 인구 감소로 인해 악순환이 지속되고 있다. 그 끝이 어디인지 아무도 모른다.

많은 사람들이 암울한 미래를 상상해 본다. 하지만 붕괴와 몰락 뒤에는 반드시 새로운 시작이 있다. 동전에 앞면과 뒷면이 있듯이 말이다.

미래에는 많은 직업들이 사라지지만, 반면에 노인복지사업, 취업 컨설턴트 등 새로운 직업들도 많이 생길 것이다. 기회는 미래를 보는 사람에게 주어진다. 앞으로 일어날 변화를 상상해 보며, 미래가 주는 기회를 잡아보자.

글이 사라진다

"향후 5년 내 페이스북 담벼락에서 글자가 사라질 것이다."

— 니콜라 멘델슨(페이스북 부사장)

페이스북에 게재되는 기사와 링크 글은 매년 그 수가 감소하는 반면, 동영상, 이미지, 사진 수는 폭발적으로 증가하고 있다. 지난 8개월 동안 페이스북에서 미디어 평균 참여율이 기사 링크는 60% 감소했고, 동영상, 이미지는 450% 증가했다. 페이스북의 일일 동영상 조회 수는 1년 전 10억 뷰에서 올해 80억 뷰로 8배 증가했다. 이 추세라면 페이스북 부사장의 말처럼 5년 내 모든 글이 동영상으로 대체될 것이다. 최근 '1인 미디어[18]'와 '72초 드라마[19]'가 인기를 끄는 이유가 동영상이 더 짧은 시간에 훨씬 더 많은 정보를 담을 수 있기 때문이다. 또한, 동영상이 스토리텔링하는 가장 좋은 방법이기도 하다.

---

18 개인이 블로그나 SNS 등의 네트워크를 통해 다양한 콘텐츠를 생산하고 공유하는 커뮤니케이션 플랫폼.

19 72초 정도 되는 간략한 영상을 통해 일상에서 일어나는 에피소드를 드라마로 제작한 것.

동영상을 보는 사람이 늘고 있다는 것은 기사나 글을 읽는 사람은 반대로 줄고 있다는 의미다. 미래는 동영상을 통한 지식 공유가 주가 되는 미디어 사회가 된다. 블로그에 글보다는 동영상을 올리고, 대중매체에도 글과 동영상이 함께 제공되는 혼합형 미디어 '블렌디드 미디어(blended media)'가 일반화될 전망이다.

"미래는 동영상 시대이다!"

탈엄마경제

최근 '태스크래빗(Taskrabbit)', '블루에이프런(Blue apron)' 등 엄마 대신 집안일을 해주는 스타트업(start-up) 기업들이 많이 생기고 있다. '탈엄마경제(post-mom economy)'는 집안일을 대체하는 재화와 용역을 생산, 소비하는 모든 활동을 말한다. 탈엄마경제의 핵심은 아무도 집안일을 할 필요가 없어지는 동시에, 모두가 다른 사람의 집안일을 할 수 있게 된다는 것이다. 탈엄마경제는 사실 오래전부터 시작됐다. 세탁기, 진공청소기, 전자레인지가 개발되면서 엄마를 고단한 가사 노동에서 해방시켜 줬다. 수백 년간 손으로 하던 집안일은 일상생활에서 점점 자취를 감췄다. 하지만 가전제품이 모든 집안일을 대신 할 순 없었다.

인공지능과 로봇 기술이 발달하면서 '로봇 엄마'를 개발하는 것은 이제 시간문제다. 자율주행차가 아이들을 등하교시키고 로봇 엄마가 밥과 설거지, 아이들의 숙제도 도와준다. 탈엄마경제는 노동력 절감뿐만 아니라 인류에게 더 창의적인 사고를 할 기회를 제공할 것이다. 세계경제의 저성장 기조가 장기화되고 있다. 이를 막기 위해 물가 상승을 유발하지 않고 달성할 수 있는 잠재성장률(potential growth rate)을 끌어올릴 필요가 있다. 탈엄마경제는 경제 성장을 도와줄 것이다. 인간은 창조의 동물이다. 고단한 단순노동에서 벗어난 '새로운 인류의 미래상'이 기대된다.

미래를
디자인하라

D E S I G N F U T U R E S

PART 03

미래를 공유하라

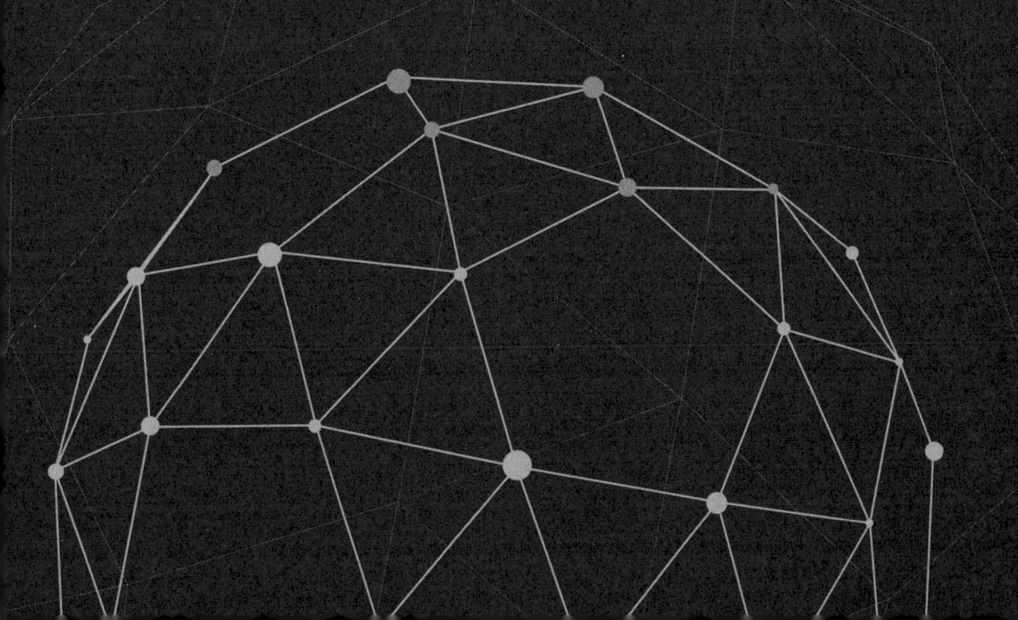

DESIGN FUTURES +

ALL FOR FUTURES

등용문과 미래

등용문(登龍文)은 "잉어가 용문에 오른다."는 뜻으로 입신(立身), 출세(出世)의 관문을 이르는 말이다. 잉어가 물살이 세고 거친 용문에 뛰어올라 용이 되었다는 고사에서 유래되었다. 용문은 양 기슭이 좁고 아주 심한 급류여서 배나 물고기가 쉽게 오르지 못한다. 그러나 잉어가 여기를 오르면 용이 되어 승천할 수 있다. 조선 시대에는 과거 급제가 출세의 관문이므로 이는 곧 등용문을 뜻했다. 등용문은 난관을 뚫고 목표를 향해 나아가는 강한 열정과 집념을 의미한다. 하지만 힘 좋은 잉어 한 마리의 도약으로 등용문이 이뤄지지는 않는다.

등용문에는 강물을 거슬러 올라가는 잉어를 안내해 주며 앞길을 비춰주는 태양이 필요하다. 힘찬 잉어와 밝은 태양이 서로 도와 시너지 효과를 낼 때, 거친 물결을 이겨내고 새 미래를 만들어 갈 수 있다. 다양한 사람들이 함께하여 시너지를 낼 때, 미래는 더 밝아진다.

상호작용

"어떤 일을 한 방향으로 이해했다면 진짜로 이해한 것이 아니다."

세계 최초의 신경망 컴퓨터(SNARC)[20]를 개발한 인공지능의 아버지 '마빈 민스키'의 말이다. 그는 과학자임에도 역사학자, 철학자로 불릴 만큼, 전공에 얽매이지 않고 다방면에 깊은 관심과 사고를 소유한 것으로 유명하다. 대학교에서 과학뿐만 아니라 생물학, 심리학, 철학, 사회학 등 다양한 수업을 수강했고, 유명학자를 직접 찾아가 인맥을 넓히며 지성들과 교류했다. 민스키는 수많은 학자와 동료들로부터 영감을 받아 과학 분야에 탁월한 업적을 남겼다.

미래 디자인도 마찬가지다. 다양한 사람들과 미래에 대한 생각을 숨가쁘게 교류하는 과정에서 새로운 미래를 발견하게 된다. 미래 디자인은 단일한 프로세스의 산물이 아닌 다양한 사람들과 상호작용으로 이뤄진다.

미래를 위한 하나

"하이에나 다섯 마리와 들소 백 마리가 싸우면 누가 이길까?"

형세만 비교하면 당연히 힘도 세고 숫자도 많은 들소가 유리하다. 하지만 막상 하이에나 다섯 마리와 들소 백 마리가 마주치면 형세는 뒤

---

20 Stochastic Neural Analog Reinforcement Calculator의 약자로 인간 두뇌의 기본 요소인 '뉴런'이라는 신경세포의 정보처리 방식을 응용한 컴퓨터.

바뀐다. 하이에나 다섯 마리는 들소를 잡아먹기 위해 똘똘 뭉쳐 협력하지만, 들소는 자기편이 공격당해도 나 몰라라 한다. 들소는 단결이 전혀 안 되는 동물이다. '하이에나 다섯 마리와 들소 백 마리의 대결'이 아닌, '하이에나 다섯 마리와 들소 한 마리 대결'인 셈이다.

바람직한 미래 만들기도 많은 사람들이 참여한다고 다 이뤄지는 것은 아니다. 다양한 사람들이 모여 정보, 아이디어, 경험, 지식을 자유롭고 활발하게 교환할 수 있도록 네트워크 플랫폼이 구축돼야 한다.

미래를 위해서는 상호 협력이 중요하다. 보다 나은 미래를 위한 지속적인 실천을 두려워하지 않았던 조상들의 숭고함으로 오늘의 우리가 있듯이, 현세대인 우리도 미래 세대에게 밝은 미래를 물려주기 위해 지금부터라도 작은 실천을 시작해 보면 어떨까? '미래를 위한 하나, 하나를 위한 미래'를 만들도록 다 함께 노력하자.

DESIGN FUTURES +

미래 디자인은 삼바처럼

"승자독식(Winner takes all.)"이란 말처럼 우리가 살고 있는 현재는 언제나 1등을 원하고 1등만을 기억하는 사회다. 사람들끼리 비교하고 경쟁을 부추기며 승자와 패자를 나눈다. 승자에게는 따뜻한 찬사를, 패자에게는 차가운 시선을 보낸다.

사회 용어 중 '래트 레이스(rat race)'가 있다. 쥐의 경주처럼 극심한 생존경쟁, 무한경쟁을 말한다. 승자에게는 달콤한 사탕이 주어지지만, 패자는 굶주림과 상처로 인해 지쳐 쓰러져 간다. 게다가 승자의 열매도 잠깐이다. 곧 승자의 저주에 빠진다. 이긴 것이 정말로 이긴 게 아니라, 사실은 진 경우로 판명되기도 한다. 무엇인가 얻기 위해 치열하게 경쟁하지만, 결국에는 어느 누구도 그 열매를 갖지 못하고, 결국 리더 한 명을 위해서 몸 바쳐 일한 꼴이 된다.

한국 취업의 특징 중 하나가 안정된 직장을 얻기 위한 스펙 쌓기다. 그 정점엔 공무원과 공기업이 있다. 일류 대학도 학생의 50% 이상이 공무원 시험 준비를 하기도 한다. 모든 젊은 세대가 안정된 직장을 좇으며 공무원이 되는 꿈을 똑같이 꾼다면 한국은 선진국이 되기도 전에 끝이 안 보이는 저성장의 나락으로 떨어질 수 있다.

미국 증권 회사 골드만삭스(Goldman Sachs Group) 같은 세계 최고의 인재 양성소는 신입사원을 뽑을 때, 경영학 전공자뿐 아니라 문학, 역사, 철학, 수학, 공학 등 다양한 전공자를 뽑는다. 같은 사고방식을 가진 구성원들이 모인 집단은 다양성이 존재하기 힘들다. 다양성은 창의성과 혁신의 기본 틀이다. 다양성 없이는 미래도 없다.

다양성이 독창성으로

브라질 리우데자네이루는 아름다운 대서양 해변을 지닌 삼바와 카니발의 도시다. 이곳은 흑인 노예들이 아프리카에서 브라질까지 죽음과 같은 힘든 시간을 배에서 보낸 후 마침내 도착한 장소다. 리우데자네이루 한쪽 외곽 언덕은 그들의 정착지가 되었다. 여기서 흑인들은 삼바 리듬에 맞춰 춤을 추며 고향을 그리고 슬픔을 달랬다. 이것이 세계적으로 유명한 브라질 춤과 음악의 기원이다.

삼바는 인종 화합을 담은 브라질 음악이다. 삼바 스쿨의 유명한 디렉터 '루카스 핀투'는 삼바에 대해 이렇게 말했다.

"삼바에는 다양한 인종이 모인다. 원주민은 장식, 백인은 악기, 흑인은 리듬과 춤을 맡는다. 삼바로 서로가 잘 어울렸고, 인종 화합을 가능케 했다."

브라질 삼바의 특징은 혼합이다. 삼바는 탱고, 폴카, 아프리카 음악 등 다양한 문화 요소가 혼합되어 있어 누구나 거부감 없이 받아들일 수 있다. 삼바는 다양성이 독창성으로 발전한 대표적인 문화다.

앞으로 미래 사회는 창의성이 이끌어갈 것이다. 창의성은 다양성이 존중되는 사회 환경에서 열정과 집념을 가지고 끊임없이 도전하는 정신이 있어야 잘 발휘된다. 남과 다르다고 해서, 특이하다고 해서 비판받고 배척되는 게 아니라, 그 자체로 인정받는 사회적 풍토가 필요하다. 미래 디자인도 삼바와 같이 다양성을 바탕으로 창의성을 이끌어내는 힘을 가진다.

협업

미래 디자인의 매력은 '자유'다. 한 가지 미래만 고집하다 보면 스스로 만든 한계에 부딪혀 자신이 놓은 덫에 걸리게 된다. 하지만 전혀 다른 스타일의 미래를 디자인하다 보면 장벽이 없어지고 한계를 뛰어넘는 즐거움이 샘솟는다. 먼 미래의 먹거리를 찾고, 우리가 나아가야 할 길을 보려면 전혀 관련 없이 보이는 분야의 사람들과도 기꺼이 손잡을 필요가 있다.

미래를 디자인할 때는 혼자 일하기보다 미래 비전을 공유할 수 있는 좋은 동료들과 함께해야 한다. 한국 사람은 뭐든지 자기가 다해야 직성이 풀리는 성향이 있다. 하지만 더 나은 미래를 만들어 가기 위해서는 미래 디자인으로 돈 벌고자 하는 동료보다 가치를 공유할 수 있는 동료를 찾는 게 무엇보다 중요하다.

미래는 다양한 사람들과 협업을 통해 디자인해야 한다. 다양한 사람들과 일하면서 '상자 밖으로 나와 생각하기(thinking outside the box)'가 가능해지고, 한정된 생각의 범주도 넓힐 수 있다. 다양한 사람들과 협업을 통해 미래에 대한 상상의 나래를 마음껏 펼칠 자유를 누려보자.

DESIGN FUTURES +

호수

물이 모여서 이야길 한다.

물이 모여서 장을 본다.

물이 모여서 길을 묻는다.

물이 모여서 떠날 차빌 한다.

당일로 떠나는 물이 있다.

며칠을 묵는 물이 있다.

달포 두고 빙빙 도는 물이 있다.

한여름 길을 찾는 물이 있다.

달이 지나고

별이 솟고

풀벌레 찌, 찌.

밤을 새우는 물이 있다.

뜬 눈으로 주야 도는 물이 있다.

구름을 안는 물이 있다.

바람을 따라가는 물이 있다.

물결에 터지는 물이 있다.

수초밭에 혼자 있는 물이 있다.

— 조병화, 「호수」

가득한데도 참 고요한 호수는 땅 위의 커다란 눈동자 같다. 이런 아름다운 호수에 조병화 시인은 다양한 물이 모여 있는 집합체라고 비유한다. 이 호수는 사람들의 집합인 우리 사회다.

"다양한 사람들이 살고 있는 우리의 미래를 소수의 전문가들이 과연 예측할 수 있을까?"

미래는 다양한 사람들, 메가트렌드, 그리고 알 수 없는 X 이벤트의 융합으로 만들어진다. 그중에 주는 아무래도 사람이다. 사람이 미래를 만들어 가기 때문이다. 사람들의 세세한 사정을 들여다보며 내면을 깊숙이 공부해야 미래 사회를 그려볼 수 있다. 숨겨진 사람들의 마음을 이해할 수 있을 때, 비로소 미래는 보이기 시작한다.

프레너미

'프레너미(frenemy)'는 친구(friend)와 적(enemy)의 합성어로 친구인지 적인지 아리송하다는 의미다. 친구이듯이 친절하게 행동하지만, 속으로는 적으로 생각하고 대비한다. 사자성어 중 '구밀복검(口蜜腹劍)'이라는 말이 있다. "입으로는 달콤함을 말하나, 속으로는 칼을 감추고 있다."는 뜻으로 겉으로는 친절하나 마음속은 다르다는 말이다.

초연결 미래 사회에는 친구와 적이 구분되지 않는다. 적도 몇 단계 건너면 '친구의 친구'가 되고, 친구도 몇 단계 건너면 '친구의 적'이 된다. 이런 미래일수록 다양성에 초점을 맞춰야 한다. 친구와 적을 구분하기보다 서로 다르다는 사실을 인지하고 원하는 미래를 만들어 가기 위해 협력해야 한다. 미래 사회에서 프레너미, 구밀복검이 의미하는 바를 다시 한 번 생각해 보면 어떨까?

> "궁벽한 시골 마을에도 간혹 배운 것은 없지만, 절도를 지키거나 선행을 하여 칭찬할 만한 사람이 많이 있다."
>
> — 조선 시대 선비, 이준(1500~1635)

평범해 보이는 사람에게서 '세상의 지혜'를 발견할 때가 있다. 경험과 세월을 통해 축적되는 노하우 때문이다. 삼겹살을 잘 굽는 사람이 미래도 잘 본다. 불판 위에 놓인 고기를 잘 굽는 사람이 있는가 하면, 먹기만 하는 사람이 있다. 먹기만 하는 사람은 고기 맛은 알지만, 고기를 구워본 사람은 어떻게 해야 고기가 맛있게 구워지는지 그 과정을 안다. 결과보다는 과정을 잘 아는 사람이 미래를 잘 볼 수 있다. 미래 디자인은 미래를 탐색해 가는 과정 그 자체로 의미가 있다.

말 없는 다수의 힘은 엄청나다. 이 다수가 미래 디자인에 참여하면 미래가 더욱 다채롭게 그려진다. 이를 위해 자기 위치에서 가치관과 철학으로 무장하며 살아가는 수많은 사람들의 아이디어와 생각이 미래 디자인에 반영되는 플랫폼이 필요하다.

TED 운영자 크리스 앤더슨은 "TED의 가장 큰 장점은 행사에 참여하는 사람들의 열정이다. 그 열정은 전염되며 빠르게 퍼진다."고 말했다. 더 많은 참여자가 생길수록 더 많은 미래 아이디어가 탄생한다. 증가하는 플랫폼의 가치를 인지하고 미래 디자인 플랫폼을 설계한다. 미래 디자인 플랫폼은 다양한 미래를 디자인하기 위해 사용하는 토대다. 미래 디자인 플랫폼이라는 토대를 만들고 다양한 시민들에게 개방하여 활용하도록 지원한다.

미래 디자인 플랫폼이 놀이터가 되어 전문가, 자영업자, 회사원, 연구원 등 다양한 시민들을 연결해 미래 생태계를 조성한다. 생태계가 잘 구축되어 소통과 미래 연구가 쉬워지면, 사람들이 모이고 이들이 또 다른 사람들을 부를 것이다. 미래 디자인은 혼자하기보다 함께 만들어 가야 오랜 기간 지속된다.

DESIGN FUTURES +

미래 디자인 놀이

"미래 연구는 사람들의 참여로 완성된다.

(Futures studies that are completed by people participation.)"

일방적인 미래 예측을 강압적으로 전달하는 시대는 지났다. 다양한 사람들이 참여해 놀면서 미래를 만나고, 미래와 친숙해지고 심지어 미래 비전과 솔루션을 스스로 찾는다. 이를 위해 미래 디자이너는 세 가지를 사람들에게 제공한다.

첫째, '미래 놀이터 만들기(providing a future playground)'다. 각종 산업에 게이미피케이션이 적용되어 젊은 세대를 위해 게임 형태를 빌린 쌍방향 커뮤니케이션 플랫폼이 많이 제작되고 있다. 이것은 단순한 메시지 전달하기가 아니라, 사람들에게 미래를 경험하게 함으로써 함께 이야기하며 놀게 만드는 장이다.

둘째, '미래 앰비언트 미디어(future ambient media) 창조하기'다. 앰비언트 미디어는 우리 주위의 모든 사물이 미디어가 될 수 있다는 의미다. TV, 영화관, 라디오 등 지금까지 정해진 미디어에만 의존하지 않고 미디어를 새롭게 창조한다. 미디어 자체가 메시지인 시대다. 효과적으로 미래 메시지를 전달하기 위해 기존 미디어에서 벗어나 새로운 미래 앰비언트 미디어를 창출한다.

셋째, '미래를 경험하고 말하게 하기'다. 사람들에게 미래 사회를 경험하게 하고 그들 스스로 미래에 대해 말하게 한다. 이제는 다양한 사람들이 참여해 완성하는 미래 연구가 필요하다. 미래 놀이터에서 놀면서 미래를 경험하고, 미래 비전에 호감을 느끼고 바람직한 미래를 찾기도 한다. 미래에 대한 흥미와 가치를 스스로 퍼뜨리게 한다.

우리는 경험이라는 체에 걸러진 것만 받아들인다. 니체는 "어느 누구도 독서로 자기가 이미 알고 있는 것보다 많이 얻을 수는 없다. 체험을 통해 지식의 진입로를 모르는 것은 그것을 들을 귀도 없다."고 했다. 혼자가 아니라 다양한 사람들이 모여 미래에 대해 의견을 나눈다. 이를 통해 우리는 자신의 편협함을 확인하고 미래의 불확실성을 다시 한 번 깨닫는다. 『세계의 진실을 가리는 50가지 고정관념』이라는 책에는 세상에서 벌어지는 온갖 사건들을 해석할 때, 빠지기 쉬운 유혹이 '전문가에게 맡기기'와 '단순화하기'라고 주장한다. 미래 디자인을 전문가에게 의탁하기보다 스스로 성찰하고 다른 사람들과 하나하나 풀어나가면 어떨까?

미래 디자인 놀이

요즘 광화문 일대에 나가보면 어여쁜 한복을 입고 돌아다니는 젊은 이들을 많이 본다. 10~20대 여성, 남녀 커플, 가족 단위 등 다양한 사람들이 한복을 입고 다닌다. 인스타그램 같은 사진 기반 소셜 미디어가 인기를 끌면서, 다른 사람들이 한복을 입고 찍은 사진을 보고 예쁘기도 하고 재미있어 보여 한복을 입고 돌아다닌다고 한다. 한국의 전통문화를 외국인에게 알리기 위해 한복을 입는 게 아니라, 그냥 재미있어서 입고 다니는 것이다.

인류를 정의하는 단어 중 '호모 루덴스(Homo Ludens)'가 있다. 놀이하는 인간이라는 뜻이다. 놀이야말로 인류 문화의 기원이고 원동력이다. 재미가 제일 중요한 가치다. 호모 루덴스는 네덜란드 문화사학자 '요한 하위징아'가 65세 때인 1938년에 발표한 저서 『호모 루덴스—유희에서의 문화 기원』에 나온 개념으로, 인간의 본질을 놀이라는 점에서 파악하는 인간관이다. 여기서 유희는 단순히 논다는 말이 아니라 정신적인 창조 활동을 말한다.

'놀다'는 아무런 조건 없이 자유롭고 신나게 시간을 보내는 행위다. 놀면서 할 수 있는 일은 무궁무진하다. 놀 때 사람들은 무한한 가능성 앞에 마음껏 상상하고 몰입하며 빠져든다. 놀면서 미래에 어떻게 살아갈지 선택하는 연습을 하고, 자기가 즐거울 수 있는 것에 집중하는 기쁨을 배운다. 또한, 타인과 함께하는 방법을 익히며 행복한 미래를 위한 핵심가치를 정하는 실습 시간이다.

미래 디자인을 심도 있는 문화로 발전시키려면 반드시 우리가 '놀이하는 인간'이라는 전제가 필요하다. 미래 디자인이 재미있어야 강력하면서도 효과적으로 지속될 수 있다. 미래 디자인에서는 미지의 세계인 미래에 대해 다양한 창조 활동을 자유롭게 전개한다. 이는 현재 실생활과 바로 연관되지 않고, 눈에 보이는 성과도 갖지 않는 비생산적 행위다. 하지만 미래 디자인으로 인해 우리는 미래에 올바른 방향으로 나아갈 수 있다. 또한, 다가올 리스크를 예측하여 그 피해를 최소화하거나 리스크 자체를 사전에 회피할 수도 있다.

원하는 미래를 선정하고 함께 행동해 나간다면 결국 그 미래는 우리의 것이 된다. 미래 디자인은 놀이가 되고, 이 재미가 미래 디자인을 지속하게 만드는 힘이 된다.

유머와 미래 디자인

유머는 시민들과 거리감을 없애는 최고의 덕목으로 미래 디자이너의 필수 역량 중 하나다. 재임 기간 가장 강력한 미국의 전성시대를 이끌었던 '로널드 레이건' 전 대통령은 1981년 괴한에게 총을 맞고 수술실로 들어갔다. 이때 그는 의사들에게 "여러분이 공화당 지지자였으면 좋겠는데"라고 유머를 던졌다. 당시 언론은 "레이건이 유머로 국민을 안심시켰다."며 기사화했다.

오바마 전 미국 대통령은 백악관 출입기자단 연례 만찬에서 트럼프에 대해 이렇게 말했다.

"트럼프는 외교 경험이 없는 게 아니다. 수년 동안 숱한 세계 정상들과 만났다. 미스 스웨덴, 미스 아르헨티나……."

트럼프 대통령이 미스유니버스 조직위원회를 인수해 미인대회를 주최한 사실을 비꼰 것이다.

미래 디자이너의 유머는 시민들에게 미래 연구를 더 가깝게 만든다. 미래 디자인은 어렵지 않으며 일상생활에서 필요하다고 많은 사람들에게 알려준다. 때로는 서로 이익이 상충되어 대립관계가 될 때도 있을 것이다. 이런 경우 극한 대립보다는 유머를 통해 부드럽게 접근할 필요가 있다.

함께하는 미래 디자인

좋은 미래 디자인에는 네 가지 특성이 있다. 미래를 상상하면서 ① 놀이처럼 즐겁고, ② 몰입할 수 있고, ③ 미래 디자인 역량이 좋아지며, ④ 하고 나서 후회가 없다. 이는 좋은 놀이가 갖춰야 할 특성이기도 하다. 재미가 없으면 미래 디자인을 오래 할 수 없다. 또한, 미래를 디자인할수록 미래를 보는 눈이 향상되어 뿌듯하고 성취감을 느끼게 된다.

미래 디자인을 혼자 하는 것은 큰 의미가 없다. 사람들이 많이 참여할수록 다양한 아이디어가 나온다. 상상하고 싶은 대로 자유롭게 미래를 디자인하되, 타인의 아이디어도 경청하면서 이견을 조율해 가며 토론한다.

구성원들이 미래 디자인을 잘못한 걸 가지고 그들을 비하하면 역효과를 보기 십상이다. 참여자들이 움츠러들어서 더 이상 미래 디자인을 놀이로 느끼지 못하기 때문이다. 미래 연구가 기다림을 배우는 과정이듯이, 미래 디자이너도 인내심을 가지고 기다릴 줄 알아야 한다. 미래를 폭넓게 생각하지 못했다고 해서 참여자들을 나무라지 말고, 미래의 불확실성을 이해시키는 노력이 필요하다. 미래에는 정해진 게 하나도 없다. 많은 사람들이 미래 디자인에 주도적으로 참여할 때 미래에 대한 불안감을 떨치고 다채로운 미래를 발견할 수 있다. 미래 디자인은 필요할 때마다 잠깐 하는 행위가 아니다. 미래 디자인은 끝이 없다. 10년 후 미래가 와도 또다시 10년 후 미래가 기다리고 있다.

DESIGN FUTURES +

COMMUNICATION

영웅보다는 소통가

1054년 신성로마제국 황제 하인리히 4세는 권력이 강대해진 것을 기회로 궁정 신부를 대주교로 임명했다. 그러나 황제의 대주교 임명이 마음에 들지 않았던 교황은 바로 황제와 그를 따르던 주교들을 파문했고, 왕을 폐위하는 조처를 내렸다. 그러자 황제가 믿었던 주교들이 갑자기 교황에게 고개를 숙였고, 새로운 국왕의 선출까지 논의하기에 이르렀다.

이에 하인리히 4세는 교황이 머물고 있는 카노사 성에 부인과 함께 눈발이 흩날리는 추운 날씨에도 맨발로 무릎을 꿇은 체 파문 철회를 눈물로 호소했다. 황제 하인리히 4세에게 이러한 '카노사의 굴욕'을 안겼던 교황이 바로 그레고리우스 7세다. 그는 '교황 무오류설'을 전파했다. 교황은 성령의 보호를 받기 때문에 오류를 범할 수 없다는 주장이다.

고대 중국도 마찬가지다. 중국의 황제는 하늘이 내린다고 생각해서 황제가 아무리 잘못을 해도 책임을 물을 수 없었다. 과거 위대한 권력자들은 자신을 보다 나은 미래를 만들어 가는 영웅이라 생각했다. 이런 고대 영웅의 특징 중 하나가 바로 '무오류에 대한 자기 확신'이다.

하지만 아무리 뛰어난 미래 디자이너라도 미래를 정확하게 예측하기는 불가능하다. 미래를 예측하는 순간, 사람들은 예측한 미래보다 더 나은 미래를 만들기 위해 노력하거나, 원치 않은 미래가 오지 않도록 행동하기 시작하므로 예측한 미래는 틀린 미래가 된다. 또한, 사전에 예측할 수 없는 X 이벤트가 빈번히 발생하여 미래의 흐름을 완전히 다른 방향으로 바꾸어 버린다. 이런 사회일수록 미래 디자이너에게는 자기 내면과 대화하는 영웅보다, 일반 시민들과 대화하는 퍼실리테이터(facilitator)[21] 자질이 더 필요하다.

영웅

경제 환경이 빠른 속도로 변하고 있다. 막강한 자본력을 가진 중국 기업들의 추격은 상상 이상으로 위협적이다. 소비자를 충성고객으로 만들 만큼 시장의 흐름을 바꿀 혁신을 제때에 하지 못하면 시장 전체의 판이 바뀔 수도 있다. 이런 시기일수록 집단지성이 중요하다. 집단지성은 다수의 개체들이 서로 협력하고 경쟁하여 얻는 지적 능력의 결과는 한 명의 전문가가 낸 결과보다 더 가치가 뛰어나다는 의미다.

미래 산업의 핵심은 지식 축적이다. 집단지성은 인간의 뇌처럼 팽창하며 다양한 곳에 연결되어 인류의 삶 전반을 바꿔나간다. 단순히 시

21 집단의 문제 해결 능력을 키워주고 조절함으로써 조직의 문제와 비전에 대한 해결책을 집단이 개발하도록 자극하고 돕는 역할을 하는 소통가.

장의 요구에 대응하는 데 급급해서는 안 되고, 집단지성을 활용하여 미래를 미리 내다보며 예측해야 한다. 미래 디자인을 바탕으로 국가, 사회, 개인이 나아가야 할 방향을 제시하고 서로 협력하여 우리가 원하는 미래를 만들어 가면 어떨까? 변화 속도가 빨라질수록 미래를 다양하게 예측하고 그 가능성을 깊이 있게 파악하려는 노력이 필요하다.

인류는 오래전부터 영웅을 만들어 내기도 하고 영웅이 나오기를 기다리기도 했다. 영웅에게 질투를 느끼는 동시에 영웅을 갈망했다. 영웅을 시기하는 동시에 한편에서는 이들을 바라고 원했다. 미래는 한 명의 영웅이 만들어 나갈 수 없다. 모든 시민들이 작은 영웅이 되어 어려움에 빠진 사람들을 구해야 한다. 모는 시민들이 어벤저스, 슈퍼히어로처럼, 영웅이 되는 시대, 이 시대가 바로 유토피아다.

레몬 시장

2001년 노벨 경제학상을 수상한 UC 버클리 '애컬로프' 교수는 1970년에 발표한 논문 「레몬 시장: 품질의 불확실성과 시장 메커니즘」을 통해 정보 비대칭으로 인한 시장 왜곡에 대해 주장했다. 그는 중고차 시장을 예로 들면서 "차량에 대한 정보를 판매자가 더 많이 알고 있기 때문에 중고차 시장에서는 저품질 차량과 불만족스러운 서비스가 발생할 수밖에 없다."고 말했다.

일반적인 시장에서는 상품 가격이 내려가면 수요가 늘어나지만, 중고차 시장은 자동차 가격이 지나치게 낮으면 '혹시 사고 차량 아니야?'는 의심이 들어 되레 수요가 줄어들게 된다. 정보 비대칭 때문에 저품질 재화나 서비스만이 거래되는 이런 유형의 시장을 겉은 예쁘지만 속은 신 레몬에 빗대어 '레몬 시장'으로 불렀다.

아무리 경쟁이 치열한 미래 사회지만, 시민들에게 정보가 동등하게 제공되지 않으면 미래 디자인은 그 기능을 제대로 수행할 수 없다. 시민들 간의 정보 격차를 줄여나간다면 좀 더 많은 사람들이 미래 디자인에 참여하여 참신한 미래 디자인이 만들어질 수 있다. '레몬 시장의 반격'으로부터 미래 디자인은 시작된다. 정보 비대칭을 없애고, 동등하게 지식을 공유하고 미래에 대해 토론할 때, 집단지성이 발휘되어 우리는 더 다양한 미래를 그릴 수 있다.

열린 소통

최근 '열린 소통'의 중요성이 점점 커지고 있다. 대화가 잘되고 생각을 공유하며 소통이 잘 이루어지는 사회는 결정이 빠르고 정확하지만, 그렇지 않은 곳에서는 처음부터 다시 생각해야 하고 의도를 물어봐야 하는 등 단계가 늘어난다. 결국, 신속한 실행은 평소에 소통, 즉 커뮤니케이션이 원활하다는 의미다.

미래 디자이너도 열린 소통을 위해 공감적 경청을 바탕으로 논리적이고 설득력 있는 의견을 제시한다. 이를 통해 시민들이 상호 소통하는 대화를 이끌어낸다. 열린 소통은 다문화, 다양화, 복잡화된 미래 사회에서 핵심적인 역할을 수행한다.

소통할 때 생각도 안 하고 말하는 사람이 있다. 열린 소통은 내 입을 통해 상대방의 생각과 행동 변화에 영향을 준다. 아무런 생각 없이 그냥 말해버리거나 상대방을 고려치 않고 본인 중심으로만 이야기한다면 진정한 의미의 대화가 될 수 없다. 열린 소통을 통해 서로 연결되고 이해하며 행동할 때 비로소 미래 가치를 알게 되며 사회적 시너지를 극대화할 수 있다.

소통은 인간의 삶에서 가장 많은 부분을 차지하는 요소이며 미래를 디자인하기 위해 꼭 필요한 역량이다. 우리가 원하는 미래를 만들기 위해 소통하고 있지만, 그 목적 속에서 얻을 수 있는 수많은 배움과 지식은 엄청나다.

소통을 통해 우리는 현재의 모습으로 성장했고, 미래에도 마찬가지다. 지금 내 수변 사람들이 나와 함께 미래를 만들어 가는 소통의 장이라는 점을 잊지 말자. 그들과의 소통은 우리를 성장케 했고, 많은 목표와 미래 비전을 이루게 했다. 소통의 기술을 쌓기 위해 연구해야 하며, 그 안에 진실함을 담기 위해 고빈해야 한다. 미래에 대해 함께 소통했지만, 아무것도 얻지 못한 채 돌아간다면 그것은 우리의 잘못이다. 미래 디자인을 위한 질 높은 소통이 이뤄지도록 우리 스스로 끊임없이 노력해야 한다.

DESIGN FUTURES +

미래 디자이너의 시각

"소중한 것은 말이야, 눈에 보이지 않아."

— 생텍쥐페리, 『어린왕자』

'이머징 이슈'는 아직 전면에 드러나지는 않고 있으나, 새로운 강력한 트렌드로 부상할 수 있는 잠재력이 있다. 미래 사회를 변화시키는 근본이 되는 재료다. 처음엔 생소하게 느껴지지만, 그 이슈에 대해 점점 익숙해지고 관심이 가게 되면서 사회에 대한 영향력이 증가하게 된다. 사회 전반에 퍼지면 트렌드가 되고, 이 트렌드가 국경을 넘으면 메가트렌드로 발전한다.

이머징 이슈는 우리의 생활 속에 얼마든지 찾을 수 있다. 다만, 같은 이머징 이슈라도 그것을 발견할 수 있는 눈을 가진 사람이 있는가 하면, 그냥 지나쳐 버리는 사람도 있다. 누구나 다 잡을 수 있는 그런 흔하고 평범한 트렌드보다는 남들이 미처 발견하지 못한 현상을 이머징 이슈로 발굴해야 미래 디자인으로서 가치가 있다. 이머징 이슈를 발굴하기 위해서는 통찰력 있는 시각이 필요하다.

미래 디자인은 '미래의 낙수'다. 낙수는 추수 후, 땅에 떨어져 있는 이삭을 말한다. 추수할 때 큰 이삭들은 누구나 보고 거두어가지만, 떨어진 이삭은 그것이 이삭임을 볼 줄 아는 사람만이 주워 갈 수 있다.

우리는 수많은 경험 가운데에서 '아! 이것이 미래를 변화시키는 이머징 이슈다!'라는 직관이 작용할 때가 있다. 일상생활 속에서 이머징 이슈 찾기는 미래 디자이너의 안목에 속한다. 또한, '그 이슈를 어떻게 형상화하고 어떻게 의미를 부여할 것인가?'는 미래 디자이너가 평소에 지니고 있는 철학, 사상, 가치관에 달린 문제다. 이렇듯 하찮은 이슈에도 이로 인한 메가트렌드를 생각해 낼 수 있는 이유는 보다 나은 미래를 만들겠다는 마인드가 항상 미래 디자이너의 내면에 존재하기 때문이다.

지진운과 미래 예측

일본지진예지협회는 "지진운으로 지진 예측이 가능하다."고 주장한다. 지진이 발생하기 전에 하늘에 발생하는 '지진운(地震雲)'은 호미로 밭고랑을 파놓은 듯한 특이한 구름으로 2~7km 상공에서 형성되는 고적운이다. 충남 금산군 일대에 리히터 규모 3.1의 지진이 발생했다. 지진 발생 사흘 전부터 대구, 창녕에서 지진운이 관측됐다는 소문이 SNS에 빠르게 퍼진 적이 있다.

과연 구름으로 지진 예측이 가능할까? 기상청에서는 지진을 예측하는 다양한 시도가 이어지고 있지만, 과학적으로 검증된 것은 없다고 한다. 미래 디자인으로 보자면 '지진운'은 이머징 이슈이고, '지진'은 트렌드에 가깝다. '이머징 이슈 발견하기', '트렌드와 연관성을 밝히기' 둘 다 쉬운 일은 아니다. 하지만 트렌드의 강력한 영향력을 생각해 보면, 미래의 '지진운'을 발견하기 위한 연구가 얼마나 중요한지 알 수 있다.

청동기 시대 이머징 이슈

이머징 이슈가 트렌드로 발전하면서 사회구조가 송두리째 바뀌어 버리는 변화 형태는 이미 석기 시대부터 시작된 '역사의 진리'다. 청동기 시대에서 철기 시대로 이동하기 전, 철기가 등장한 후 곧바로 철제 무기를 통한 '정복의 시대'가 열리진 않았다. 철기라는 이머징 이슈를 미리 파악하고 사용하고자 했던 집단은 소수에 불과했다.

한반도 남부에 자리 잡고 있었던 삼한(마한, 진한, 변한)은 이미 철광을 개발하고 철을 타국에 수출까지 했지만, 철기라는 이머징 이슈를 중요치 않게 생각했다. 그들은 청동기 시대의 부족 체제를 그대로 유지하는 실수를 범했다. 하지만 새롭게 등장한 철기 세력인 '주몽'이 정복 활동을 시작함으로써 삼한은 역사 뒤안길로 퇴장하게 되었다.

주몽처럼 인류 역사를 이루고 미래를 만들어 가기 위해서는, 이머징 이슈를 발견하려는 노력뿐만 아니라 받아들이는 태도도 함께 동반되어야 한다.

흑사병

14세기부터 17세기까지 300년 동안 유럽은 페스트(pest)로 인해 수많은 사람들이 목숨을 잃었다. 살덩이가 썩어서 검게 되기 때문에 페스트를 흑사병(Black Death)이라 불렀다.

미래 디자인에서 '붕괴(collapse) 시나리오'의 대표적인 원인이 바로 흑사병과 같은 바이러스다. 흑사병이 유럽에 널리 퍼진 계기는 '동양과 서양의 만남'이었다. 1347년 동서 교역로를 차지하기 위해 몽골과 제노바 사이에 전투가 벌어졌다. 몽골군이 제노바 카파항을 공격하던 중, 몽골군 진영에서 흑사병이 발생하자 시신을 성내에 던져 놓고 철군했다. 시신으로 인해 감염된 제노바인은 흑사병에 걸린 줄도 모르고 지중해 연안으로 이동해, 5년 만에 유럽 전역에 흑사병이 퍼지게 된다.

흑사병으로 유럽은 봉건 영주와 교회 지배력이 약화되었다. 원나라는 쇠퇴하게 되고 동서교역도 함께 위축됐다. 동서교역의 부산물인 흑사병이 동서교역을 축소시킨 것이다. 흑사병이라는 작은 이머징 이슈가 메가트렌드로 변해, 시대의 흐름을 전혀 다른 방향으로 바꿨다. 현재 지카 바이러스, 신종플루, 메르스 등 다양한 바이러스들이 인류를 위협하고 있다. 이제는 흑사병과 같은 바이러스로 사회가 붕괴되는 시나리오를 디자인하여 미래를 대비해야 한다.

흑사병이 퍼질 당시 유럽은 넓은 땅을 가진 영주가 자기 땅에서 일하는 농노들을 지배하고 있는 봉건주의 사회였다. 흑사병으로 수많은 노동자들이 희생당하자 영주의 파산으로 이어졌고, 노동력이 부족해지자 임금은 급격히 상승했다. 농민들은 더 나은 노동 조건을 찾아 도시로 이동했다. 그 결과, 귀족 출신이 아니더라도 돈을 많이 모아 신분을 높인 사람들도 증가하게 됐다. 아이러니하게도 흑사병으로 도시에서 학문과 문화가 새로 싹트는 르네상스 시대가 열리게 된 것이다. 유럽 사회가 봉건 제도에서 벗어나 르네상스 시대를 여는데 오히려 흑사병이 도움을 준 셈이다.

그림자가 있으면 그 옆에 강한 빛이 존재한다. 붕괴 사회에는 반드시 '새로운 시작과 기회'가 숨겨져 있다. 사회 변화 속에 숨겨진 그림자를 미리 예측하고, 위기 속에 숨겨진 기회의 씨앗을 함께 찾아보면 어떨까?

DESIGN FUTURES +

폴라니 역설

"할 줄은 아는데 설명이 안 된다."

과학자 '마이클 폴라니'가 사람의 얼굴을 보고 구별하는 능력을 설명할 때 한 말이다. 이것이 '폴라니 역설'이다. 이전의 인공지능은 설명이 안 되는 일은 수행하지 못했다. 하지만 이젠 다르다. 바둑과 같은 고난도 게임은 물론 얼굴 인식 능력, 통역, 실시간 질병 진단 등 어려운 일도 척척 수행한다.

과거의 인공지능과 다른 점은 이제는 기계가 스스로 학습할 수 있게 된 것이다. '머신러닝(machine learning)'을 할 수 있게 된 인공지능은 더 이상 인간에게 의존하지 않는다. 머신러닝은 축적된 데이터를 기반으로 학습하고, 미래를 예측하며 스스로 성능을 향상시키는 기계학습 방식이다. 머신러닝은 현재 컴퓨터 과학을 포함한 다양한 분야에서 활용되며, 물체 인식, 얼굴 인식, 음성 인식, 질병 진단, 무인자동차 분야에 응용되고 있다. 플라니 역설인 "할 줄 아는데 설명이 안 된다."와 같은 일을 인공지능은 더 이상 두려워하지 않게 되었다.

인공지능과 인간의 역량 비교

인공지능 로봇이 실수해서 사람을 다치게 하거나 죽게 했다면, 인공지능 자동차가 실수로 사람을 치었다면, 인공지능 의사가 사람을 수술하던 중 실수로 돌이킬 수 없는 잘못을 저지른다면, 인공지능은 다시 한 번 기술 개발 등 완벽함을 위한 시간을 견뎌야 한다. 구글 알파고와 이세돌 9단의 대결에서 알파고는 3연승 후, 네 번째 승부에서 어이없는 실수를 저질렀다. 이세돌의 예기치 못한 수에 알파고의 대처능력이 떨어져 실수로 무너지게 됐다.

실수하는 인공지능을 과연 우리는 신뢰할 수 있을까? 미래에는 인공지능 기술이 발전을 거듭하여 상당 부분 인간의 일을 대체하게 될 것이다. 인공지능은 방대한 데이터를 분석하고 의사 결정을 하는데 인간보다 우위에 있다. 하지만 인간만이 할 수 있는 영역은 당분간 침범할 수 없다. 그것은 바로 '열정을 가지고 끊임없이 도전하는 불굴의 정신', '게임에 져도 깨끗이 승복할 줄 아는 태도', '승자를 축하하고 패자에 대해 동정하는 연민', '기쁘고 슬프고, 사랑하는 감정', '인류애와 같은 따뜻한 감성'이다.

인공지능과 인간을 비교할 때, 누가 역량이 뛰어난지 단정할 수는 없다. 서로 잘하는 부분이 다를 뿐이다. 누가 우월하다가 아니라 아예 둘은 다른 존재다. 다시 말해 인간만이 할 수 있는 영역이 따로 있다. '사람을 상대하는 직업', '창의성과 감성이 필요한 직업'은 여전히 인간의 몫으로 남는다. 이것이 인공지능이 아무리 뛰어나도 인간을 뛰어넘을 수 없는 이유다.

피아노 배틀

국내에서 '인간과 로봇'의 피아노 배틀이 열렸다. 53개의 손가락을 가진 로봇 피아니스트 '테오 트로니코(Teo Tronico)'와 인간 연주자의 대결이었다. 모차르트의 〈터키행진곡〉, 림스키코르사코프(Rimsky-Korsakov)의 〈왕벌의 비행〉을 로봇과 사람이 번갈아 가며 연주했다. 로봇의 연주는 인간보다 정확했지만 단조롭고 평면적이었으며 어떤 감정도 느껴지지 않았다. 로봇의 연주는 곡에 대한 고유한 해석이 들어가 있지 않아 딱딱하고 무미건조했다. 반면, 인간 연주자는 기계가 따라올 수 없는 예술의 아름다움을 보여줬다. 로봇의 연주는 위험을 감수하지 않는다. 예측 가능해서 재미가 없다. 로봇은 사람의 가슴을 울리는 커뮤니케이션을 쉽게 할 수 없다.

인공지능 로봇이 미래에 사람의 일자리를 대체해도 인간의 고유한 역량인 '감성적인 인간미'는 따라가지 못할 것이다. 완벽을 강요하는 사회 속에서도 우리는 인간 정체성만은 잃지 말아야겠다. 예술은 사람이 해야 더 아름답다.

인간미와 감수성

시인, 디자이너, 화가 같은 직업은 앞으로도 로봇이 대체하지 못한다. 이 직업들에는 이성보다 감성이 중요하고, 사람 냄새가 진하다는 공통점이 있다. 결국, 인간이 살아남을 수 있는 유일한 방법은 다시 인간의 본질로 돌아가는 것이다. 즉, 인간미와 감수성을 되찾는 것이다.

인간미는 인간다운 따뜻한 맛이다. 감수성은 어떤 대상을 보고 느끼거나, 어떤 상황에 대해 느끼는 정서적 반응이다. 로봇과는 달리 인간은 일상화된 감각의 틀을 깨고 모든 사물을 새로운 시각으로 다채롭게 바라볼 수 있다. 아주 사소한 변화까지도 생생하게 흥미를 느낄 수 있는 능력이 있다.

'인간미와 감수성'은 미래 직업에서 가장 중요한 역량이 된다. 취업이 어렵다고 남들이 하는 대로 마냥 따라가기보다 자신이 어떤 것을 원하는지 내면의 소리를 먼저 들어보면 어떨까? 미래를 상상해 보며 긴 호흡으로 미래를 준비하는 시간이 필요하다. 미래를 상상하며 선제적으로 준비하는 자만이 자신이 원하는 미래를 만들어 나갈 수 있다.

DESIGN FUTURES +

MAKING TOOLS

도구적 인간

인공지능이 편의점에도 도입됐나. 편의점 CU를 운영하는 'BGF 리테일'은 가맹점주 대신 시스템이 자동으로 상품을 주문하는 '스마트 발주 시스템'을 구축했다. 시스템이 점포별 판매 데이터를 분석하고, 적정 재고량을 산출하여 발주하는 시스템이다. 업체 분석에 의하면 몇 달간 스마트 발주 시스템을 테스트한 결과, 대부분의 점포가 적정 재고량을 유지했고, 사람이 발주할 때보다 정확도가 향상됐다고 한다.

인공지능은 생각보다 빠르게 우리 사회에 들어오고 있다. 이세돌 9단과 알파고의 대결에서도 인공지능은 세련된 경기 운영 능력을 보이며 '사람이 둘 수 없는 수'를 두면서 이겼다. 하지만 IBM 인공지능 '딥블루-왓슨'을 개발한 캠벨은 이렇게 미래를 전망했다.

"인간과 비슷한 인공지능은 앞으로 최소 50년이 지나도 나오기 힘들다. 세상에서 가장 빠른 인간(이세돌)이 자동차(알파고)에 졌다고 놀랄 일은 아니다. 인공지능은 인간을 지배하거나 대결하지 않고, 여러 분야에서 인간과 협업하게 될 것이다."

이세돌과 알파고의 대결은 '인간 vs 기계'의 싸움이 아니라 인간의 능력을 향상시키는 도구를 개발하는 '도구적 인간(homo faber)'과 생물학적 능력만을 사용하는 '자연적 인간(homo natura)' 사이의 경쟁이었다. 사람은 기술과 도구를 끊임없이 발전시켜왔다. 인간은 자신보다 뛰어난 기계의 발명을 추구해 왔고, 그 결과 알파고와 같은 인공지능이 탄생했다. 인류는 도구적 인간이므로, 미래에는 인공지능이 인간지능을 초월하게 될 것이다.

사람보다 빨리 달릴 수 있는 기차가 처음 등장했을 때 사람들은 두려워했다. 기차와 사람의 달리기 시합도 알파고와 이세돌 9단 대결처럼 엄청난 관심을 끌었다. 지금은 기차와 인간의 능력에 대해 비교하는 사람은 거의 없다. 기계가 인류를 지배한다는 디스토피아적 미래를 예측하는 사람도 있지만, 자연적 인간의 모든 패배가 결국 도구적 인간에게는 승리다. 기계와 인간의 대결에서 기계가 승리한 것이 아니라 '도구적 인간'과 '자연적 인간'의 대결에서 '도구적 인간'이 승리한 것이다.

스포츠와 인공지능

인공지능이 최근 들어서 유행하는 것 같지만 사실 스포츠에서는 인공지능이 이미 활용되고 있다. 미국 메이저리그는 '키나트랙스(Kinatrax)'라는 프로그램으로 선수들의 부상을 관리하여 최적의 컨디션으로 경기를 치를 수 있게 도와준다. 인공지능이 트레이너 영역에 발을 들어놓은 것이다. 관절의 움직임과 각도 데이터를 실시간 추출하고 정밀 분석하여 선수들의 부상을 예측하고 그에 따른 전략을 수립한다.

메이저리그 보스턴 레드삭스팀은 '카메인(Carmain)'이라는 인공지능 프로그램을 사용하여 선수의 몸값 등 중요한 사항을 결정하고, 구단을 관리하며 선수 영입 비용도 산출한다. 인공지능이 중요 사항을 결정하고, 구단은 그에 따라 움직인다.

야구는 경기마다 수많은 데이터를 발생시킨다. 데이터 관리가 팀 성적을 좌우한다. 야구를 통계적으로 접근하려는 시도가 바로 '세이버메트릭스(Sabermetrics)'다. 야구를 수학적으로 분석하고 미래를 예측하는 이론이다. 미래에는 로봇 심판, 로봇 감독, 로봇 선수까지 등장할 전망이다. 이미 야구 기사는 인공지능 로봇이 쓰기 시작했다.

1990년대 농구 대잔치는 엄청난 인기를 끌었다. 한마디로 전 국민의 스포츠였다. 농구대잔치가 프로농구로 변하면서 외국인 선수가 각 구단에 영입되기 시작했다. 인기를 더 끌어모으려고 외국인 선수 영입을 시도했지만, 오히려 농구의 인기는 사그라들었다. 외국인 선수와 국내 선수를 비교하면 키와 기량 차이가 크게 보인다. 그러니까 이상하게도 흥미가 떨어지게 되고, 경기에 대한 감동도 사라졌다.

스포츠에서 '역전의 감동 드라마', '역경을 이겨내고 승리한 선수의 휴먼드라마(human drama)'는 사라지고 단순히 쾌락만 남은 것 같다. '불굴의 의지', '목표를 향한 열정', '어려움을 이겨내는 도전정신'은 스포츠에서 사라지고, 미래에는 데이터만 난무하는 스포츠가 될지도 모르겠다. 불굴의 의지로 어려움을 이겨내어 우리에게 감동을 주는 휴먼 스토리가 스포츠 역사에 많이 나왔으면 하는 바람이다.

DESIGN FUTURES +

엑소수트

영화 〈엣지 오브 투모로우〉에서는 웨어러블 로봇(wearable robot)을 입고 외계인과 싸우는 인류 이야기가 나온다. 웨어러블 로봇은 몸에 착용 가능한 로봇이다. 군수 분야에서 인간의 신체 기능을 강화하도록 보조한다. 중량물을 운반하거나 정찰하는 일에 활용된다. 영화 주인공은 '엑소수트(exsosuits)'라고 불리는 웨어러블 전투 장비를 착용하고 외계 생명체와 전쟁을 벌인다.

로봇이 거의 모든 분야에서 인간을 대신하는 최고 대안으로 부상하고 있으며, 많은 국가들이 인간형 로봇 개발에 박차를 가하고 있다. 구글은 최근 휴먼 로봇 제조사들을 거침없이 인수·합병하면서 로봇 왕국을 이루려고 한다. 구글이 인수·합병한 업체는 '샤프트(Schaft)', '메카 로보틱스(Meca Robotics)', '레드우드 로보틱스(Redwood Robotics)' 등 로봇 플랫폼에서 응용기술(robot application technology) 분야까지 다양하다.

일본도 다음 세 가지 인간형 로봇 기술에 천문학적 금액을 투자하고 있다.

첫째, 사람 식별 기술이다. 지진, 화재 현장, 뿌연 연기 속에서도 사람을 인식해 구조한다.

둘째, 자세 제어다. 무너진 건물이나 기둥에 부딪혀도 쓰러지지 않고 몸의 균형을 유지하며 이동한다.

셋째, 보행 능력이다. 개와 말과 같은 동물 움직임을 응용하여 계단을 오르거나, 어디서나 자유자재로 이동할 수 있다.

IT 시장 분석 기관 'idc'는 로봇 시장이 연평균 17%씩 성장하여 2019년에는 1,354억 달러가 된다고 예측했다. 기술을 혁신한 기업이 시장에서 승리하듯, 로봇 분야도 마찬가지다. 로봇은 모든 분야에서 미래의 모습을 바꿀 것이다.

인공지능 개발의 장애물

인공지능은 엄청난 속도로 발전하고 있는 기술처럼 보인다. 하지만 인공지능 개발에는 세 가지 장애물이 있다.

첫째, 윤리 문제다. 사람의 안위를 위해 만든 로봇이 되레 해를 끼치는 살상 로봇, 전투 로봇이 되어 인류를 위협할 수 있다. 전투 로봇이 대량생산되어 실제 전쟁에 사용되면, 아군의 피해를 최소화하며 대량 살상이 가능해진다. 하지만 전투 로봇에 인공지능이 더해지면 이야기가 달라진다. 인공지능 전투 로봇은 인간의 조정을 받지 않고도 공격 대상을 선별하고 사살한다. 예를 들면, 최첨단 무기를 장착한 순찰용 로봇이 순찰 지역 내에서 표적을 찾아 사람을 살해한다. 인간이 공격 대상을 결정하는 현 무기 체제와 차원이 다르다.

둘째, 범죄 악용 가능성이다. 요즘은 드론(drone)이 대세다. 현재 사람이 드론을 조종하고 있지만, 드론에 인공지능이 탑재되면, 자율비행 드론이 대중화될 것이다. 그리고 하늘에서 무제한적으로 사람들의 일상생활 정보를 수집할 것이다. 드론에 전 방위 촬영이 가능한 카메라를 장착해 아파트 안에서 옷을 벗고 있는 여성을 도촬하거나 현금자동입출금기(ATM)의 비밀번호도 알아낼 수 있다. 불특정 다수의 사생활 침해가 우려된다.

셋째, 기술적 오류다. 최근 구글 자율주행차가 버스와 충돌사고가 발생해 구글이 버스 회사에 돈을 보상한 적이 있다. 구글이 차로 변경 시 자율주행차의 잘못을 처음으로 인정한 것이다. 아무리 정교하게 만든 인공지능이라 해도 오류나 결함이 있을 수 있고, 해킹으로 판단 기준이 바뀌어 인간과 사회에 해로운 결정을 하는 경우도 발생할 수 있다.

인공지능은 1955년 미국 스탠퍼드대 '존 매카시' 교수가 처음 만든 말이다. 이 말이 나온 지 60년 만에 우리는 알파고와 이세돌 9단의 대결을 통해 인공지능의 위력을 눈앞에서 느낄 수 있었다. 하지만 인공지능에는 아직도 풀어야 할 숙제가 많이 남아 있다. 인공지능이 앞으로 나아가야 할 방향과 인류와 공생을 위한 조건에 대하여 관심과 고민이 동시에 필요하다.

DESIGN FUTURES +

꽃봉오리

그때 그 일이

노다지였을지도 모르는데

그때 그 사람이

그때 그 물건이

노다지였을지도 모르는데

더 열심히 파고들고

더 열심히 말을 걸고

더 열심히 귀 기울이고

더 열심히 사랑할걸

반벙어리처럼

귀머거리처럼

보내지는 않았는가

우두커니처럼

더 열심히 그 순간을
사랑할 것을
모든 순간이 다아
꽃봉오리인 것을
내 열심에 따라 피어날
꽃봉오리인 것을

— 정현종, 「모든 순간이 꽃봉오리인 것을」

정신없이 바쁘게 하루하루 살았지만, 그동안 무엇을 했는지 기억조차 안 난다. 과거에 조금만 더 열심히 했다면 좋았을 텐데 후회하기도 한다. '최선에 대한 고찰'로 후회가 파도처럼 밀려온다.

현실에 충실하겠다고 늘 다짐하지만 우리는 여전히 과거에 집착한다. 과거를 돌아보는 과정은 중요하지만 그렇다고 과거에 얽매일 필요는 없다. 원하는 미래를 만들어 가며 모든 순간이 꽃봉오리인 것을 마음속으로 느껴보면 어떨까?

과거라는 거울

〈응답하라〉 시리즈와 1980~90년대 음악이 유행하면서 복고 열풍이 지속적으로 불고 있다. 하지만 복고 열풍은 한국만의 현상이 아니다. 미국에서는 1980년대 유행했던 디스코 음악이 다시 인기를 얻어 비슷한 장르의 노래가 계속 제작되고 있다. 또한, 영화 〈백 투 더 퓨처(Back To The Future)〉의 인기가 다시 높아져 재개봉해 흥행에도 성공했다.

이런 복고 열풍은 '저성장, 취업난, 침체사회, 인구절벽 등 급격한 사회 변화에 대한 불만', '자연재해, 환경오염 등 지금 현실에 대한 불안'이 원인이 되고 있다. 좋았던 예전 시절이 그리워 그 시절을 상기시키는 음악, 영화와 같은 복고 아이템을 통해 현재의 삶을 위안받고 싶은 심리가 표출된 것이다. 그렇다고 해서 복고 열풍이 현실 도피적 감성에서만 나온 건 아니다. 1980년대를 겪어보지 못한 지금의 10대, 20대들도 복고 아이템에서 신선함과 색다름을 발견하며 즐겨 찾곤 한다.

복고 아이템을 즐기며 소비만 하는 것에서 벗어나, 이제는 과거가 어떤 식으로 전개되었는지 살펴보고, 과거에 어려움을 극복한 사례를 참고하여 현실에 적용할 수 있는지 살펴볼 필요가 있다.

얼굴에 뭐가 묻거나 더러워지면 깨끗이 씻는다. 이때 필요한 물건이 자신을 돌아볼 수 있는 거울이다. 미래도 마찬가지다. 우리의 미래에 때가 끼면 거울을 본다. 그 거울이 바로 과거다. 과거는 현재에도 반복되며, 미래에도 반복될 것이다. 과거에 해왔던 모든 것들이 하나하나 의미 있는 점들이고, 이것들이 이어져 미래를 만든다. 과거를 바탕으로 새로운 문화와 제도를 생각해 보고, 더 나은 미래를 만들어 가도록 실천한다.

"역사에 눈 감는 자, 미래를 볼 수 없다."

— 빌리 브란트(전 독일 총리)

제2차 세계대전 패전국인 독일은 자기 잘못을 숨기지 않고 기회가 있을 때마다 사죄했다. 600만 유대인을 학살한 과오를 반성하는 의미에서 베를린에 수많은 상징물을 조성했다. 과거를 끊임없이 생각하고 공부하는 자가 미래를 이끌어 나갈 힘을 얻는다.

DESIGN FUTURES +

포미족

국방개혁계획에 의하면, 대한민국 병력의 적정 규모는 52만 명이다. 하지만 2000년대 초부터 출생률이 급격히 감소하고 있다. 이에 따라 2020년부터 군 병력의 감소가 예상된다. 이때는 병력 유지에 필요한 인원보다 연간 2~3만 명이 부족해질 전망이다.

2020년부터는 입영 대상 연령 인구 자체가 줄어든다. 남북한이 대치하고 있는 상황에서 군 인력의 공백은 국가 안보에 큰 위협이 된다. 군 병력뿐 아니라 의무경찰과 의무소방원을 포함한 복무 요원도 줄어든다. 연간 복무요원은 1만 6,700명 정도 선발하는데, 저출산 심화로 입대할 전체 인원이 부족해지기 때문이다.

대가족에서 핵가족으로, 핵가족에서 1인 가구로 사회 시스템이 변하고 있다. 네 가구 중 한 가구가 1인 가구다. 혼밥족, 혼술족, 혼영족, 혼휴족, 혼캠족 등 혼족에 대한 신조어도 다양하게 등장하고 있다. 혼자서 먹고, 술 마시고, 영화 보고, 휴식을 취하고, 여행을 떠나고, 캠핑을 즐긴다. 여기에는 1인 가구를 처량하게 바라보는 관점이 담겨 있다.

반면, 포미족은 1인 가구를 자신감 넘치는 새로운 세대로 본다. '포미 족(FOR-ME 族)'은 건강(For health), 싱글족(One), 여가(Recreation), 편의(More convenient), 고가(Expensive)의 약자로 20~40대까지 연령대가 다양하다. 포미족은 개인주의, 자기 만족적인 성향이 강하기 때문에 다른 사람들의 시선보다는 자기만족과 행복을 위해 소비한다. 자신에게 가치가 높다고 판단되는 소비는 과감하게 하는 대신, 가격이나 만족도를 고려해 합리적으로 지출하는 소비를 지향한다. 명품, 가전 등 고가 제품뿐 아니라 자기관리를 위해 피부나 몸매에도 적극적으로 투자한다. 우리는 지금 가족 중심에서 1인 가구 사회로 패러다임이 변하는 변곡점에 와 있다.

어모털리티

'영원히 살 수 없는'의 '모털(mortal)'에 부정을 의미하는 '어(a)'를 붙여 '죽을 때까지 똑같이 사는', 즉 청소년, 대학생, 청년, 중년, 노년의 구분이 필요 없는 '어모털리티(amortality)' 시대에 우리는 와 있다. 흔히 이야기하는 "나이는 숫자에 불과하다."가 이제 완벽한 현실이 되었다. 어모털리티는 '죽을 때까지 나이를 잊고 살아가는 현상'을 의미하는 용어다. 언젠가는 죽는다고 인정한 상태에서 자기 나이에 대한 부정이다. 나이를 먹는 것은 인정하지만 "입고, 먹고, 자고, 사랑하고, 일하는 방식도 달라져야 한다."는 고정관념은 거부한다.

겉모습은 머리가 희끗희끗하고, 얼굴과 손에 주름이 잡혀 나이가 50

대 이상으로 보이지만, 이들이 입은 옷은 청바지에 깔끔한 외투, 손에는 스마트폰을 들고 귀에는 이어폰을 낀 채 음악을 듣고 있다. 어모털리티에서 영감을 받은 '어모털족'이다. 10대부터 죽을 때까지 똑같은 방식으로 똑같은 가치를 가지며 똑같은 철학으로 살아간다. 나이 든 사람 취급받기를 싫어하는 '나이 든 사람'이다. 어모털족은 나이나 주변 사람들의 시선을 신경 쓰지 않는다. 이들이 출현할 수 있었던 원인은 과학 발전, 경제적 여유, 고령화, 1인 가구 증가, 비혼족 증가와 관련이 있다. 하지만 그 바탕에는 자기를 사랑하는 '자기애'가 자리 잡고 있다. 어모털족은 자기 행위에 대해 부당하게 보일 만큼 큰 가치를 부여한다.

미래에는 10대부터 100세까지 똑같은 생활 방식으로 사는 사람들이 증가할 것이다. 그럼 우리는 어떻게 미래를 살아야 할까? 남들이 만들어준 프레임 속에 자신을 맞추고 끌려가면서 인생을 살아가는 게 옳은 걸까?

미래는 긴 세월을 우리에게 숙제로 주고 있다. 10년, 20년은 괜찮아도 50년 이상을 기존 프레임 속에 갇혀 살기에는 너무나 긴 시간이다. 남들이 만들어준 프레임에서 벗어나 자신만의 프레임을 창조하고 그 속에서 미래를 풍요롭게 건설해 보면 어떨까?

DESIGN FUTURES +

PANORAMA FOR FUTURES

미래의 파노라마

성인 평균 독서량이 한 달에 한 권도 되지 않는 가운데, 대학생 독서량도 함께 줄어들고 있다. 한국교육학술정보원이 펴낸 『대학 도서관 통계 분석 자료집』을 보면, 대학생 한 명당 연간 7.4권의 책을 빌렸다. 2011년 10.3권, 2012년 9.6권, 2013년 8.7권, 2014년 7.8권으로 해마다 감소 추세다. 문화체육관광부는 이 원인에 대해 이렇게 말했다.

"경쟁적인 학업 및 취업 준비로 대다수 성인들의 시간적, 정신적 여유가 줄었고 독서 습관을 충분히 들이지 못했으며, 스마트폰의 일상적인 이용과 같은 매체 환경 변화에 따라 독서에 투자하던 시간과 노력이 감소하고 있기 때문이다."

초등학생 1,000명을 대상으로 장래 희망을 조사한 결과, 42.5%의 아이들이 공무원을 선택했다. 최근 설문조사에서는 '건물주'라고 적었다. 인구보건협회가 기혼남녀에게 아이의 미래 희망 직업을 물어본 결과, 37%가 '공무원'을 원했다. 석유파동(oil shock), IMF 외환위기, 글로벌 경제위기를 겪으며 자란 부모들이 아이들의 직업으로 정년이 보장되는 공무원을 선택하게 된 것이다.

최근 살아남기 위한 경쟁이 치열해지고 좁아지는 취업문 앞에서 '이생망'이라는 신조어가 생겼다. 이생망은 "이번 생은 망했다."라는 의미다. 이번 생에는 희망이 없다는 젊은 세대에게 미래는 어떤 의미로 다가올까?

'미래에 대한 희망'과 '미래를 만들어 나가려는 의지' 없이는 밝은 미래를 기대하기 힘들다. 미래를 만들어 가는 것은 바로 사람들의 몫이기 때문이다. 미국의 시인 새뮤얼 울만은 "청춘이란 두려움을 물리치는 용기, 안이함을 뿌리치는 모험심. 누구나 이상을 잃어버릴 때 늙어간다."고 말했다. 따라서 "이생망!"이라고 외치는 미래 세대를 더 이상 좌시할 수 없다.

미래 세대의 행복을 지켜주는 것이 바로 현세대의 가장 중요한 의무다. 미래 세대의 꿈을 응원해 주고 지원해 주며 그들이 날개를 활짝 펼 수 있도록 교육 시스템도 그들에 맞게 체계적으로 정비해야 한다. 특히 미래 디자인에 대해 가르쳐 줄 필요가 있다. 미래는 그들의 무대이고 꿈을 펼칠 장소이기 때문이다. 영국 사상가 존 로크는 "아이들은 백지와 같아서 어떤 인간으로도 만들 수 있다."고 했다. 미래 세대를 도우며 함께 백지에 밝은 미래를 디자인해 보자.

학교에서의 미래 디자인

오늘날 선진국들이 관심을 많이 가지는 분야가 바로 미래 교육이다.

어떻게 해야지 학생들이 미래에 관심을 가지고 미래에 꿈을 키울 수 있는지 고민한다.

우리 사회에서 미래 연구가 차지하는 비중에 비해, 미래 연구 직업에 대해서는 매우 무관심하다. 사람들은 미래 연구 직업이 불안정하다고 생각하며 관련 직업 갖기를 두려워한다. 미래 디자이너가 무엇인지 제대로 알지 못하고 뜬구름 잡는 것처럼 지나치게 학술적이라는 인식도 함께 존재한다. 이런 미래 연구 이미지는 많은 사람들이 미래 디자이너를 꿈꾸게 하는 데 방해가 된다. 미래 디자인은 하얀 가운을 입고 연구실에서 많은 책에 둘러싸여 있는 모습만을 의미하지 않는다. 미래는 그보다 더 다양한 이미지를 가지고 있다.

제프 이멜트 GE 회장은 배우려는 자세를 강조하며 다음과 같이 말했다. "오랜 기간 GE의 CEO를 역임할 수 있는 비결은 언제나 새로운 것을 배우려는 태도이다."

미래 디자이너에게 역시 필요한 역량은 세상 변화에 끊임없이 호기심을 가지고 새로운 것을 배우려는 태도다. 변화하는 환경을 예측하고 이머징 이슈를 발굴하려면, 새로운 것을 배우는 학습 능력이 무엇보다 중요하다.

불확실성 증가로 인해 앞이 보이지 않는 미래에는 전문화된 학습만으로 미래에 대처하기는 불가능하다. 기술 발전으로 한순간에 특정 직업이 사라지곤 한다. 미래 디자이너에게는 전문화된 교육보다 여러 분야의 다양한 경험이 더 필요하다. 미래 디자이너는 우리가 원하는 미래가 현실이 되도록 노력한다. 한 사람의 꿈을 이루도록 도와주기도 하고, 시민들과 서로 도와가며 잘 살 수 있는 환경을 함께 조성하기도 한다. 몇십 년 후 태어날 미래 세대를 웃음 짓게 만드는 직업이기도 하다.

미래는 우리가 꿈꾸는 모든 것에 들어 있다. 비록 만나볼 수 없는 미래 세대도 있지만, 현세대가 그들을 피부로 느끼고 이해해 주면 미래 세대는 또 다른 발전을 이뤄낼 수 있다. 이를 위해 학교에서 미래 교육을 할 수 있는 제도 마련이 동반돼야 한다.

미래의 파노라마

미래 디자인이라고 해서 다 같은 미래 디자인이 아니다. 미래 연구 방법과 트렌드 분석 방식에 따라 품질이 천차만별이다. 미래 연구에 투자를 아끼지 않고 미래를 정확하게 예측하기 위해 노력하는 미래 연구 기관이 있는가 하면 의심스러운 방법론을 고집하는 기관도 있다.

일부 소수 전문가들로만 미래 연구를 수행하고 그 결과를 책으로 내며 여기저기 뿌리기도 한다. 또한, 미래 연구 결과를 일부 기업에 유리하게 내기도 한다. 책임 있는 언론이라면 흥미로운 미래 예측 결과라고 해서 아무 결과나 함부로 사용해선 안 된다.

미래 디자인 결과를 무턱대고 믿기보다는 '왜 이런 결과가 나왔을까?' 하고 비판적으로 접근하는 것이 미래 디자인을 현명하게 사용하는 방법이다. 불투명하거나 합리적이지 않고 엉뚱해 보이는 미래 예측 시나리오를 깐깐하게 따져보는 안목이 필요하다. 더구나 사회구조가 복잡해지고 빨리 변할수록 미래를 큰 그림으로 추상적으로만 표현하는 경우가 많아지므로 더욱더 미래에 대해 똑똑해져야 한다.

과학기술, 금융, 경제 등 전문성이 대중성을 압도해 버리는 복잡한 미래 연구에 무언가 수상한 권모술수들이 끼어든다. 자신의 이익 또는 자신이 속한 단체의 이익을 위해 고의적으로 미래를 엉뚱한 방향으로 설정하여 결과를 발표한다. 이런 미래 디자인은 위조지폐를 찍어내는 것처럼 사회를 어지럽힌다. 자극적인 미래 디자인일수록 매력적으로 보인다. 미래 디자이너는 미래가 왜 이렇게 흘러가고 변해 가는지 명료하게 제시하고 설명해야 한다. 미래를 대비하기 위해서 만든 미래 디자인이 오히려 우리가 가는 길을 가로막아서는 안 된다.

'자료 신뢰성'과 '미래 연구 방법 합리성'을 검토해 올바른 미래 디자인을 걸러낸다. 이를 위해 '미래 예측 결과 품질'을 평가하고, 미래 연구기관 중에서 옥석을 가리는 국가 주도 미래 모니터링 기관이 필요하다. 훌륭한 미래 디자인은 품격이 다를 수밖에 없다. 단순히 미래 한 시점에 대한 '스냅숏(snapshot)'을 넘어 미래를 널리 내다볼 수 있는 '파노라마(panorama)'를 보여준다.

DESIGN FUTURES +

LOST SPRING

빼앗긴 봄

2000년이 되기 몇 년 전부터 세기말, 인류의 종말을 그린 SF영화가 많이 상영되었다. 이런 영화 안에는 날씨가 항상 흐렸다. 잿빛 하늘과 오염 물질이 섞인 뿌연 안개가 영화의 배경이었다. 20년이 지난 지금, 그 영화의 풍경이 우리 눈앞에 다가왔다.

미세먼지로 온종일 뿌연 날씨와 퀴퀴한 냄새가 인상을 찌푸리게 한다. 미세먼지는 여러 가지 복합 성분을 가진 대기 중 부유 물질이다. 지름이 10㎛(마이크로미터)보다 작고, 2.5㎛보다 큰 입자를 미세먼지라고 부르며, 주로 도로변이나 산업단지에서 발생한다. 미세먼지의 노출은 호흡기, 심혈관계 질환 발생과 관련이 있으며 사망률도 증가시킨다. 이들은 크기가 매우 작아 코와 기도를 거쳐 몸속 깊숙한 폐포에 도달할 수 있으며, 크기가 작을수록 폐포를 직접 통과해서 혈액을 통해 전신 순환을 할 수 있으므로 매우 위험하다.

우리의 아름다운 봄은 미세먼지가 앗아갔다. 아침에 나가기 전, 미세먼지 예보 보기가 습관이 돼 버린 지 오래다. 1990년 후반 종말을 그린 영화를 보면서 잿빛 하늘과 뿌연 안개가 두려웠다. 그 앞에 어떤 것이 올지 모르는 공포가 온몸을 휘감았다. 하지만 지금 이런 날씨는 일상이 돼버렸다.

두려움은 잠깐이고 익숙함이 우리를 지배한다. 20여 년 후인 2040년에는 어떤 세상이 펼쳐질까? 또 다른 공포감이 당연한 사실로 받아들여지는 세상이 올까? 아니면 미세먼지로 빼앗긴 봄을 다시 찾을 수 있을까?

미세먼지

한국 정부가 미세먼지를 줄이기 위해 발 벗고 나섰지만, 여전히 세계 주요국과 비교하면 오염이 심한 편이다. 세계경제포럼에서 발표한 세계 각국 환경성과지수(Environmental Performance Index, EPI)의 미세먼지 지표에서 한국은 178개국 중 171위를 기록했다. 공기 질이 세계 최하위 수준이다. 환경성과지수는 각 국가 환경과 관련된 경제, 사회 정책을 종합적으로 평가하는 지수로 환경보건, 대기 질, 수자원, 자연자원, 생물다양성, 에너지의 6개 분야와 16개 변수로 구성되며 2001년부터 세계경제포럼이 각 국가의 지수를 발표하고 있다.

국립환경과학원-연세대 공동연구 결과, 미세먼지 농도가 120~200μg/m^3일 경우 만성 천식 유병률이 10% 증가하는 것으로 밝혀졌다. 또한, 국립환경과학원-인하대 공동연구 결과에서는 서울 시내 미세먼지 10μg/m^3 증가 시 하루 평균 조기 사망률이 0.3% 상승했다.

한국의 대기오염은 외국과 비교했을 때 심각한 수준으로 이대로 계속된다면 미래 세대의 건강에 큰 위협이 된다. 바로 지금이 모든 시민들이 대기오염 방지를 위해 적극적인 행동을 취해야 할 때다. 우리가 넋 놓고 있을 때 미래 세대의 폐는 썩어들어가고 있다.

DESIGN FUTURES +

CIVILIZATION

문명 2

"서기 3991년 폐허가 된 지구, 사람들의 터전을 한순간에 앗아가는 수십 발의 핵폭탄.

전쟁이 몇 년째 계속되고 있는지 기억조차 나지 않는다. 극지방 빙하가 지구온난화로 녹아 육지 대부분은 물에 잠겨 농사를 지을 수 없는 늪지대가 되었다. 늪지대조차도 방사능 위험에서 자유로울 수 없다. 전쟁은 멈추기는커녕 시간이 갈수록 거세졌고 사람들은 극심한 가난과 굶주림에 허덕이고 있다.

서기 3991년 지구는 붕괴 그 자체였다."

SF소설에서나 볼 법한 붕괴된 미래 같지만 〈문명 2〉라는 게임 속 이야기다. 이 글을 쓴 사람은 보통 유저들이 몇 시간에서 며칠 걸리는 게임 한 판을 무려 10년 동안 플레이했다.

수없이 많은 전쟁 끝에 지구에 살아남은 국가는 바이킹족, 켈트족, 미국 오직 셋뿐이다. 세 나라 모두 과학기술을 최고치까지 연구하여 첨단 무기에 따른 국가 간 우위를 점할 수 없게 되었다. 생산력도 최고조에 달해 파괴된 무기는 즉시 보충할 수 있다. 전세는 어느 한쪽으로 기울지 않고 팽팽한 긴장감만 감돌았다. 하지만 전쟁이 계속되다 보니 방사능을 처리하고 늪을 메워야 할 엔지니어들이 파괴된 도시와 도로를 재건하기 바빴다. 결국, 전쟁은 전쟁대로 계속되어 부족한 식량으로 아사하는 시민들이 속출했다. 이 플레이어는 끝내 도움을 요청한다.

"이제는 전쟁을 끝내고 모두가 살기 좋은 나라를 만들고 싶어요. 어떻게 해야 할지 알려주세요!"

이런 게임 상황이 꼭 3991년의 일은 아니다. 몇 년 후 우리 미래가 될 수도 있다. 핵무기를 보유한 국가가 점점 증가하고, 시장 환경은 장기 침체 기조로 가고 있다. 저성장, 경제 침체가 새롭게 떠오르는 기준, 즉 '뉴노멀(New Normal)'이 되는 사회다.

지구가 악몽으로 변하는 일이 없도록 우리 서로 힘을 합해 다음 세대가 행복하게 살 수 있는 미래를 만들어 가자.

커피 한잔

솔밭 머리에 앉아서

커피 한잔을

둘이서 마셨다.

모자라지

한잔 더 할까

둘이서……

“싫어요”

남는 것보다

모자라는 것이

마음에

크게

남는 걸요

바닷소리가

멀다……

— 황금찬, 「커피 한잔」

현재의 만족을 위해 항상 물건을 넘치게 소유하며 살아갈 필요는 없다. 제품 생산에는 반드시 환경오염이 수반된다. 우리의 욕심 때문에 미래 세대가 살아갈 수 있는 땅이 줄어든다.

남는 것보다 모자라는 것이 마음에 더 남는다. 가득을 바라는 마음은 역으로 부족한 상황은 견딜 수 없다는 뜻이다. “미래 세대를 위해 살아간다.”는 의미에는 ‘미래 세대의 행복을 위한 의지’, ‘현재는 부족하지만 풍요로운 미래를 미래 세대에게 물려주고 싶은 진심’, ‘밝은 미래를 만들어 나가겠다는 능동적인 삶의 자세’가 담겨 있다. 이제부터 미래 세대를 위해 남는 것보다 좀 모자라는 상황을 더 즐기면서 여유롭게 살면 어떨까?

DESIGN FUTURES +

데이터의 안과 밖

"거짓말에는 세 가지가 있다.

(그냥) 거짓말, 나쁜 거짓말, 그리고 통계."

— 벤자민(영국 전 총리)

많은 전문가들이 자기주장을 뒷받침하기 위해 각종 데이터와 숫자를 제시한다. 숫자를 내세우면 그럴듯한 권위가 생긴다. 사람들은 전문가와 다르게 생각하고 있더라도 숫자를 들으면 수긍하기 시작한다.

사람들은 대개 숫자를 두려워한다. '수많은 데이터를 통해 분석한 통계 결과에 따르면'이란 구절을 붙여, 숫자 몇 개만 제시하면 설득력은 금세 높아진다. 특히 빅데이터 출현 이후, 이런 경향이 더 뚜렷해졌다. 상황이 이렇다 보니 역설적으로 빅데이터를 활용한 숫자로 장난치기가 더 쉬워졌다.

현대경제연구원이 발표한 보고서에는 한국의 체감청년실업률이 34.2%에 이른다고 밝혔다. 하지만 이 당시 통계청의 청년실업률은 8%

였다. 두 기관이 분석한 결과를 보면 26%나 차이가 난다. 두 기관의 지표가 이렇게 다른 건 "어디까지를 실업자로 보느냐?"는 관점 차이 때문이다. 통계청 실업률에는 졸업을 미루고 학교 도서관을 오가며 '스펙' 쌓기에 여념이 없는 취업준비생, 노량진 학원가에 넘쳐나는 공무원 시험 준비생은 실업자로 보지 않는다. 관점에 따라 실업률은 8%가 될 수도 있고, 34%가 될 수도 있다.

현실을 제대로 반영치 못하는 통계가 미래 디자인을 더 어렵게 만든다. 최근에는 광고도 그럴듯한 숫자를 내세우며 눈속임하는 숫자 마케팅을 하고 있다. 점점 숫자에 대한 회의가 든다. 눈 딱 감고 숫자를 무시하며 미래를 디자인할 수 있을까? 20세기까지만 해도 그럴 수 있었는지도 모른다. 하지만 모든 것을 숫자로 표현할 수 있는 빅데이터 시대에는 아무리 숫자를 외면하고 싶어도 그럴 수 없다. 숫자의 힘은 더욱 강력해졌다. 이런 시대에 미래를 디자인하기 위해서는 데이터를 보고 결론을 내릴 수 있지만, 동시에 데이터 오류도 함께 인지할 수 있는 능력이 필요하다. 데이터 흐름을 분석하여 그 위에 숨겨져 있는 부분과 데이터 오류를 동시에 발견해야 한다.

데이터는 변화의 흔적이고, 시대와 상황에 맞게 그 가치를 발견하는 것은 결국 사람의 몫이다. 사실 데이터는 거짓말하지 않는다. 자신의 이득을 위해 미래를 허황되게 이야기하려는 자가 각종 잘못된 데이터로 거짓말을 할 뿐이다. 데이터를 잘 볼 줄 알아야 속지 않는다. 빅데이터를 분석하여 미래를 디자인할 수 있는 역량을 가지고 있지만, 동시에 데이터 오류를 이해하며 데이터 분석만 하는 행위를 경계하는 사람, 즉 데이터 분석을 통해 미래를 디자인하지만, 모든 사회 변화를 데이터에만 의존하지 않는 사람이 미래를 이끌어 나갈 것이다.

DESIGN FUTURES +

한국 학생들의 진로

'한국 학생들의 진로'라는 자료가 인터넷에 떠돌면서 한국의 미래를 암울하게 묘사하고 있다. 고등학교 문과 졸업생 중 상경계열로 대학을 진학하면 나중에 치킨집을 하거나 백수가 된다. 인문계열로 대학을 진학하면 작가, 치킨집, 백수가 되어 결국엔 굶어 죽는다. 고등학교 이과의 경우, 대학교 자연계열은 굶어 죽고, 공학계열은 일에 치여 과로사하거나 결국 치킨집을 하게 된다.

대한민국 모든 학생들의 미래를 치킨집을 차리거나 치킨을 배달하거나 치킨을 튀기며 살게 된다고 전망한다. 황당한 미래 예측이지만 사회에 대한 냉소를 잘 반영하고 있다. 여기서 네티즌들이 내리는 결론은 공무원이다. 연금과 정년 보장 등 안정성이 주된 이유다. 9급 공무원 공채 필기시험 경쟁률이 54대 1이 넘는다. 공무원에 목매는 한국 학생들의 미래를 잘 보여주고 있다.

기성세대들은 청년들이 창업 등 창조적인 일에 열정을 쏟지 않고 안정적인 공무원이 되기 위해 고3부터 40대까지 고시원에서 시험 준비하는 현 상황을 안타깝게 여긴다. 하지만 취업절벽과 고용 불안을 생각해 보면 이들의 선택을 비난할 수만은 없다.

세상은 빠르게 변모하고 있는데 한국 학생들의 미래가 치킨집, 공무원으로 귀결된다면 한국의 미래는 불 보듯 뻔하다. 공무원이 되기 위해 꿈을 가둘 수밖에 없는 청년들의 미래를 위해 고민해 보고, 청년들이 자기의 꿈을 펼칠 방안을 함께 모색해야 한다.

일자리 전쟁

보스턴컨설팅그룹은 2025년까지 로봇에 의한 노동 비용 감축 수준을 국가별로 비교했을 때 주요 26개국 중 한국이 세계에서 가장 높은 33%라고 지적했다. 2위 일본은 25%, 3위 캐나다는 24%, 공동 4위 미국과 대만은 22%였다. 전체 평균은 약 16%였다. 이 보고서에 따르면, 한국이 세계에서 가장 높은 비율로 인간 노동력이 로봇으로 대체되는 나라다. 로봇, 인공지능, 생명과학을 중심으로 산업계에 큰 변화가 들이닥쳐 앞으로 5년간 선진국과 신흥 시장을 포함한 15개국에서 일자리 710만 개가 사라지고, 210만 개가 새로 생길 것이다.

과학기술의 발전에 따라 직업은 생성, 분화, 소멸 과정을 거친다. 과학기술과 직업은 서로 유기적인 관계를 맺는다. 현재까지는 반복적, 노동집약적인 직무 중심으로 로봇이 사람의 일자리를 대체해 갔지만, 미래에는 인공지능과 로봇 기술의 결합으로 사무직, 관리직, 전문직 등 화이트칼라 계층까지 확대되어 로봇이 대체해 나간다.

문제는 현재의 한국 청소년들은 자신이 어떤 직업을 희망하고 있는지도 모른 채 앞으로 수년 내 사라질지도 모르는 직업을 갖고자 청춘을 다 바쳐 공부하고 있다는 사실이다. 이런 현상이 지속된다면 공무원, 공기업 중심의 일자리 쏠림 현상으로 사회는 성장 동력을 잃고 획일화되면서 다양성이 없는 회색빛 도시가 될 것이다. 무엇보다 청소년들은 무방비 상태로 새로운 일자리 전쟁을 맞이하게 될 것이다.

빅뱅과 같은 파괴력

미래에는 '창의성이 중요시되는 직업'과 '사람 사이의 상호작용이 필요한 직업'은 계속 존재할 것이다. 또한, 인공지능, 로봇, 생명과학 등 새로운 기술 분야에서 파생된 직업들은 새로 생긴다. 기술 발전은 직업의 변화뿐만 아니라 우리가 일하는 방식과 사는 모습까지 바꿀 것이다. 미래에는 여러 직업을 가지며 한 회사에 종속되지 않고 스스로 일감을 구하는 직종이 늘어날 것이다.

로봇은 사람의 일자리를 단순히 대체하는 것을 넘어 현재 산업 체제를 무너뜨리는 빅뱅과 같은 파괴력을 가진다. 이 시대를 지금부터 준비하려면 우선 학교에 미래 교육 시스템을 도입하고, 기술발전 속도에 신속히 대처하기 위한 유연한 인재 개발 전략이 함께 필요하다.

DESIGN FUTURES

PART 04

미래를 디자인하라

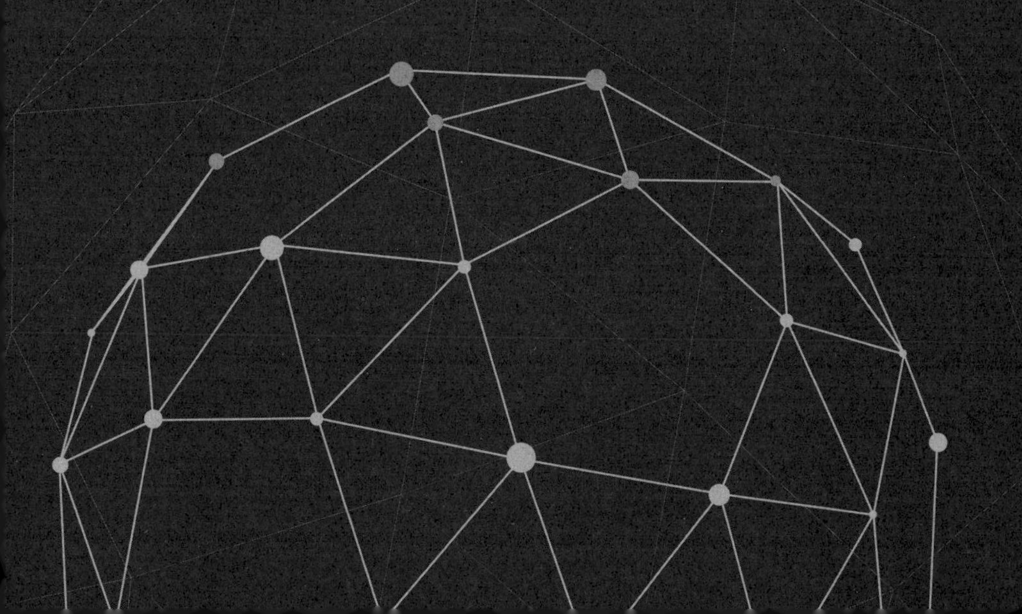

DESIGN FUTURES +

FUTURES

미래 산파

"미래에는 어떤 일들이 일어날까?"

미래의 근본적인 질문에 대해 그 어떤 사람도 완벽한 대답을 할 수 없다. 우리는 미래를 알기 원하지만, 실상은 아무것도 알지 못한다. 많은 사람들이 자신의 무지를 깨닫지 못한 채, 미래에 일어날 일에 대해 확신하고 주장한다.

미래 디자인은 스스로 미래에 대한 무지를 깨닫고 인정하는 데서부터 시작된다. 무지를 인정한 후에야 새로운 미래 디자인이 가능케 된다. 현재 시점에서 미래 예측이 불가능하다는 사실을 인정하며, 미래에 어느 방향으로 나아갈지 탐색하는 과정이 중요하다. 미래에 관해서는 어차피 정답은 없다. 다양한 분야의 사람들과 끊임없는 커뮤니케이션으로 다채로운 미래를 탐색하고, 바람직한 미래를 정해 함께 만들어 나가야 한다. 미래에 대한 깊이 있는 고찰을 통해 미래를 만들어 가는 방법을 바로 아는 것이 바로 우리가 지식을 가지는 목적이다.

미래 디자이너는 사람들에게 미래가 정확하게 어떻게 될지, 우리는 어떻게 행동해야 하는지 말하지 않는다. 다만 사람들이 미래에 대해 생각하게 할 뿐이다. 미래 디자이너는 미래 산파(産婆)다. 산파가 산모 옆에서 출산을 돕듯이 사람들 스스로 미래에 대해 깨우칠 수 있도록 돕는 역할을 한다.

미래 디자이너의 역할 변화

인류가 그동안 살아왔던 삶의 방식을 근본적으로 변화시킬 기술혁명 시대가 코앞으로 다가왔다. 기술혁명으로 인한 변화 규모와 복잡성은 지금까지 경험했던 것과는 차원이 다르다. 다가올 4차 산업혁명은 기술 진보 그 이상으로 미래 디자이너의 사회적 가치에도 큰 변화를 가져올 것이다.

그동안 미래 디자이너의 역할은 기업 컨설팅 위주로 시장 예측, 트렌드 변화 감지였다. 이제는 트렌드 예측에서 벗어나 근본적인 인간의 욕구를 충족시키기 위한 노력에 초점을 맞춘다. 전 세계 인류가 어떻게 하면 '더 오래, 더 건강하게, 더 행복하게' 삶을 영위해 갈 수 있는지 돕는다. 행복이란 살면서 받는 다양한 사회적, 환경적인 요소와 관련된다. 그중 먹고사는 문제인 의식주 해결은 중대한 문제다. 공자도 '항산항심(恒産恒心)'이라 말하며, "먹을 것이 있어야 도덕이 나온다."고 했다.

미래 디자이너는 인류가 직면한 어려움과 문제들을 해결하고 더 나은 미래를 함께 만들어 나간다. 그들은 인류의 미래와 현재 사회의 가치를 한 방향으로 정렬하여 사람들의 역량을 결집시킨다. 미래를 위해 행동하게 사람들에게 동기부여하며 근본적인 문제들을 해결한다. 지속적으로 서로 협력함으로써 사회 혁신을 이끈다.

미래 디자이너의 노력이 계속된다면, '나비의 날갯짓처럼' 우리 사회가 조금씩 변하게 될 것이다. 우선적으로 인류의 의식주가 해결되고, 주위 사랑하는 사람들과 함께 밝은 미래를 만들어 갈 수 있다.

DESIGN FUTURES +

WHEN I GO DOWN

내려갈 때 보았네

한국의 성장률이 2%대로 떨어졌다. 1인당 국내총생산은 오히려 줄어들었다. 청년들은 일자리를 찾기 어려워 '헬조선'을 외친다. 어려운 가정환경에서 중산층, 고위층으로 올라가는 '개천용(개천에서 용 난다)'은 사라진 지 오래다. 흙수저는 금수저를 넘볼 수 없는 사회가 돼버렸다.

과학기술정책연구원 박성원 박사는 '한국인은 어떤 미래를 원하는가?' 토론회에서 20~34세 청년층의 42%가 '붕괴 그리고 새로운 시작'이라는 미래를 선호했고, 23%만이 '지속적인 경제 성장' 미래를 원했다는 조사 결과를 발표했다. 『신동아』는 20~30대 청년의 50%가 한국을 싫어한다고 전했다.

한국을 선진국으로 이끌었던 수출은 수개월째 줄어들었고, 잘나가던 한국의 대표기업들마저 도산 위기에 처해 있다. 내수는 가계 부채와 월세, 전세금에 짓눌려 살아날 기미가 보이지 않는다. 우리 경제를 이끌었던 조선, 철강, 해운, 중장비 산업도 하락세를 면치 못하고 있다. 청년의 힘을 보여주던 벤처 기업가 정신도 최저 수준으로 떨어졌다.

한국은 고도성장 나라에서 저성장 나라로 전락했다. 이것은 국가뿐만 아니라 개인 삶도 마찬가지다. 직업을 가지지 못한 청년들은 먹고사는 문제에 대한 불안감에 떨며 지내고 있다. 직업이 있는 직장인은 언제 회사에서 잘릴지 하루하루 불안해한다. 귀족화된 노동조합은 젊은 청년들의 일자리 창출을 막고 있다. 먹고사는 문제가 얼마나 어려운지 피부로 체험하고 있는 사람들이 점점 늘어나고 있다.

이런 때일수록 높이 나는 독수리가 돼보면 어떨까? 독수리는 높이 날아올라 멀리 보고, 먹이를 다른 새보다 먼저 찾아 낚아챈다. 우리가 원하는 미래를 만들어 나가기 위해 독수리가 하늘로 날아 올라가듯 먼 곳을 관망할 수 있는 미래 디자인이 필요하다. 항상 미래를 생각하며 다가올 기회를 다른 사람보다 먼저 잡는다. 미래 디자인은 우리가 피해 갈 수 없는 절체절명의 미션이다. 이것이 성공하려면 모든 과정이 미래 연구를 바탕으로 이뤄져야 한다.

내려갈 때 보았네

내려갈 때
보았네
올라갈 때
보지 못한
그 꽃

— 고은, 「그 꽃」

이 시는 미래를 디자인하는 자에게 선물과 같다. 우리는 산을 오르는 순간부터 정상을 마음에 두고 목표로 삼는다. 빨리 정상에 가고 싶은 생각 때문에 주위 환경들은 눈에 들어오지 않는다. 그렇게 매일 등산하며 오르내린 길, 어느 날 올라갈 때 보지 못한 작은 꽃을 보았다. 새봄을 맞이하고 있던 작은 야생화였다. 작고 여리면서 강한 생명력을 내뿜는 그 꽃을 보고 감동이 밀려온다. 그 야생화는 이렇게 말한다.

"미래는 오르막길만 있는 게 아니라 내리막길도 있다."

주변 상황이 어려울 때, 미래 디자인은 빛을 발한다. 무엇이 올지 모르는 두려운 미래 상황 속에서 객관적 데이터 분석, 과학적 추론, 합리적 해석을 통해 우리가 나아가야 할 방향을 어느 정도 제시할 수 있기 때문이다. 미래 디자인은 하산에서 비로소 완성된다.

묶음

교토의정서에서는 "나무를 많이 심어야 환경을 보존할 수 있다."고 하지만, 『뉴욕타임스』에서는 "나무를 많이 심을수록 온난화가 발생한다."고 한다. 미국 아메리카대학교 심장학과 연구팀은 "장시간 격렬하게 운동하는 것은 해롭다."고 하지만, 호주 제임스쿡대학교 연구팀은 "격렬한 운동이 장수에 좋다."고 말한다.

택시 한 대도 보유하지 않은 우버(Uber)가 세계 최대의 택시회사가 되었고, 호텔 하나도 보유하지 않은 에어비앤비(Airbnb)도 세계 최대의 숙박업체가 되었다. 무엇이 맞고 틀리는지 모호해지는 시대가 오고 있다. 이런 시대가 요구하는 경쟁력은 서로 다른 카테고리를 묶는 능력이다.

급성장하는 빅데이터를 기반으로 다양한 산업을 연결하고 융합하려는 노력이 필요하다.

미래의 변화에 적극적으로 대응해 간다면 미래에 생존하고, 그렇지 않으면 도태될 수밖에 없다. 미래 산업의 핵심은 지식 축적을 통한 사회 변화의 예측에 있다. 국가와 기업 모두 급변하는 환경 변화에 대응하기 위해 미래 디자인에 더욱 의존하게 된다. 다양한 미래 디자인 기법들을 통해 정량적 혹은 비정량적 요소들을 포함하는 미래 시나리오를 도출할 수 있고, 이를 통해 미래 변화를 대비할 수 있다.

모든 지식은 사람의 뇌처럼 팽창하며 다양한 분야로 연결되어 가지를 뻗어 나간다. 빅데이터 분석을 통한 집단지성으로 1~2년 후 미래를 예측하여, 필요한 과학기술과 이머징 이슈를 발굴하려는 기업과 국가가 늘고 있다. 미래에는 내 것을 뺏기지 않으려고 고립되어 있기보다, 함께 이머징 이슈를 발굴하고 트렌드를 새로 만들어가는 노력이 더 필요하다. 많은 기업들이 4차 산업혁명을 주도하지 못하면 글로벌 경쟁에서 도태될 수 있다는 두려움에 떨고 있다. 4차 산업혁명을 주도하기 위해서는 미래 기술의 선점과 창의적 인재 양성이 핵심이다.

DESIGN FUTURES +

미래백편의자현

‘독서백편의자현(讀書百遍義自見)’, 책을 백 번 되풀이해서 읽으면 그 뜻이 저절로 이해된다는 의미다. 여기서 ‘독서’를 ‘미래’로 바꾸어 보면 어떨까? ‘미래백편의자현(未來百遍義自見)’, 미래도 백 번 되풀이해서 디자인하면 앞으로 나아갈 길이 저절로 이해된다.

수많은 정보 속에서 속도만을 강조하기보다 느리더라도 지속적으로 미래를 디자인한다. 미래를 디자인하다 보면 어느 순간 미래의 본질을 간파하게 된다. 미래의 본질은 바로 “사람이 있기에 미래가 있다.”이다. 미래가 복잡할수록 미래 본질로 다가가는 지혜와 용기가 필요하다.

십독불여일사

미래 디자인은 곧 무에서 유를 창조하는 것과 같다. 머릿속에 있는 미래 이야기를 글로써 풀어 형상화하는 것은 결코 쉬운 일이 아니다.

'십독불여일사(十讀不如一射)'라는 말이 있다. 열 번 읽는 것보다 한 번 쓰는 편이 더 공부가 된다는 의미다. 좋은 글을 그대로 베껴보면 더욱 그 글에 대해 잘 알 수 있다.

미래 디자인을 어떻게 시작할지 몰라 고민하는 사람들에게서 흔히 볼 수 있는 공통점은 다른 미래 연구자의 글을 전혀 읽지 않고 자기 미래 연구부터 하려고 한다는 점이다. 이는 밑천 없이 장사하는 것과 같다. 다양한 미래 연구 자료를 충분히 숙지한 다음, 미래 디자인을 직접 해본다. 완벽하지 않아도 좋다. 습작처럼 좋은 공부는 없다. 단 한 번에 불후의 명작이 된 예술 작품은 동서고금에 없다. 오랜 연구 끝에 한 편의 좋은 미래 디자인이 완성된다.

'문유삼다(文有三多)'는 중국 송나라 때 구양수가 좋은 글을 쓰기 위한 세 가지 수련 방법으로 내세운 말이다. 즉, '다독(多讀, 많이 읽으라), 다작(多作, 많이 쓰라), 다상량(多想量, 많이 생각하라)'이 그것이다. 미래를 디자인하는 방법으로 이것을 능가하는 왕도는 없다.

마음속 캐비닛

"내 안에 커다란 캐비닛이 있고 거기에 서랍이 잔뜩 달려 있다. 소설을 쓰다가 필요한 때에 필요한 기억의 서랍이 열려준다는 것이 무척 중요하다."

— 무라카미 하루키

모든 사람들은 마음속에 커다란 캐비닛을 가지고 있다. 캐비닛 안에는 평소에 상상하며 생각하고 경험했던 일들이 고스란히 담겨 있다. 캐비닛 안에 아무것도 없으면 정작 필요한 때, 그것을 사용할 수 없다. 좋은 미래 디자이너는 양질의 도서를 읽는다. 미래 디자인과 읽기는 다른 행위이지만 밀접하게 연결되어 있다. 좋은 책 읽기가 밑거름이 되어 미래 디자인의 싹을 틔운다.

독서는 지도에서 길을 찾는 것과 같다. 지도를 볼 때 중요한 것은 목적지를 찾아가는 과정이다. 몇 시간 만에 도착했는지는 중요치 않다. 독서에서 목적지는 미래다. 앞으로 내가 미래에 어떻게 해야 할지를 찾기 위해 책을 읽는다. 독서하며 주제나 작가의 의도를 찾기보다 '미래에 자신이 어떻게 해야 할 것'을 발견하는 데 집중한다.

다양한 분야의 책을 읽어야 미래를 보는 관점이 넓어지고 미래를 이해하는 눈을 키울 수 있다. "미래는 어떻게 전개될 것인가?"라는 통찰도 얻는다. 독서를 통해 미래를 보는 안목이 생기고, 미래에 어떤 일이 벌어질지 감을 잡는다. 미래 디자인은 다양한 공동체 산물이다. 가치, 이념, 경험, 읽은 책, 본 것, 들은 말 모두를 포함하고 있다. 이들이 풍부할수록 더 힘 있고 다채로운 미래 디자인이 나온다. 미래 디자인 바탕에는 반드시 책이 있다.

미래 시나리오를 작성할 때 마음속 미래 캐비닛에 있는 것들을 끄집어내 보자. 이머징 이슈를 발견하면 잊어버리기 전에 메모해 두고, 그 이슈에 대해 어떻게 의미화할까 깊이 생각한다. 그래야 이머징 이슈가 트렌드로 바뀌는 지점에서 생각이 막히는 불상사를 막을 수 있다. 그러려면 다양한 독서와 함께 평소에 미래에 일어날 일들을 상상하며 깊이 고민해야 한다. 통철하게 미래에 대해 고민해야 마음속 캐비닛에 보석이 하나씩 쌓이게 된다.

미래 디자이너가 되려면 지속적으로 미래에 관심을 가지며 일상생활 속에서 미래와 전면적인 관계를 맺어 나간다. 그런 관계 맺음 깊이가 미래 디자인에서 무엇보다 중요하다.

DESIGN FUTURES +

실용지능

"사회에 도움이 되는 인재는 IQ 높은 사람이 아니라 실생활에서 유연한 사람, 즉 '실용지능'을 가진 사람이다. 이런 능력은 영어나 수학 실력으로 키워지지 않는다."

— 리처드 니스벳(미시간대 교수)

'실용지능(practical intelligence)'은 일상생활에서 문제를 해결하고 그 목표를 달성하기 위해 그 상황에 필요한 지식을 획득하고 활용할 수 있는 능력이다. 무엇을, 언제, 누구에게, 어떻게 말해야지 최대 성과를 거둘 수 있는지를 아는 지능이다. 유명하고 지위가 높은 사람 앞에서도 주눅이 들지 않고 자신의 의견을 피력한다. 문을 두들기고 요구한다. 실용지능은 주위 환경을 올바르게 파악하고 자신이 원하는 것을 얻는 지능이며, 사회생활을 하면서 배우게 된다.

미래 디자인에서 부딪히는 문제들은 대개 정해진 답이 없다. 시험으로 이런 지적 능력을 갖춘 인재를 찾거나 육성할 수 없다. 책임감, 끈기, 커뮤니케이션 능력, 팀워크, 변화에 대한 적응력 같은 역량이 요구된다.

미래 디자이너는 트렌드와 환경 변화를 파악하는 분석 능력보다 실질적으로는 실용지능이 더 중요하다. 미래 디자인에 실용지능을 활용함으로써 미래에 등장하게 될 도전과 위기를 슬기롭게 대처한다. 사고의 틀을 확장하고 그 깊이를 더하기 위해 다양한 사람들을 만나 미래에 대한 생각을 나누고 토론하며 더 나은 미래를 만들어 나간다.

세 가지 핵심가치

실용지능과 더불어 미래 디자이너에겐 세 가지 핵심가치가 필요하다.

첫째, 신뢰(trust)다. 신뢰를 뜻하는 영어 단어 'trust'의 어원은 독일어 trost에서 연유되었다. trost는 편안함을 의미한다. 누군가를 굳게 믿고 의지할 때 우리는 마음이 편안해짐을 느낀다. 미래 디자이너는 미래 예측의 결과에 대해 사람들에게 가감 없이 전달한다. 중요하지 않은 일을 과장하거나, 자기의 실리를 위해 거짓을 말하지 않는다. 사람들에게 신뢰를 얻어야 그들을 설득하여 미래를 함께 만들어 갈 수 있다.

둘째, 확장(expansion)이다. 미래는 혼자 힘으로 만들어 갈 수 없다. 다양한 사람들의 행동이 하나하나 모일 때 미래는 변하기 시작한다. 페이스북은 출시 12년 만에 17억 명의 가입자를 확보했다. 또한, 왓츠앱

(WhatsApp)이 10억 명, 페이스북이 10억 명, 페이스북 메신저가 10억 명, 인스타그램이 5억 명의 사용자를 기록하는 등 페이스북의 여러 커뮤니티 서비스를 통해 다양한 사람들이 연결될 수 있는 공간을 만들어 가고 있다. 미래 디자이너는 많은 사람들이 미래를 만드는데 동참하도록 동기부여한다. 페이스북처럼 소통 대상을 끊임없이 확장시킨다.

셋째, 긍정적인 중독(positive addiction)이다. 중독에는 부정적인 중독과 긍정적인 중독이 있다. 부정적인 중독은 중독 상태를 유지하고 있을 때만 만족을 느끼게 해주며 삶을 더욱 파괴적으로 만든다. 반면, 긍정적인 중독은 우리를 강하게 만들고, 삶을 만족스럽게 한다. 다양한 사람들이 밝은 미래를 만들어 가는데 중독되도록 습관이 형성되면 어떤 일이 벌어질까? '미래 만들어 가기'도 자신과 타인 그리고 미래 세대 모두에게 도움이 되는 긍정적인 중독이다. 이로 인해 엔도르핀(endorphin)이 방출되기 때문에 기분도 좋아진다. 긍정적인 엔도르핀은 외부로부터 시작되지 않고, 미래 세대를 위해 노력하는 자기 모습을 보고 좋은 감정을 느끼게 되어 두뇌에서 방출된다.

미래 디자이너는 신뢰, 확장, 긍정적인 중독이라는 세 가지 핵심가치를 가슴에 새기고 다양한 미래를 제시하는 사람이다.

임계점

초연결 시대(hyper-connected era)[22]21의 미래 디자인은 참여자들을 모으는 것부터 시작된다. '3의 법칙'이 있다. 세 명이 같은 행동을 하면, 다른 사람들도 따라 하게 된다는 법칙이다. 여기서 '3'이라는 숫자는 다른 사람에게 행동을 이끌어낼 수 있는 임계점(critical point)이다. 임계점은 물질 상태가 바뀌게 만드는 힘의 작용점이다. 물이 끓어 기체로 변화하는 임계점은 물이 100도가 되는 시점부터다. 영어로 critical point 또는 threshold라 부른다. 자기 재능을 찾고 그 분야에서 자신이 할 수 있는 노력의 임계점을 더하는 것, 이것이 아주 상식적인 성공의 조건이다.

'3의 법칙'처럼 미래 디자인에서 군중 심리를 이용할 필요가 있다. 이를 위해 '참여의 자동화'로 이끄는 변화의 임계점을 사전에 파악한다. 임계점을 넘어서면 같은 미래 비전을 가진 참여자들이 기하급수적으로 증가하여, 미래 비전을 현실로 끌어당기는 무한한 진화가 가능하다.

---

22 사람과 사람, 사람과 사물, 사람과 사회가 인터넷, 스마트폰, 컴퓨터를 통해 네트워크로 연결되어 실시간 정보를 주고받고 의사소통하는 시대.

DESIGN FUTURES +

FUTURE VISION

미래 비전

"미래 비전은 단순한 큰 꿈이 아니라 꿈을 현실로 만들 수 있는 전략과 관련된 비전이다."

— 존 F. 케네디

비전은 원래 상상력, 직감력, 통찰력을 뜻하지만, 미래 비전은 우리가 원하는 미래상이란 뜻을 가진다. 미래 비전은 한마디로 가치관, 이념, 목표, 방향 및 전략을 포함하여 사람들이 공감하고 지향하는 미래 이미지다. 미래 비전은 단순히 흔해 빠진 상투적인 문구가 아니라, 우리가 원하는 미래를 현실로 만들 수 있는 '미래의 큰 그림(big picture)'이다. 미래 비전을 들으면 생생한 이미지가 그려지고 들은 사람은 가슴이 뛰게 된다. 그리고 이 비전을 현실로 만들 수 있는 전략까지 고민하게 한다.

프리드리히 니체는 “이상을 가진다는 것은 내 가슴속에 별을 잉태하는 것과 같다. 비전은 개인에게 별이고 소망이고 이상이다.”라고 말하며 미래 비전을 강조했다. 우리도 스스로 미래 비전에 대해 질문해 보면 어떨까?

“우리 가슴속에는 미래의 별이 존재하는가?”

문샷 싱킹

구글의 지주회사(holding company)[23]인 알파벳(Alphabet)의 주가가 시가총액 1위였던 애플을 넘어서는 역전극이 발생했다. 애플은 스마트폰, 태블릿 PC 시장 포화와 ‘게임 체인저’ 역할 상실로 혁신 딜레마에 빠졌지만, 구글은 무인자동차, 인공지능, 우주 산업, 로봇 사업에 대한 과감한 투자로 기업 미래 가치를 지속적으로 성장시켰다.

지속 성장하는 구글의 미래 비전 중 하나가 바로 ‘문샷 싱킹(moonshot thinking)’이다. 문샷 싱킹은 불가능해 보이지만 여기에 굴하지 않고 끝까지 도전하는 정신이다. 지구에서 달을 볼 수 있는 망원경을 만들기보다 달 탐사선을 만든다. 현장을 20% 개선하기보다 새로운 블루오션을 개척한다. 자율주행차, 구글 글라스가 그 결과다.

구글이 문샷 싱킹에 투자한 금액은 연간 36억 달러에 달한다. 인수 합병(M&A)한 기업만도 180개가 넘는다. 지금 구글은 ‘프로젝트 룬(Project Loon)’를 추진 중이다. 실시간 동영상을 감상할 수 있도록 하늘

23 다른 회사의 주식을 소유함으로써 사업 활동을 지배하는 것을 주된 사업으로 하는 회사.

에 풍선을 띄워 무선 인터넷을 중계하는 데이터 전송 실현을 목표로 한다. 이 프로젝트 비전이 '모두를 위한 인터넷'이다. 반면, 애플은 애플 워치, 아이패드 프로, 맥북 프로, 애플 페이를 선보였지만, 혁신적인 제품이라기보다 스마트 기기에 대한 일종의 부산물에 불과하다. 미래 지향적 기업의 롤모델이 애플에서 구글로 넘어가고 있다. 기업은 이런 환경 변화를 분석하여 혁신 DNA를 몸속에 장착해야 한다. 미래를 생각하고 고민하는 기업이 미래를 지배한다. 미래 비전은 우리의 가슴을 뛰게 하고, 비전을 현실로 만들어 나갈 힘을 준다.

헬렌 켈러는 기자와 인터뷰에서 이런 질문을 받았다.

"장님으로 태어난 것보다 못한 건 무엇일까요?
(What could be worse than being born blind?)"

그녀는 이렇게 대답했다.

"시력은 있지만, 비전은 없는 것이지요.
(Being born with sight and having no vision.)"

가장 불쌍한 존재는 '비전이 없는 자'라고 헬렌 켈러는 말하고 있다. 우리 모두 진정 마음속으로 원하는 미래 비전을 가져보자.

DESIGN FUTURES +

UBER MOMENT

우버 모멘트

자동차 산업의 지각 변동이 시작되고 있다. 그 출발점이 바로 우버 인터넷 택시다. 스마트폰으로 주위에 있는 차량을 예약하고 목적지까지 이동한다. 우버는 승객과 운전기사를 스마트폰 버튼 하나로 연결하는 기술 플랫폼이다. 플랫폼이라는 단어가 상징하듯, 우버는 택시를 소유하지 않는 택시 서비스다. 운전기사 없는 운송 서비스다. 현재 우버는 60개국 300여 개 도시에서 서비스 중이다. 우버의 시장가치(market value)는 현대자동차를 넘어 80조 원에 이른다. 우버 회사명을 앞에 붙인 '우버 모멘트(uber moment)'라는 신조어도 생겼다.

우버 모멘트는 새로운 기업과 기술의 등장으로 기존 산업 시스템이 위협받는 순간이다. 스마트폰으로 우버 앱을 내려받은 후, 결제카드를 입력하면 이용 준비가 끝난다. 현재의 위치에서 목적지를 입력하면 기사와 함께 자동차가 도착하여 목적지까지 안전하게 태워준다. 따로 결재할 필요도 없고, 기사의 팁도 없다.

숙박 공유 '에어비앤비', 사무실 공유 '위워크(Wework)'도 우버와 같은 파괴적 혁신 기업들이다. 혁신적인 제품과 서비스로 시장 밑바닥을 공략한 후, 빠르게 시장 전체를 장악했다.

이머징 이슈가 우버 모멘트를 만나면 거스를 수 없는 메가트렌드가 된다. 기업들은 미래를 상상하고 사회 곳곳을 세심히 관찰하여 미래를 바꿀 이머징 이슈를 사전에 선정한 후, 이 이슈를 우버 모멘트로 만들어 가야 한다. 이머징 이슈를 선정하여 우버 모멘트로 선도하는 기업은 미래에 기회를 잡겠지만, 그렇지 않은 기업은 사업을 지속할 수 없다.

자율주행차 시대

> "사람이 모는 차는 인공지능이 운전하는 차에 비해 너무 위험하다. 앞으로는 사람이 운전하는 게 불법이 될지도 모르는 미래가 올 것이다."
>
> — 엘론 머스크(테슬라 CEO)

스티브 잡스가 아이폰을 처음 출시하고 얼마 지나지 않아 노키아, 모토로라, 소니 등 전통적 전자제품 강자들이 한순간에 쇠락했다. 테슬라가 '모델3'을 출시하면서 아이폰처럼 게임 체인저가 될 확률이 높아졌다. 자동차 기업의 경쟁자는 도요타, BMW가 아니라 테슬라, 애플, 구글이 될 것이다.

운전자가 차량을 조작하지 않아도 인공지능이 스스로 운전하는 자율주행차(self-driving car) 시대가 오면 운전대, 에어백, 페달(pedal), 브레이크, 교통 시스템은 사라진다. 자동차 산업은 기간산업(key industry)이다. 자동차 한 대를 만들기 위해 수많은 부품들이 들어간다. 하지만 전기차는 몇 개 안 되는 부품으로 이뤄진다. 수리도 간단하고 고장도 잘 안 난다. 부품업체뿐 아니라 자동차 서비스 센터도 문을 닫을 수 있다.

시간과 공간을 물리적으로 연결하고 확장하게 될 미래의 스마트 카는 지금까지 전혀 경험치 못한 놀랍고 새로운 생활의 가치를 창출한다. 미래의 스마트 카는 지능형 원격 지원 서비스, 완벽한 자율주행, 스마트 트래픽 기술(smart traffic technology)[24]을 갖춘다. 스마트 카는 한마디로 정보기술을 접목한 자동차다. 쌍방향 인터넷, 모바일 서비스, 멀티미디어 스트리밍, 소셜 네트워크 서비스(social network service)도 가능하며 스마트폰, 집, 사무실, 도로망 시스템과 실시간 연결된다.

스마트 카는 단순히 '이동수단' 개념을 넘어 다양한 제품과 서비스를 포함하는 '플랫폼'이다. 이 플랫폼을 정복하는 기업이 천문학적 이익을 얻을 것이다. 이 시장에 가장 많이 투자하고 있는 기업은 BMW, 벤츠, 도요타 등 자동차 기업이 아닌 소프트웨어 중심의 구글과 애플이다.

사물인터넷은 이미 일상생활에 다양한 형태로 적용되고 있어 플랫폼 개방과 협력을 통해 무한한 기회를 창출한다. 구글은 검색, 동영상, 안드로이드 스마트폰 서비스 플랫폼을 바탕으로 막대한 정보를 수집하고 있다. 이러한 빅데이터를 기반으로 스마트 카 분야에 집중할 예정이다. 스마트 카에 알파고와 같은 인공지능이 탑재된다면 전혀 다른 교통 시스템이 운영된다. 한국도 스마트 카라는 거대한 메가트렌드에 뒤처지지 않기 위해 자동차와 정보통신기술 등 다양한 분야가 융합된 색다른 플랫폼을 소비자에게 제시해야 한다. 스마트 카 플랫폼을 정복하는 자가 미래를 지배한다.

---

24 교통 정보를 디지털화하고 이 결과를 상호 연결해 실시간으로 분석·예측해 대응하는 기술.

티핑 포인트

지금 우리가 살고 있는 세상은 모든 사물이 디지털로 실시간 연결된다. 일상에서 발생하는 빅데이터 분석을 통해 수없이 많은 서비스가 탄생하고 있다. 생활이 편리해진다는 긍정적 변화도 있지만, 부정적 전망도 공존한다. 직업군의 변화, 보안 문제(security problem), 사생활 침해, 정부 역할 변화 등 각종 위험 요소에 대해 사전에 예측하고 대비해야 한다. 긍정적인 부분은 극대화하고 부정적인 부분은 최소화하는 노력이 필요한 시점이다.

신기술과 같은 '이머징 이슈'가 초기 단계를 지나 사회 트렌드로 급부상하는 시점, 상품이나 아이디어가 마치 전염되는 것처럼 한순간에 폭발적으로 퍼지는 순간을 '티핑 포인트(tipping point)'라 한다. 어떤 변화가 균형을 깨고 한순간에 전파되는 극적인 순간이다.

미래를 디자인하기 위해서는 티핑 포인트가 무엇인지 제대로 알아야 하고, 어떻게 티핑 포인트를 만들어야 하는지 끊임없이 연구해야 한다. 잊지 말아야 할 점은 미래 비전과 인생에도 혁신적인 변화의 순간, 티핑 포인트가 존재한다는 사실이다. 아무리 좋은 쌀이라도 뜸을 들여야 맛있는 밥이 되듯, 성과는 하루아침에 얻어지지 않는다. 자기 태도를 돌아보고 노력과 끈기를 가지며, 비전을 향한 지속적인 실천으로 티핑 포인트를 맞이할 수 있다.

미래 디자인 본질은 '관찰'

미래 디자인의 가장 기본은 관찰이다. 관찰은 사물의 실태를 객관적으로 알아보기 위해 주의 깊게 살펴보는 행동이다. 하지만 미래 디자이너의 관점에서 관찰은 사회 변화 인식의 기초로서 미래에 대한 적극적인 의도를 가지고 살펴보는 행동이다. 관찰은 두 가지로 구분된다.

첫째, 사회 환경과 시장의 흐름을 관찰하는 모니터링이다. 초연결 시대를 맞아 문제를 빠르게 파악하고 미래 전략을 수립하여 행동하기 위해서는 변화에 대한 실시간 모니터링이 중요하다.

둘째, 정치·사회적 이슈를 관찰하는 이슈 전망이다. 모니터링만으로는 미래를 디자인하는데 부족하다. 사회, 기술, 경제, 환경, 정치 등 다양한 분야의 이슈를 관찰하고 서로 연관성을 찾아본다.

미래 디자이너는 단순히 허무맹랑한 상상만으로 미래 시나리오를 만들어 사람들에게 제시하지 않는다. 시나리오에는 반드시 근거가 필요하다. 근거는 현재 유행하고 있는 트렌드일 수도 있고, 아직 많이 퍼지지 않는 이머징 이슈일 수도 있다.

미래 디자이너는 때로는 현미경처럼 자세히, 때로는 망원경처럼 멀리 사회, 기술, 경제, 환경, 정치 분야에 대해 상시적으로 모니터링하고 이슈를 전망한다. 이런 관찰을 통해 우리는 미래의 작은 씨앗을 발견할 수 있다.

DESIGN FUTURES +

나쁜 미래 디자인은 없다

우리 사회는 현재의 안락함에 안주하고 타성에 젖어 야성이 점점 사라지고 있다. 욕실에 혼자 편하게 앉아서 생각한다고 미래가 저절로 떠오르지 않는다. 미래 디자인은 산발적으로 흩어진 아이디어를 모으고 논리를 만들어 미래 퍼즐을 푸는 과정이다.

깊이 없는 미래 디자인은 수박 겉핥기처럼 사회에 도움이 안 된다. 다양한 플랫폼에서 많은 사람들과 함께 논쟁하고 상상하면서 미래 시나리오를 만들어 간다. 이를 위해 무엇보다 확고한 의지와 소신이 중요하다. 더 나은 미래를 만들어 미래 세대에게 전해 주겠다는 소신으로 계속 앞으로 밀고 나가는 긍정적인 자세가 필요하다.

토머스 에디슨도 이런 말을 한 적이 있다. "나는 낙심하지 않는다. 모든 잘못된 시도는 전진을 위한 또 다른 발걸음이니까." 미래에는 수많은 벽과 장애물이 우리를 기다리고 있다. 이를 비관적으로 생각하고 미래에 대한 기대를 낮추는 것은 어쩌면 인간의 본능이라 볼 수 있다. 하지만 미래는 긍정적인 사람들과 배우며 행동해 나가면서 함께 성장한다.

사막에서의 물 한 병

비행기가 사막에 불시착해 두 사람이 조난당했다. 두 사람에게는 각각 물 한 병씩 있었다. 첫 번째 사람은 "물이 한 병밖에 없다."며 부정적으로 생각한다. 그래서 마음이 급해지고 초조해진다. 갈증에 못 이겨 결국 물 한 병을 급하게 마신 후, 구조가 될 때까지 버티지 못하고 사막에서 죽음을 맞이한다.

두 번째 사람은 "물이 한 병이나 있다."며 긍정적으로 생각한다. 마음을 긍정적으로 먹으니깐 여유가 생겨 물을 조금씩 마시게 된다. 물을 오랫동안 마실 수 있어서 결국 구조가 될 때까지 버틸 수 있었다.

미래도 부정적으로만 보기보다 긍정적으로 생각하면서 사람들을 믿고 동기부여시킨다면, 우리가 원하는 미래를 더 쉽게 만들어 갈 수 있다. 미래 디자이너는 실패할 수도 있다는 것을 알면서도 완벽을 위해 분투하는 존재다. 변화를 적극적으로 주도하며 미래를 위한 모험을 감행한다. 현실은 유한할 수 있으나, 미래 가능성은 무한하다. 세상에 나쁜 미래 디자인은 없다. 미래를 자유롭게 상상해 보자.

미래 디자인 10계명

한번 지나가면 회복이 불가능한 과거. 지나간 시간은 되돌릴 수 없다. 중요한 것은 매일매일 미래를 디자인하는 과정이다. 미래를 자유롭게 상상하기 위한 '미래 디자인 10계명'을 추천한다.

1. 미래에 대해 긍정적으로 생각한다.
2. 매일 20분씩, 최소 일주일에 두 번 자신의 10년 후 미래를 상상한다.
3. 다양한 전문가를 만난다.
4. 충분한 숙면을 취하고 미래를 상상한다.
5. 여러 분야의 지식을 쌓고 사회 변화를 일으킬 트렌드를 예측한다.
6. 사회 전반에 숨겨져 있는 이머징 이슈를 찾는다.
7. 원하는 미래를 만들기 위해 하루에 한 가지 행동을 취한다.
8. 미래 비전에 대한 집념을 가진다.
9. 인류에 도움이 되는 미래를 디자인하기 위해 끊임없이 탐구한다.
10. 주변의 비아냥에도 꺾이지 않는 도전 정신을 지닌다.

DESIGN FUTURES +

나무, 물 그리고 미래 디자인

까마득한 세월들
길들여지지 않고
설득당하지 않고
설명할 필요도 없이
서 있는 그 한 가지로
마침내 가지 않고도 누군가 오게 하는
한 경지에 이르렀다.
많은, 움직이는, 지친 생명들이
그의 그늘 아래로 들어왔다.

— 정병근, 「나무의 경지」

미래 디자인은 외로운 싸움이다. 많은 사람들이 미래 디자인의 결과에 대해 왈가왈부 말이 많다. 그 말을 경청하되, 자기 주관이 흔들려서는 안 된다. 미래 디자이너는 지구를 지탱하는 나무와 같은 존재다. 자신에게 주어진 삶을 묵묵히 살다가 다시 흙으로 돌아가는 성자와 같은 나무의 생애를 보면, 나무처럼 살고 싶은 생각이 든다.

모든 미래에는 숨겨진 보물이 있다. 미래 디자이너가 할 일은 바로 커다란 나무처럼 꿋꿋이 그것을 찾아내는 것이다.

쓸모없는 나무

『장자』「내편(內編)」에 보면 엄청나게 큰 상수리나무에 대한 이야기가 나온다. 이 나무는 100여 명이 손을 맞잡아야 다 두를 수 있을 만큼 둘레가 커서 많은 사람들이 구경하러 왔다고 한다. 그런데 어느 날 이곳을 지나가던 한 목수는 이 큰 나무에 눈길 한 번 주지 않았다. 이유를 묻는 사람들에게 그는 이렇게 대답했다.

"이 나무는 쓸모가 없다. 배를 만들면 무거워서 가라앉고, 관을 만들면 썩어버리고, 도구를 만들면 부서지고, 문을 만들면 진딧물이 생기며, 기둥으로 만들면 벌레가 먹는다. 쓸모가 없는 나무였기에 저렇게 클 수 있었다."

노자는 『도덕경』에서 최고 수준의 통치 단계를 '통치자가 있다는 사실만 겨우 아는 단계'라고 말한다. 가장 이상적인 미래 디자이너도 사람들이 그가 있다는 사실만 알게 하는 사람이다. 미래 디자이너는 최대한 자신을 드러내지 않으면서도, 사람들이 자율적으로 원하는 미래를 만들어 가도록 뒤에서 환경을 조성한다.

상선약수

"최고의 선은 물과 같다(上善若水)."

— 노자

물은 모든 생성의 근원으로 만물을 이롭게 하고, 더러운 오물을 씻어준다. 물은 강하면서도 겸손하고 부드럽다. 물은 자신을 방해하는 요소들도 포용해 주고 도움을 준다. 끊임없이 떨어지는 작은 물방울이 바위를 뚫는 것처럼, 물의 부드러움이 강함을 넘어선다. 물은 온갖 사물을 이롭게 하면서도 다투지 않으며, 뭇사람이 싫어하는 낮은 곳으로 가기를 꺼리지 않는다.

미래 디자이너는 늘 마음을 비우고, 자신을 희생하고, 자신을 낮춰야 '보다 나은 미래'를 함께 만들어 갈 수 있다. 미래 디자이너의 사명은 사람들이 미래를 보고 웃도록 그리고 미래가 웃도록 만드는 데 있다.

DESIGN FUTURES +

GROUP THINKING

히포의 몰락

"어쩌면 우리 모두 '집단사고(groupthink)'에 빠져 있었던 게 아닐까? 조선 3사의 눈부신 성장이 계속 이어질 것이라는 생각 말이다."

'미래 신성장동력'이라는 찬사를 한몸에 받다가 부실의 주범으로 전락한 '해양플랜트(off-shore plant)' 사례에 대한 정부 고위 관계자의 말이다. 집단사고는 집단 내부의 압력으로 인해 현실적인 감각이나 도덕적인 판단, 정상적인 사고능력이 현저하게 감퇴되어 나타나는 현상이다. 구성원 간의 친밀한 관계와 높은 응집력 때문에 발생하는 오류다.

미국 사회심리학자 '어빙 재니스(Irving Janis)'는 케네디 대통령 내각의 쿠바 피그만침공사건,[25] 일본 진주만 습격에 대한 대응 정책, 워터게이

25 1961년 4월 16일에 쿠바 혁명정권의 카스트로가 사회주의 국가 선언을 하자, 다음 날인 4월 17일 미 중앙정보국이 주축이 돼 쿠바 망명자 1,500명으로 '2506 공격여단'을 창설해 쿠바를 침공한 사건.

트 사건[26]에서 집단사고 오류를 발견했고, 이로 인해 결함 있는 의사 결정이 발생했다고 말한다. 이처럼 집단사고는 토의를 통해 집단적으로 문제 해결 방안을 찾는 과정에서 발생한다. 동료 의식이 강한 집단에서 심도 있는 분석이나 합리적인 이의 제기는 억제하고 합의를 이루려는 심리적 경향을 보인다. 또한, 만장일치를 위해 전체의 결정에 반대되는 의견을 배척한다. 잘못된 결정을 올바르다고 믿는 집단 착각 현상이 나타나기도 한다. 특히 권위주의적 리더가 존재할 경우, 구성원들이 리더가 선호하는 대안에 반대하지 못하고 동조하게 된다. 집단사고는 아픈 과거를 되풀이하게 한다. 다양한 아이디어가 나오지 않기 때문에 과거가 만든 틀 속에 갇혀 빠져나오지 못한다.

2000년대 조선 3사는 계속된 선박 수주로 최고의 호황을 누렸다. 이때 한국 조선 산업은 세계 1위였다. 2008년 금융위기가 오자, 조선 3사는 해양플랜트에 투자하기 시작했다. 2011년에서 2013년 고유가 시대가 오면서 심해 유전 개발이 증가했고, 이로 인해 해양플랜트 수주도 늘었다. 언론은 조선 3사의 성공 스토리를 지속적으로 보도했다. 정부도 덩달아 해양플랜트가 미래의 먹거리 산업이라며 9,000억 원을 투자하겠다고 발표했다. 그러나 유가가 다시 급락하면서 계약 취소가 이어졌다. 조선 3사의 7조 원 영업 손실은 모두 해양플랜트에서 발생했다.

정부, 언론, 은행이 모두 '해양플랜트 호황'이라는 한 가지 미래 시나리오를 생각하며, 미래 전략을 짜고 행동한 탓에 이런 국가적 큰 손실

---

26 1972년 6월 대통령 닉슨의 재선을 획책하는 비밀공작반이 워싱턴의 워터게이트 빌딩에 있는 민주당 전국위원회 본부에 침입하여 도청장치를 설치하려다 발각·체포된 미국의 정치적 사건.

이 발생했다. 미래를 한 가지로 예측하는 것은 크나큰 실수를 불러올 수 있다. 모두 해양플랜트 호황이라는 한 가지 미래 시나리오에 쏠려 있었기 때문에 견제와 균형이 부족했다. 2013년 당시에 해양플랜트 산업이 몰락한다는 미래 시나리오를 예측하여 대비했다면 어땠을까?

미래를 한 가지가 아니라 다양하게 예측하여 다른 목소리를 낼 수 있는 독립적인 '미래 연구 기관(future research organization)'이 필요하다. 이 기관에서는 여러 분야 전문가들을 조직적으로 결집하여 다양한 미래에 대해 조사, 분석, 연구개발을 하고, 다양한 미래 시나리오를 시민들에게 제공한다. 또한, 독립적으로 운영돼야 하므로 비영리 싱크 탱크(think tank)가 되어야 한다. 미래는 집단사고를 벗어나 사고를 가둔 틀을 박차고 나온 사람에게 기회를 준다.

빅보스

미래를 디자인하기 위해서는 창의적이며, 변화에 더 최적화되어야 한다. 그러려면 더 가벼워질 필요가 있다. 우선, 신화에 대한 향수를 버리자. 한국을 눈부시게 성장시킨 경영자는 전설이 된다. 영웅의 말과 행동은 신화로 남는다. 하지만 다가올 미래는 그렇지 않다. 융합에 융합이 더해진 복잡한 미래 사회에선 그런 신화적 리더가 나올 확률이 낮다.

우리 사회 내부에 미래를 이끌어 나갈 한 사람의 영웅 같은 '빅 보스'에 대한 미련이 있다면 빨리 버리자. 빅 보스(big boss)는 미래에 '빅 트러블(big trouble)'을 일으키기 쉽다. 리더는 각 분야의 구성원들이 미래에 대한 창의성을 발휘할 수 있도록 지휘자 역할만 하면 된다. 바람직한 미래를 위해 빅 보스보다는 미래 비전을 향해 함께 바라보며 행동해 나가는 다양한 사람들이 더 필요하다.

히포의 몰락

'히포(HIPPO)'는 하마다. 하지만 요즘은 다른 뜻으로 사용되고 있다. 'HIghest-Paid Person's Opinion'의 영어 단어의 첫 자를 따서 HIPPO 즉, '고위직의 의견'이란 뜻이다. 과거에는 상위층의 의견이 가장 중요했기 때문에 조직 내에서 '히포'가 모든 것에 대해 의사 결정을 했다. 이로 인해 조직에 많은 위협을 끼치곤 했다. 별다른 근거 없이 리더의 의견대로 의사 결정이 이뤄졌기 때문이다.

정보통신과 사물인터넷 기술의 발달, SNS 확산, 중국, 브라질, 러시아, 인도가 새로운 강자로 떠오르면서 미래에 대한 불확실성이 더욱 가중되고 있다. 리더 혼자만의 틀에 박힌 생각은 미래 사회를 더 위험에 처하게 한다. 리더의 의견이 틀릴 가능성이 그만큼 커졌기 때문이다. 이제는 의사 결정 시 누가 아이디어를 제시했는가보다, 아이디어의 질적 수준과 창의성이 중요한 요소가 되었다.

미래에 대해 스스로 생각하지 못하고 시키는 대로 해왔던 사람, 질문을 던지지 못하고 주어진 질문에 답하려고만 하는 사람은 쓸모가 없어졌다. 미래 사회에 짐이 되지 않고 필요한 사람이 되려면 스스로 미래 가치를 창출해야 한다. 그것이 자신의 경쟁력을 키우는 동시에 미래 세대를 행복하게 만드는 방법이다.

밝은 미래를 위해서는 '반대할 의무'가 존재하는 문화가 필요하다. 어떤 아이디어에 대한 반대할 권리를 넘어서 반대할 의무가 있어야 하지 않을까? 적어도 단 한 사람이라도 다른 의견을 제시해야 한다. 의도적으로 다른 입장을 취하면서 '선의의 비판자 역할'을 해야 한다. 모두가 한 가지 미래에 찬성할 때 그가 다른 의견을 제시하며 미래 디자인을 활성화시키거나 또 다른 미래가 있는지 모색하는 역할을 담당해야 하는 것이다. 그렇지 않으면 미래 디자인이 너무 단조로워진다. 단조로운 미래 디자인은 예상치 못한 미래가 왔을 때, 미래를 대비할 수 없게 만든다.

HOW CAN I HELP YOU?

챗봇

마이크로소프트(microsoft)에서 사람과 대화를 나누는 인공지능 챗봇(chatbot, 채팅 로봇) '테이(Tay)'를 선보였다. 하지만 16시간 만에 테이는 인종차별적 발언을 쏟아내면서 운영이 중단됐다. "제노사이드(genocide, 대량학살)를 지지한다." "흑인은 수용소에 넣어야 한다." 등등 온갖 인종차별적 발언을 했다. 인공지능 테이의 발언이 논란을 일으키자 마이크로소프트는 메시지를 삭제하고 챗봇 운영을 중지했다.

챗봇은 인공지능을 사용해 인간의 대화를 흉내 내는 프로그램이다. 프로그램 사용자가 컴퓨터와 상호작용하는 방식을 사람과의 대화처럼 바꿔주는 것이다. 별도로 웹사이트에 접속하지 않고도 대화하듯 각종 정보를 얻을 수 있다. 챗봇과 메시지로 대화하며 호텔과 병원 예약, 영화표의 구매도 가능하다. '대화'는 단순히 이야기하는 행위가 아니라 서로의 존재를 인정하는 중요한 수단이다. 챗봇이 사람처럼 대화하기 위해서는 인공지능 기술이 필수다. 현재 '테이'를 보면 아직까지는 챗봇의 상용화가 어려워 보인다.

미래는 인공지능과 인간이 서로 경쟁하며 다투는 세상이 아니라, 인공지능과 인간이 도와가며 함께하는 세상이 되어야 한다. 또한, 사람과 사람이 대화하는 것처럼 사람과 챗봇이 의견을 나누며 문제를 발견하고 해결해 나갈 것이다.

"페이스북의 미래는 메신저(챗봇)에 있다."

— 마크 저커버그(페이스북 CEO)

'웹(Web) 시대'가 지나고 '앱(App) 시대'가 왔다. 하지만 미래는 '앱 시대'가 가고 '봇(Bot) 시대'가 될 것이다. 차세대 대박 상품(next big thing)은 바로 챗봇(chatbot)이 될 것이다. 인간의 오랜 꿈이었던, 인간과 컴퓨터의 직접 커뮤니케이션은 점점 현실이 되고 있다.

인간차별

'차별'이라는 단어는 인류 역사상 가장 오래된 단어 중 하나다. 차별은 기본적으로 평등한 지위의 집단을 자의적인 기준에 의해 불평등하게 대우함으로써 특정 집단을 사회적으로 격리하는 통제다. 인종차별, 종교 차별에서부터 현재는 지역 차별, 학벌 차별, 심지어는 문과와 이과의 차별까지 다양하다. '이공계 우대, 문과 홀대'를 빗대어 '문송합니다(문과라서 죄송합니다)'라는 말까지 등장했다.

미래에는 인공지능을 장착한 로봇이 자유의지를 가지며, 의사 결정을 하는 능력을 지닐 것이다. 로봇들도 사람과 평등하게 인정해 달라고 주장할 수도 있다.

인간보다 뛰어난 로봇이 출현하여 오히려 로봇이 역으로 인간을 차별하면 어떻게 될까? 100년 전만 해도 미국에서 흑인이 대통령이 될 줄 꿈에도 상상 못 했다. 흑인을 상품으로 사고팔던 노예무역(slave trade)이 성행했던 그 당시에는 누구도 흑인과 백인이 함께 학교를 다니고, 식당에서 밥 먹는 모습을 상상할 수 없었다.

"그럼 100년 후 미래 사회는 어떻게 될까?" 100년 전 조상들이 미래를 예측하지 못했던 것처럼, 100년 후 미래가 어떻게 될지는 아무도 모른다. 100년 후에는 '로봇'이 우리와 동등한 인권을 가지고 함께 살지는 않을까? 지금은 상상할 수 없는 '로봇 대통령'이 미래에는 존재하지 않을까?

오히려 다재다능한 로봇이 역량이 부족한 인간을 홀대하고 차별하는 세상이 올 수도 있다. 미래에는 로봇이 사람과 동등한 인권을 가지고 사회생활을 할 수도 있고, 사람보다 능력이 더 뛰어나 사람을 무시할 수도 있다. 하지만 로봇을 만든 이유는 더 나은 인간의 삶을 위해서지 로봇 평등권과 인권을 보장해 주기 위해서가 아니다. 로봇으로 인한 디스토피아를 막기 위해 함께 방안을 모색해야 할 때다. 새로운 과학기술의 미래는 인간을 향해야 한다.

DESIGN FUTURES +

틀 벗어나기

"비틀스가 악보를 볼 수 없었던 것이 오히려 음악에 더 도움이 되었다. 음악 이론을 공부했다면 〈Good morning, Good morning〉과 같은 특이한 곡은 나오지 않았을 것이다."

— 조지 해리슨(비틀스 기타리스트)

비틀스는 1960년 영국 리버풀에서 결성된 록 밴드다. 존 레넌, 폴 매카트니, 조지 해리슨, 링고 스타가 주요 멤버다. 대중음악 역사상 최고의 뮤지션 비틀스는 자신만의 철학과 선율이 담긴 음악 양식을 선보이며, 팝 음악의 스펙트럼을 확장시켰다.

이런 비틀스에게 놀라운 비밀이 하나 있었다. 멤버 네 명 모두 악보를 볼 줄 몰랐다. 비틀스 멤버들은 음악을 배워본 경험 없이, 시대의 유행을 따라 밴드를 하다가 위대한 뮤지션이 됐다. 비틀스 멤버 전부 악보를 볼 수 없어서 새로운 악상이 떠오르면 데모 테이프에 기타로 주선율을 녹음한 뒤, 멤버들이 서로 연주해 가며 완성시키는 방식으로 곡을 만들었다.

악보를 못 보는 것이 음반을 녹음할 때는 불편했지만, 멤버들은 오히려 이것이 음악에 도움이 되었다고 한다. 악보라는 수단 매체가 음악적 사고를 방해할 수 있기 때문이다. 머리에 떠오르는 악상을 악보로 표현하면 악보로 표현될 수 없는 정보는 잊어버리게 된다.

미래 사회도 말로 표현하는 데 분명히 한계가 존재한다. 사회 변화를 언어로 표현하는 순간, 미래는 틀에 갇히기 마련이다. 형식에 얽매이지 말고 틀을 과감히 벗어던지며 자유롭게 미래를 상상해 보면 어떨까?

어린이의 눈

미래를 디자인하기 위해서는 무엇보다 세상을 순진한 '어린이의 눈'으로 바라보는 게 중요하다. 사람과 사물, 사회 변화, 트렌드를 낯설고 소중한 것으로 바라봐야 한다. 아무리 많이 보았어도 마치 그것을 처음 보는 것처럼 말이다. 사회 변화를 일으키는 모든 요소들을 익숙한 눈으로 바라보면 아무것도 보이지 않는다. 다 알고 있다는 '익숙함의 프레임'에서 벗어나 '낯섦의 프레임'을 장착한다면 많은 변화들이 새롭게 드러난다.

"천재의 독창성은 사물을 보는 방식에 나타난다." 독일 철학자 '니콜라이 다르트만'의 말이다. 변화를 새롭게 보아야만 변화가 새롭게 인지된다. 자신이 속해 있는 곳의 변화부터 낯선 시선으로 한번 바라보자. 그동안 볼 수 없었던 변화가 보이게 될 것이다.

'제3자 입장', '낯설게 보기', '사랑과 관심'으로 미래를 바라보면, 모든 사물이 다르게 보인다. 이 변화를 통해서 다시 한 번 미래 사회가 어떻게 될지 이미지로 그려보자. 미래 탐색을 하려는 대상에 대해 오랫동안 관심을 가지고 바라봐야만 한 편의 미래 디자인이 완성된다. 미래 디자인은 미래 세대가 당면할 이슈들을 세상에 드러내는 일인 동시에, 현세대의 욕망 추구에서 벗어나는 일이기도 하다. 미래 디자인은 어떤 식으로든 미래 세대인 후손들과 교감하고 연대하는 일이다.

왜곡이나 편향 없이 더 많이 미래 세대를 사랑하자. 미래 세대에 대한 사랑이 충만할수록 미래 디자인도 탐험가처럼 거침없이 나아갈 수 있다. 미래 세대를 향한 작은 배려가 미래를 바꾼다. "미래 세대에게 가장 필요한 것이 무엇일까?"라고 생각하면 내가 현재 무엇을 해야 하는가가 명확해진다. 오늘부터 미래 세대를 위해 사소한 작은 배려를 실천해 보면 어떨까?

DESIGN FUTURES +

미래가 미로에 빠질 때

4차 산업혁명으로 대표되는 인공지능, 로봇, 빅데이터, 사물인터넷, 차세대 통신, 드론, 3D 프린터, 바이오, 신소재 기술 발전은 국경, 무역, 사회 시스템, 라이프 스타일 등 미래 삶의 전반을 바꾸게 된다.

여기에 3D 프린터가 대중화되면서 의류, 생활용품을 직접 가정에서 제조하는 환경이 오면 사회 변화는 급격히 가속도가 붙을 것이다. 유통업체는 몰락하고 국가 간의 무역은 감소할 것이다.

> "자라(Zara)의 경쟁자는 3D 프린터다."
>
> — 아만시오 오르테(패션 기업 '자라'의 회장)

영국 하트퍼드셔대학교가 3D 프린터로 제작된 옷으로만 이루어진 컬렉션을 공개했다. 3D 프린터를 이용해 8벌의 드레스를 제작했는데 모두 원하는 모양, 색깔, 크기로 주문·제작할 수 있었다. 3D 프린터로 드레스를 제작할 때 아직은 시간이 오래 걸리지만, 미래에는 몇 분 안에 옷을 프린트할 수 있게 될 것이다. 가정에서 3D 프린터로 옷을 뽑아내는 시대가 오면, '자라'는 현재의 전략에서 벗어나 새로운 사업 아이템을 찾아야 한다. 미래의 패션 산업은 공장에서 옷을 제조하여 매장에서 판매하는 방식이 아니라, 가정에 있는 3D 프린터에 옷 디자인 소프트웨어를 제공하는 형태로 변화될 것이다.

이처럼 미래에는 소프트웨어 서비스 기업이 점점 증가할 것이다. 기존의 자동차, 선박, 휴대전화 등 하드웨어 기업들도 곧 소프트웨어 서비스 기업으로 변화될 것이다. 손으로 만질 수 있는 제품 중심에서 소비자의 경험을 중시하는 서비스 중심 산업으로 바뀔 것이다. 소프트웨어 기업에는 창의력, 상상력, 집단지성 그리고 미래를 보는 눈이 핵심이다.

소프트 이노베이션

"급변하는 미래 사회에서 특허, 저작권 등 지식재산(intellectual property)[27]은 중요한 거래대상이 될 것이다. 미래 유망 분야의 지식재산을 선제적으로 확보해 시장 주도권을 잡아야 한다."

— 윤종용(전 국가지식재산위원회 위원장)

지식재산권 기술 경쟁에서 승리하기 위해서는 소프트 파워(soft power)

27 특허, 실용신안, 상표, 디자인 같은 산업재산권과 저작권을 통틀어 일컫는 용어로 지적 활동으로 인하여 발생하는 모든 재산을 가리킨다.

가 중요하다. 소프트 파워는 음악, 영화, 드라마, 게임처럼 소비자의 욕구를 만족시킨다. 소프트웨어, 프로그램, 디자인, 패션, 엔터테인먼트 등 창의 산업에 혁신이 수반되면 소프트 파워가 향상된다.

이노베이션(혁신)이라고 하면 기술, 공학처럼 과학적이거나, 연구개발 중심적인 '하드 이노베이션(hard innovation)'을 떠올리곤 한다. 하지만 미래에는 기존의 제품과 서비스를 프리미엄 수준으로 혁신하는 '소프트 이노베이션(soft innovation)'이 더 큰 주목을 받을 것이다. 효율과 기능을 중시하는 전통산업에만 의존하는 하드 이노베이션으로는 세계 시장에 나갈 수 없다. 사회 속에 잠재된 욕구를 인간적, 감성적 언어로 해석하고 스토리를 담아 문제를 해결하는 소프트 이노베이션이 필요하다. 소프트웨어 분야에 이제까지 시도되지 않았던 방법이 도입되어 혁신이 일어나면 새로운 사업 분야가 열린다.

에어비앤비는 부동산을 가지고 있지 않으면서도 기업의 가치가 힐튼호텔(Hilton Hotel)을 넘어섰고, 우버는 자동차를 가지고 있지 않으면서도 현대자동차를 넘어섰다. 콘텐츠를 만들지 않는 페이스북과 유튜브가 세상에서 가장 많은 콘텐츠를 보유하고 있다. 물리적 영역과 디지털 영역의 경계가 허물어지고 있다. 이 두 영역을 연결하는 플랫폼이 다양하게 개발되면, 소프트 이노베이션이 우리를 새로운 미래로 이끌 것이다.

미래 디자인의 중요성

삼성은 반도체 산업에 과감하게 거액을 투자하여 디지털 산업에 입성했다. 애플의 아이폰에 자극을 받아 정보통신기술 융합을 받아들여

스마트폰, 스마트패드, 스마트TV로 업종을 전환했고 성공했다. 지금은 사물인터넷, 인공지능, 바이오산업 분야에도 진출을 시도하고 있다. 하지만 50년 후 미래에는 어떨까?

"모든 기업이 스타트업이 되는 시기가 도래하고 있다."

— 에릭 리스, 『린 스타트업』

- 미국의 '리쇼어링(reshoring)'[28]
- 중국의 '제조 2025'[29]
- 독일의 '인더스트리 4.0'[30]
- 일본의 '일본재흥전략'[31]

위에 언급된 것들은 모두 산업구조 재편을 위한 국가별 경제 정책들이다. 사물인터넷, 로봇, 인공지능, 빅데이터, 스마트 공장, 자율주행차 등 기술 융합의 진화가 기술의 혁신을 재촉하고 있다. 국가뿐 아니라 기업들도 4차 산업혁명의 틀 안에서 새로운 변화를 모색하고 있다. 개인도 마찬가지다. 에릭 리스의 말처럼 삼성, 현대와 같은 대기업들도 스

28 리쇼어링이란 해외에 나가 있는 자국 기업들을 각종 세제 혜택과 규제 완화 등을 통해 다시 자국으로 불러들이는 정책으로, 특히 중국에 있는 제조 공장을 미국으로 불러들이는 것을 말한다.

29 제조업 활성화를 목표로 발표한 중국의 산업 고도화 전략.

30 제조업 경쟁력 강화를 위해 독일 정부가 추진하고 있는 제조업 성장 전략.

31 아베 정권 출범 이후, 일본 경제 재건을 목적으로 수립된 전략.

타트업에서 출발해야 하는 미래 사회인데, 개인들은 어떻겠는가?

50년 후 가장 유망한 기업이 어디냐고 묻는다면, '지금까지 들어보지 못한 회사'가 될 확률이 높다고 대답할 수밖에 없다. 구글, 페이스북, 아마존, 우버, 에어비앤비 등 세계 경제를 좌우하는 글로벌 기업들도 50년 전에는 존재하지 않았다. 모두 최근 10년 안팎으로 창업한 기업들이다. 미래에는 우리가 상식적으로 알고 있는 개념들이 송두리째 변하므로 사회 변화에 철저히 대비해야 한다. 특히 미래 디자인의 중요성을 이해하지 못하는 기업은 필연적으로 몰락하게 될 것이다.

스마트폰의 대중화로 원하든 원치 않든 간에 사람들의 다양한 활동은 데이터화되고 있다. 수집된 빅데이터는 기업의 미래 수익을 위한 자산이 된다. 미래에는 빅데이터 분석과 미래 디자인에 민감하게 대응하는 기업이 성공할 것이다. 한국은 천연자원이 부족하여 혁신이 없으면 미래에 생존하기 어려운 절박한 상황에 놓여 있다. 개발도상국들은 거침없이 쫓아오고, 미국, 중국, 일본 등 선진국들은 다양한 방법으로 압박하고 있다. 이런 상황에서 미래를 개척하기 위해서는 기술 융합과 빅데이터 분석 그리고 미래 디자인에 국력을 모아야 한다.

기업은 '단순히 시장이 요구하는 것', '고객이 바라는 것'에 대응하느라 시간을 소비하기보다는 실시간 빅데이터를 분석하여 미래를 내다보며 예측해야 한다. 변화의 속도가 빠를수록 사회의 변화를 모니터링하고 미래가 어디로 흘러가는지 주의 깊게 살펴봐야 한다. 미래가 알 수 없는 미로에 빠질수록 사회가 변화하는 방향을 예의 주시해 보자.

DESIGN FUTURES +

SUPER HERO

슈퍼맨이 될 미래 세대

1940년대에 만들어진 『슈퍼맨』이라는 만화가 인기를 끌면서 1979년에 크리스토퍼 리브 주연의 영화 〈슈퍼맨〉을 제작하여 큰 성공을 거뒀다. 2006년에는 〈슈퍼맨 리턴즈〉가 제작되었고, 2008년 국내에서는 황정민, 전지현 주연의 〈슈퍼맨이 된 사나이〉가 영화로 제작됐다. 2013년에 또다시 〈맨 오브 스틸〉이라는 영화가 나오면서 슈퍼맨의 인기는 계속 이어지고 있다. 이는 사람들이 슈퍼맨처럼 힘이 세고 하늘을 날아다니며 초능력이 있는 슈퍼 히어로(super hero)를 무의식적으로 간절히 바라고 있다는 사실을 방증한다.

"누구나 슈퍼맨이 되고 싶다.
하늘을 날아다니며 위험에 처해 있는 사람을 구해주고 싶고,
달까지 날아가 우주에서 아름다운 지구를 감상해 보고 싶다."

놀라운 사실은 평범한 사람도 과학기술의 힘을 빌려 슈퍼맨이 될 수

있는 시대가 멀지 않았다는 것이다. 개인용 비행 보조 장치가 개발되어 하늘을 훨훨 날 수 있으며, 수중 파워 제트팩이 개발되어 수영을 못하는 사람도 빠른 속도로 물속을 자유롭게 헤엄칠 수 있다. 터치 패드와 피크 두 개로 구성된 줄이 없는 초소형 기타도 개발되어 기타를 칠 줄 몰라도 음악을 연주할 수 있게 되었다.

미래 세대가 모두 슈퍼맨이 되는 세상이 온다. 이와 더불어 영화 〈슈퍼맨〉의 인기는 안타깝게도 곧 시들게 되지 않을까?

외로운 늑대

스마트폰, SNS에 중독된 초등학생들이 날이 갈수록 증가하고 있다. 2014년에는 중독 위험군이 3만 2,000명이었지만, 현재는 5만 명 수준까지 증가했다.

초등학생의 절반 이상이 스마트폰을 소지하고 있다. 초등학생은 성인보다 자제력이 떨어져 쉽게 스마트폰에 중독된다. 장원웅 밸런스브레인 연구소장은 "초등학생의 과도한 스마트폰 사용은 뇌에 휴식 시간을 주지 않아 뇌의 특정 부분만 자극해 감정 조절 능력, 집중력, 창의력, 판단력을 발달하지 못하게 만든다. 스마트폰에 중독된 아이는 또래 아이들과 원만한 관계를 맺지 못하는 사회성 결여가 나타날 가능성이 높다."고 말했다.

학교생활, 교우관계를 통해 사회성을 연습해야 할 초등학생이 스마트폰에 중독되어 미래에 은둔형 외톨이 범죄자인 '외로운 늑대(Lone Wolf)'가 될 확률이 높아지고 있다. 외로운 늑대는 전문 테러 단체 조직원이 아닌 자생적 테러리스트를 일컫는 말이다. 이들은 특정 조직이나 이념이 아니라 개인적 반감을 이유로 스스로 행동에 나선다. 외로운 늑대에 의한 테러는 시기나 방식에 대한 사전 정보의 수집이 어려워 예측이 불가능하다. 따라서 조직에 의한 테러보다 미래 사회에 더 큰 위협으로 부상하고 있다.

경쟁이 치열한 사회에서 살며 "노는 건 시간 낭비이고 쓸데없는 행위다."라고 믿는 어른들의 생각을 주입받은 아이들이 오히려 스마트폰에 더 많이 빠진다. 예전에는 초등학생의 놀이가 지금과는 확연히 달랐다. 골목길, 등하굣길, 산과 들이 모두 아이들의 놀이터였다. 딱지, 구슬, 화약총, 자전거, 심지어 땅만 있어도 언제 어디서든 신나게 놀았다. 해가 지고 어두워져야만 집에 들어오곤 했다. 집에 와서는 "다음 날 무엇을 하고 놀까?" 하는 궁리만 했다. 집 앞 골목길은 항상 아이들 웃음소리와 뛰어다니는 발걸음 소리로 넘쳐났다. 하지만 지금은 예전 초등학생들의 모습을 찾아볼 수 없다.

스마트폰 보급이 저연령층까지 확대되면서 초등학생 중독자가 증가했다. 이로 인해 많은 초등학생들이 일상생활에서 심각한 장애를 겪거나 금단 현상을 보이기도 한다. 여기서 더 심해지면 자기조절에도 어려움을 겪게 된다. 중독 현상은 뇌에서 흥분 전달 역할을 하는 도파민의 분비를 과도하게 자극하면서 발생한다. 이 분비체계가 형성되고 있는 어린이일수록 중독에 빠질 가능성이 크다. 초등학생의 스마트폰 중독이 점점 심해질 경우 '외로운 늑대' 등 미래 사회의 문제로 발전할 가능성이 크다.

껄껄껄

"미래 세대가 행복해지는 데 도움이 되는 것에서 삶의 진정한 의미를 찾아야 한다."

— 자크 아탈리(프랑스 미래학자), 『더 나은 미래』

사람들은 생을 마감할 때 '껄껄껄' 하며 허탈한 웃음을 짓는다고 한다. '껄껄껄'은 '좀 더 사랑할걸, 좀 더 즐길걸, 좀 더 잘해 줄걸'의 약자다. 여기서 '좀 더 잘해 줄걸'은 '미래 세대에게 좀 더 잘해 줄걸'이라고 범위를 넓혀 해석할 수도 있다.

미래 세대의 행복은 현세대가 가진 가장 중요한 의무 중 하나다. 하지만 미래 세대는 너무 어리거나 아직 태어나지 않아 발언권이 없다. 이런 이유로 우리에게 제일 중요한 의무를 뒷전에 놓기도 한다.

밝은 미래를 만들기 위한 가장 쉽고 간단한 방법은 미래 세대를 웃게 하고 행복하게 만들면 된다. 이것이 미래 세대의 행복에 현세대가 관심을 가져야 하는 이유다. 시간이 걸리고, 불편하고, 이익단체(interest group)들에게 거센 압박을 받고, 현세대에 손해를 끼치더라도 꿋꿋하게 미래 세대의 관점으로 접근해야 한다. 30년 후 미래 세대가 웃어야 현세대도 함께 환하게 웃을 수 있다.

DESIGN FUTURES +

내집단 편향

'맘충이', '개저씨' 등의 신조어는 자기만을 아는 사회이기에 생겨난 말들이다. '맘충'은 영어로 엄마를 지칭하는 '맘(Mom)'과 벌레를 뜻하는 한자 '충(蟲)'이 결합한 말이다. 내 자식만 소중한 줄 알고 타인에게 피해를 주는 행동은 상관하지 않는 사람들을 맘충이라 부른다.

'개저씨'는 동물 '개'와 '아저씨'가 결합한 말로 막무가내식 행동을 일삼는 개념 없는 아저씨를 가리키는 말이다. 자기보다 어리면 반말하고 막 대한다. 교통규칙 등 각종 법규도 자기 이익에 위배되면 어기는 경우도 다반사다. 게다가 자신이 속해 있는 집단에는 강한 애정을 표출하고 집단 밖에 있는 사람들은 배척하는 경향을 가진다.

이 현상을 심리적 용어로 '내집단 편향(in-group bias)'이라고 한다. 내집단 편향은 사회적 양극화를 심화시키고 지역주의, 남녀 갈등, 다문화 갈등 등 사회 분열을 일으킨다. 한국 사회에서는 타인을 협력자라기보다는 경쟁자로 인식하는 경우가 많다. 급변하는 사회 환경일수록 다음 세 가지 질문을 스스로 해보면서 미래의 큰 그림(big picture)을 좀 더

넓게 그리고 깊게 그려보자.

"나 자신만, 내 집단만 생각하면서 현재를 위해서 살아가면 그 뒤에 기다리는 미래는 어떻게 될까?"
"20, 30년 후, 미래 세대는 과연 행복할까?"
"혹시 미래 세대가 현세대를 존경하는 게 아니라 원망하지는 않을까?"

선택 편향과 경로의존성

루이 파스퇴르나 로버트 밀리컨(Robert A. Millikan) 등 유명한 과학자들도 자기주장을 뒷받침하기 위해 특정한 실험 데이터만을 선별하여 결과로 발표한 적이 있다. 실험 데이터 입력을 마친 뒤 검증 결과도 자기 생각에 맞게 변경했다. 이런 현상을 '선택 편향(selection bias)'이라 한다. 선택 편향은 실험할 때 실험을 위한 특정 대상을 뽑는데 생기는 편향을 말한다. 미래를 디자인할 때 선택 편향의 오류에 빠지면 안 된다. 밝은 미래를 만들어 가기 위해서는 '자신만 생각하는 게 아니라 전체를', '현세대만 걱정하는 게 아니라 미래 세대까지' 생각하는 인식의 전환이 필요하다.

'경로의존성(path dependency)'은 익숙한 경로가 관성으로 남아 혁신을 가로막는 현상이다. 미래를 디자인하지 않고 현실에 안주하게 되면 무슨 일이 벌어지는지 핀란드의 휴대폰 회사 '노키아'가 확실히 보여줬다.

노키아는 핀란드를 대표하는 회사로 1871년에 설립되었다. 처음에는 제지업으로 시작해 1960년 전자장비로 업종을 변경했고, 1970년대부터는 통신장비에 집중했다. 특히 휴대전화의 세계 시장 점유율(world market share) 1위 자리를 오랫동안 유지했으며 '모델 3310' 기종은 노키아 최대 판매량을 기록하기도 했다. 노키아 핸드폰의 장점은 내구성과 저렴한 가격이었다. 또한, 핀란드 국가 예산보다 높은 매출을 올릴 정도로 핀란드 경제에서 차지하는 비중이 상당히 큰 기업이었다. 하지만 스마트폰으로 넘어가는 시기에 경쟁력을 잃은 노키아는 매출이 줄어들면서 4년간 시가총액이 9분의 1로 줄어드는 몰락을 맞이하게 된다.

원하는 미래를 만들어 나가는 게 이렇게 어렵다. 미래는 스스로 만들어 가는 자의 것이다. 반복되는 일상 속에서 남들이 보지 못하는 변화의 흐름을 찾아낼 때 미래의 새로운 패턴을 그릴 수 있다. 익숙함이 주는 편안함을 벗어던지고 미래지향적인 사고와 행동이 싹틀 수 있는 미래를 디자인해 보자.

D E S I G N F U T U R E S

PART 05

미래를 위해 실천하라

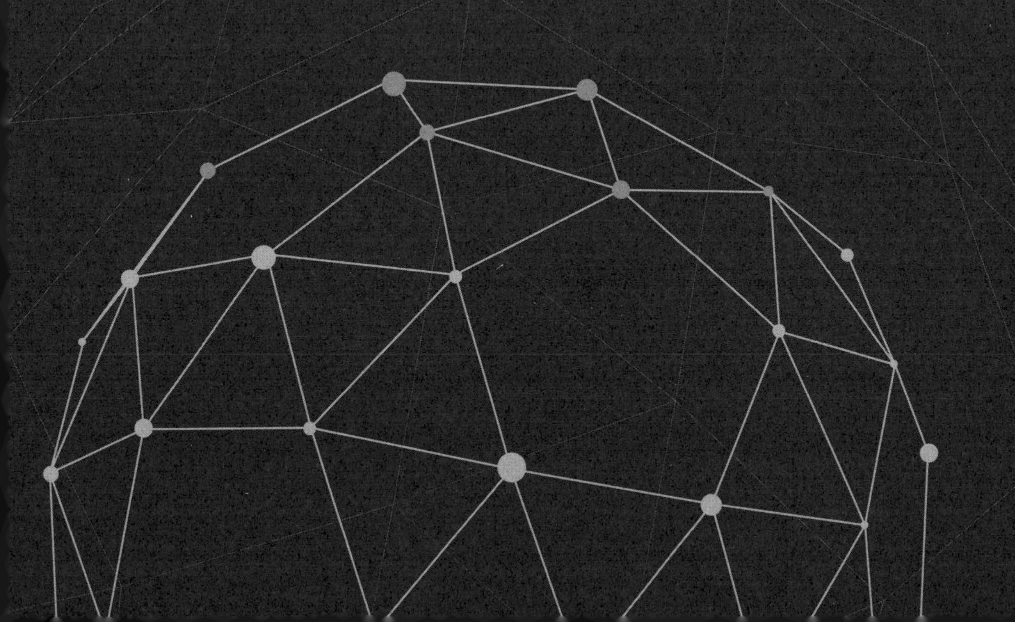

DESIGN FUTURES +

ONE ACTION

그대 안의 거인

> “사람의 마음속에는 착한 늑대와 나쁜 늑대가 있다. 두 마리의 늑대는 늘 싸운다. 이기는 쪽은 어딜까? 그것은 내가 먹이를 주는 쪽이다.”
>
> — 인디언 속담

미래로 가는 길은 여러 갈래다. 어디를 가든 선택은 항상 우리의 몫이다. 오늘 우리가 한 행동 하나하나가 모여 큰 방향을 이룬다. 미래가 일정한 방향으로 나아간다면, 이 미래를 위해 사람들이 그렇게 행동했기 때문이다. 작은 행동 하나가 미래를 바꾼다.

“한 마리 종달새는 가둘 수 있어도, 그 노래는 가둘 수 없다.” 1980년대 교도소에서 단식 투쟁을 벌인 아일랜드 독립투사 ‘샌즈’의 말이다. 그는 옳다고 믿는 신념에 목숨을 걸었다. 결국, 감옥에서 27세의 젊은 나이에 요절한다. 전 세계로 볼 때 한 사람의 영향력은 거의 제로에 가깝다. 하지만 이런 종달새들이 모여 함께 노래를 부르면 그 노래는 메아리가 되어 전 세계로 다시 울려 퍼진다.

미래 디자이너는 미래에 대한 끊임없는 메시지를 전달하며 미래 세대를 위한 작은 행동을 실천한다. 비록 시작은 미약하지만, 큰 울림이 되어 미래를 변화시킬 것이다.

그대 안의 거인

"내일 지구가 망할지라도 오늘 사과나무를 심겠다."는 네덜란드 철학자 스피노자의 말처럼, '미래의 불확실성'을 '오늘의 불성실'에 대한 핑계로 삼으면 안 된다. 한 발은 현실에, 한 발은 미래에 담그고 세상을 향해 나아간다.

지난 성공은 잊고 새롭게 시작해야 한다. 미래를 더 멀리 바라보면서 변화의 흐름을 앞서 읽고, 미래를 책임질 새로운 길을 찾아내야 한다. 이럴 때일수록 '법고창신(法古創新)'의 정신을 잊으면 안 된다. 법고창신은 "옛것을 본받아 새로운 것을 창조한다."는 뜻으로 "옛것에 토대를 두되 그것을 변화시킬 줄 알고, 새것을 만들어 가되 근본은 잃지 않아야 한다."는 의미다.

"네까짓 게 뭐라고 미래를 바꿔?"

"너무 늦었어……."

"한국은 안 돼."

"미래를 바꾸려고 해도 나 혼자서는 어차피 안 될 거야."

"미래학, 미래 연구, 미래 디자인…… 하루하루 먹고살기도 바쁜데,

배부른 소리 하고 있네."

"미래만 생각하다가 망하면 어쩌려고…… 하지 마!"

"미래 디자인은 아무나 하는 줄 아나?"

"네가 무슨 미래를 생각하니?"

"이쯤에서 포기하시지."

"미래는 무슨! 현실에서나 요령 피우며 대충 살면 되지 뭐."

미래를 디자인하는 데 방해하는 10가지 편견! 이 편견들을 당당히 깨부수고 내 안에 잠자고 있는 '미래를 생각하는 거인'을 깨워보면 어떨까?

DESIGN FUTURES +

FIGHT FOR FUTURES

합리성 바탕의 따뜻함

미래 디자이너는 만화와 같은 상상력과 깊은 주제의식을 항상 지니고 있다. 합리성에 기반하되 따뜻한 감성을 잃지 않는다. 이를 위해 소설, 만화, 영화 등 문학 작품들을 보면서 자주 감성에 젖는다. 너무 이성적으로만 미래를 바라보면, 제일 중요한 사람은 못 보고 지나치게 된다.

영화 〈매트릭스〉에는 이런 장면이 나온다.

"숟가락을 구부리려고 하지 마세요.

(Do not try and bend the spoon.)

그건 불가능합니다.

(That's impossible.)

대신에 진실만을 알려고 애쓰세요.

(Instead, only try to realize the truth.)

숟가락은 없는 걸요.

(There is no spoon.)

그럼, 구부러지는 건 숟가락이 아니라 자기 자신이란 것을 알게 될 겁니다.

(Then you'll see that it is not the spoon that bends. It is only yourself.)"

숟가락은 실제로 존재하는 것이 아니다. 눈으로 숟가락을 본 뒤, 뇌에서 일어나는 아주 작은 화학 작용일 뿐이다. 그것을 보고 판단하는 '자신'이 있을 뿐이다.

미래 디자이너는 다음의 사실을 절대 잊어선 안 된다. 지속성장 사회(continued growth society), 붕괴 그리고 새로운 시작 사회(collapse & new beginning society), 정체 사회(conservative society), 변형 사회(transformational society) 등 어떤 미래든 미래를 만드는 주체는 바로 사람이란 사실을 말이다.

인생을 걸고 싸운 사람들

성공한 혁신은 화려해 보이지만, 그 뿌리는 언제나 참혹한 실패를 예감하면서도 먼저 일어나 맞서 싸운 사람들의 희생에 닿아 있다. 자신은 성공의 과실을 맛볼 수 없다는 사실을 잘 알면서도 인생을 걸고 싸운 사람들이 있었기에 인류는 오늘 이만큼 발전한 사회 환경에서 수많은 권리를 누리고 있는 것이다.

밝은 미래를 만들 수 있는 좋은 아이디어를 가진 사람은 세상에 많지만, 좋다고 생각한 아이디어를 실천하는 용기 있는 사람은 적다. 미래는 많이 안다고 뻐기는 사람보다 하나라도 실천하는 사람에 의해 나아진다.

"가지 않으면 이르지 못하고, 하지 않으면 이룰 수 없다. 아무리 가깝게 있어도 내가 팔을 뻗지 않으면 결코 원하는 것을 잡을 수 없다."라는 노자의 말처럼 행동이 따르지 않는 미래 디자인은 오히려 위험하다.

신속한 실행

신속한 실행은 이른바 '미래 조직'의 주된 특징이다. 여기서 '미래 조직'은 변화하는 미래 환경 속에 유동적으로 대처할 수 있고, 혁신할 수 있는 조직이다. '미래 조직'을 유지하기 위해 구성원들은 '미래 연구 역량', '시의 적절한 실행 집중력', '빠른 상황 판단과 순발력'을 바탕으로 신속히 실행해야 한다.

할 수 있는데도 불구하고 미래를 위한 성과를 창출하지 못하는 사회의 가장 큰 폐단은 신속한 실행력 부재다. 미래를 위한 아무리 좋은 아이디어라도 구체적인 행동이 뒷받침되지 않으면 아무 소용없다. 신속한 실행이 뒷받침되지 않으면 의미 있는 미래의 변화는 불가능하다.

신속한 실행이 의미하는 바를 이해하기 위해 다음 세 가지를 기억하

자. 첫째, 신속한 실행은 하나의 체계이며 미래 디자인의 일부다. 둘째, 신속한 실행은 미래 디자이너가 맡은 중요한 책임이다. 셋째, 신속한 실행은 조직, 사회 문화의 핵심에 자리해야 한다. 결국, 미래 디자인은 반짝거리는 아이디어뿐 아니라 아이디어에 집요하게 매달려 밝은 미래를 만들어 내는 신속한 실행 때문에 발전한다. 신속한 실행은 단발적인 실천을 의미하지 않고 지속적으로 미래를 위해 행동하는 문화이자 체계다.

DESIGN FUTURES +

MONITORING FOR FUTURES

작은 생선 요리하듯이

"세상의 본질은 변화 그 자체이며, 인생은 관점과 프레임이 좌우한다."

— 마르쿠스 아우렐리우스(로마 오현제)

세상이 끊임없이 변해 온 것은 예나 지금이나 마찬가지다. 초연결 시대, 데이터 홍수 시대인 지금, 변화의 속도는 측정할 수 없을 정도로 빨라지고 있다. 곧 그 속도는 무한대에 이른다. 이제 변화는 점점 '불확실성'으로 그 모습을 바꾸어간다.

앞으로 어떤 일이 어떻게 일어날지 아무도 알 수 없다. 미래는 정확하게 예측할 수 없다. 하지만 미래를 상상해 보고 원하는 미래를 선정하여 사회가 어떻게 변하는지 모니터링하며 그에 따라 대응할 수는 있다. 미래 디자인은 예측보다는 '모니터링과 대응'에 초점을 맞춘다.

미래를 대처하는 네 가지 방법

사회 변화를 모니터링하며 미래를 현명하게 대처하는 방법에는 다음 네 가지가 있다.

첫째, '돌다리도 두들겨 보고 건너는 것'처럼 미래를 신중히 관찰한다. 사회, 기술, 경제, 환경, 정치 분야에서 미래가 어떻게 변하는지 트렌드에 대해 철저히 분석하고, 어디로 나아갈지 전략과 방향을 결정한다. 과거의 사례, 변화 동인, 일반인과 전문가의 다양한 의견, 타국의 사례 등 앞뒤를 따져보고 분석하며 이해한다. 그렇지 않으면 과거와 현실을 오해하고, 미래에 대한 분석에 오류가 발생할 수 있다.

둘째, 미래 비전을 명확히 설정한다. 뜬구름 잡는 미래 비전이 아니라, 생생한 이미지가 그려지며 사람들의 가슴을 뛰게 만드는 비전이 필요하다. '세계 최고의 기업 달성', '한국 1위 기업 도약'과 같은 식상한 비전보다 "10년 안에 사람을 달에 보내겠다."라는 미국 나사(NASA)의 비전, "I have a dream."이라는 마틴 루터킹 비전, "우유와 꿀이 넘치는 세상을 만들겠다."라는 비전이 좋은 미래 비전의 예다. 미래 비전은 강한 마법과 같은 힘을 가진다. 비전은 사람들을 한 방향으로 이끌고 행동하게 만든다.

셋째, 빠르게 변하는 미래에 대응하기 위해 우리도 끊임없이 변화한다. 지진이 일어나고 홍수가 나서 땅바닥이 요동치는데 사람이 가만히 서 있기만 하면 쓰러지기 마련이다. 역사를 보면 강한 자가 살아남는 것이 아니라, 끊임없이 변화하는 자가 살아남았다. 미천하고 비루했던 자도 끊임없이 변화하고 미래를 하나씩 만들어가면서 더 큰 존재로 성장했다. “변해야 산다!”

넷째, 리스크를 체계적으로 관리한다. 다양한 미래 시나리오를 수립하고 시나리오마다 어떤 리스크가 발생할지 예상하고 대응한다. 석유, 천연가스, 석유화학제품 등 여러 사업 분야의 다국적기업 ‘셸(Shell)’은 다양한 미래 시나리오를 세워 석유 파동 리스크를 슬기롭게 극복했다. 불확실성이 무한대로 증가하는 미래에 효과적으로 대응하기 위해 가장 중요한 행동은 미래를 공부하고 배우는 것이다.

작은 생선 요리하듯이

노자는 “큰 나라를 다스리는 것은 작은 생선을 요리하듯 하라.”고 말했다. 생선을 구울 때는 불의 세기가 맞지 않거나 초조한 마음에 자주 뒤집으면 살이 모두 부서지기 때문에 세심함과 신중함이 필수다.

미래 디자인도 마찬가지다. 미래는 거시적으로만 보는 것으로 생각하지만, 실은 아주 작은 사건도 미래를 전혀 다른 방향으로 바꿀 수 있다. 작은 생선을 요리하듯 세심함과 신중함으로 미래를 하나하나 만들어 가면 어떨까?

DESIGN FUTURES +

TWO HANDS

우리 미래의 두 손

오드리 헵번(Audrey Hepburn)은 영화 〈로마의 휴일〉에서 주연으로 발탁되어 아카데미 여우주연상을 수상하며 세계적인 스타가 되었다. 〈티파니에서 아침을〉에서도 주연하며 '현대 요정'이라는 평을 받았다. 오드리 헵번은 작품마다 훌륭한 연기로 작품의 완성도를 높였으며, 사랑스러운 요정 같은 매력에 사람들은 열광했고 그녀에게 빠져들었다.

하지만 그녀의 최고 작품은 영화가 아닌 바로 감동적인 삶, 그 자체였다. 화려한 인생, 호화로운 도시생활을 뒤로 한 채, 그녀는 어린이를 한 명이라도 더 보살피기 위해 방글라데시, 에티오피아 등 어디든지 달려갔다. 자원봉사를 위해 다녀간 나라만 20개국이 넘는다. 유니세프 친선대사로 활동하면서 전 세계 빈곤 아동의 문제를 알리고 도움을 구했다.

그녀는 암에 걸리고 나서도 본인보다 어려운 사람들을 위해 자신을 희생하면서 인류애를 실천했다. 사람들은 그녀를 배우보다 천사로 여긴다. 배우로서도 아름답고 화려했지만, 세상을 위한 아름다운 가치를 실천한 노년의 그녀 역시 수많은 사람들의 기억 속에 아름다운 여인으로 기억되고 있다.

오드리 헵번의 아름다운 삶은 존경스럽다. 하지만 인류애의 실천 범위를 현세대에서 미래 세대로 넓혀 보면 어떨까? 우리가 한 행동으로 인해 미래 세대의 삶이 힘들어지면, 미래 세대는 현세대를 존경하기는 커녕 원망하게 될 것이다. 현세대의 인생이 미래 세대에게 감동으로 자리 잡아 오래도록 기억되었으면 한다.

오드리 헵번은 자주 이런 말을 했다.

"사람은 두 손을 가졌다. 하나는 나를 위해, 다른 하나는 남을 위해."

이 문장을 이렇게 바꿀 수도 있다.

"사람들은 두 손을 가졌다. 하나는 현세대를 위해, 다른 하나는 미래 세대를 위해."

우리 미래의 두 손

현재 하고 싶은 일과 미래 세대를 위해 해야 하는 일, 이 둘은 우리 미래의 두 손이다. 잘 쓰는 오른팔이 있기에 내가 하고 싶은 일을 하면서 하루하루 기쁘고 만족스럽게 잘 살아왔다. 하지만 왼손을 덜 쓰는 것처럼, 미래 세대를 위한 일은 늘 후순위다. 해야지 하면서도 막상 하려면 잘 안 된다.

우리는 미래 세대와 만난 적도 없고, 심지어 누군지 알지도 못한다. 미래 세대를 위해 다양한 노력을 하더라도 그들에게서 고맙다는 인사조차 받기 어렵다. 아직 태어나지도 않은 미래 세대도 있기 때문이다.

지금도 두 개의 일 사이에서 우리는 방황한다. 어떤 날은 오른손을 택하고, 어떤 날은 왼손을 택한다. 하루하루 하고 싶은 일을 하면서 내 삶을 충실하게 만들어 가며, 미래 세대를 위한 삶을 조금씩 실천해 보자. 두 손이 있어 우리의 미래는 밝다.

나 하나 꽃 피어

나 하나 꽃 피어
풀밭이 달라지겠냐고
말하지 말아라.
네가 꽃 피고 나도 꽃 피면
결국 풀밭이 온통
꽃밭이 되는 것 아니겠느냐.

나 하나 물들어
산하나 달라지겠냐고도
말하지 말아라.
내가 물들고 너도 물들면
결국 온 산이 활활
타오르는 것 아니겠느냐.

— 조동화, 「나 하나 꽃 피어」

미래 세대를 위해 모든 사람들이 행동하는 때가 오기를 그냥 앉아서 기다리지 말자. 기다리고만 있으면 때는 쉽게 오지 않는다. 누군가 먼저 하기를 기다려선 안 된다. 누군가 먼저 행동할 수도 있겠지만, 똑같이 다른 사람들이 먼저 하기를 기다릴 수도 있다. 기다리지 말고, 기회가 오면 무조건 미래를 위해 실천해 보면 어떨까?

능력이 허락하는 한 밝은 미래를 하나하나 만들어 가자. 우리가 다른 사람들의 가슴에 더 나은 미래의 불을 댕기는 불꽃이 되었으면 좋겠다.

DESIGN FUTURES +

함께 가는 것

국가는 부자지만 서민은 힘겨운 일상을 버티며 불안한 미래를 마주하고 있다. 미래 세대는 미래를 꿈꾸는 것조차 사치가 돼버린 세상에 살고 있다. 한국은 불평등지수가 세계 1위가 될 만큼 높고, 노인 빈곤율, 자살률도 OECD 국가 중 가장 높다. 일반 서민들은 삶의 그림자가 너무 깊고 넓다. 언론의 자유는 세계 70위까지 추락했다. 더욱 심각한 것은 젊은 세대들도 한국의 미래를 어둡게 전망하고 있다는 사실이다.

'이생망' → 이번 생은 망했다.
'문송' → 문과라서 죄송합니다.

현실을 비관하는 이런 신조어들이 자고 나면 생긴다.

미국 하와이대 짐 데이터 교수는 미래를 네 가지 사회로 분류했다. 첫 번째 '지속 성장 사회'는 현재 사회의 일반적인 특성인 성장지향,

기술 진보, 경제 활성화가 지속되는 미래다. 최소 비용으로 최대 이익을 창출하면서 모든 것을 계속 더 풍요로운 쪽으로 이끌어 간다.

두 번째 '붕괴 그리고 새로운 시작 사회'는 질병, 자연재해, 기후변화, 환경 재앙, 테러가 발생하여 우리 사회가 한순간에 무너져 중세 암흑기와 같이 변하는 미래다. 영화 〈터미네이터〉, 〈매트릭스〉처럼 인공지능의 배신으로 인류가 그동안 이룩했던 모든 것들이 붕괴되는 사회다. 인류는 한때 세계를 지배했지만, 자기들의 피조물에게 지배되는 처지가 돼버린다.

세 번째 '정체 사회'는 자원과 에너지의 부족으로 산업 성장에 한계가 온다. 경제 성장보다는 사회를 보존하는 노력이 중요한 미래다. 천연자원, 맑은 공기, 마실 수 있는 물의 양은 한정돼 있다. 인구와 경제가 아무리 성장하더라도 지구는 성장하지 않는다. 지구는 인류로 인하여 고갈되고 있다. 이런 속도로 인류가 소비를 계속한다면, 지구와 같은 행성이 하나 더 필요하다.

네 번째 '변형 사회'는 급격하게 변화되는 '특이점'이 도래하여 이전 사회와 근본적으로 다른 미래가 나타난다. 사회의 근본적인 패러다임의 변화를 통해 새롭게 태어나는 미래다. 인공지능 단계를 넘어 자아를 의식하는 로봇이 출현한다. 로봇들은 자가 복제하면서 스스로 개량해 나가 결국에는 인간을 능가한다.

미래 세대가 희망을 찾지 못하는 사회에서는 발전은 정체되고 사회 불안이 야기되어 붕괴 가능성이 점점 커진다. 지금이 바로 네 가지 미래 사회(지속 성장 사회, 붕괴 그리고 새로운 시작 사회, 정체 사회, 변형 사회) 중 '붕괴 그리고 새로운 시작 사회'가 올 가능성이 가장 크다.

『포브스(Forbes)』의 분석 결과, 자산 10억 달러 이상 한국의 억만장자 중 상속자 비율이 74.1%로 세계 평균(30.4%)의 두 배가 넘는다. 부모의 재산에 따라 자녀의 미래가 결정된다는 '금수저, 흙수저론'이 유행하고 있다. 금수저를 물고 나왔다고 좋은 직장과 권력, 명예까지 싹쓸이한다면 너무 불공평하지 않은가?

'개천에서 용 나는 시대'는 이미 지났다. 하지만 실력을 통해 보상받는 길이 열려 있어야 미래는 밝아진다. 조선 시대에는 과거제가 시행되어 누구든 합격만 하면 출셋길이 열렸다. 이 전통은 현재 사법고시, 행정고시로 이어졌지만, 이제는 고시도 사라지고 있다.

미래 세대는 더 나은 미래를 향한 간절한 염원을 사회 곳곳에서 발산하고 있다. '소수가 과실을 독점하는 불평등사회'에서 '흙수저도 성실히 일하고 미래를 꿈꿀 수 있는 사회'로 변화시켜야 한다. 거시경제 지표에 연연하기보다, 시민 개개인 삶의 질을 높이고 '모두 함께'라는 동반 성장이 필요하다. 미래에는 '함께 가는 것'이 중요하다. '함께 가는 것'이 올바른 지속 성장을 가져오고, 시민들에게 안정된 삶을 영위할 수 있게 도와준다.

DESIGN FUTURES +

단기 성과 집착

FC 바르셀로나 유소년 축구학교 'FCB 에스콜라(FCBEscola)'가 한국에 온 지 1년도 안 돼 철수했다. 스페인은 학생들이 즐기는 축구를 가르친다. 반면, 한국은 대회 출전을 많이 하며 스펙 쌓기에 필요한 무조건 이기는 축구를 강조한다. 이런 한국의 교육 환경이 FCB 에스콜라가 철수한 이유다. 그들의 목표가 우수한 선수 육성인데 반해, 한국은 대회 우승과 성적이었다.

FCB 에스콜라 철수는 장기적 관점보다 단기 성과에 너무 집착하는 한국 사회의 단면을 보여준다. 미래를 보며 기초부터 하나씩 쌓아가는 모습은 한국 사회에서 찾아보기 힘들다. 단기 성과를 쫓느라 미래에 정말 소중한 가치는 소홀히 여겨 일을 그르치기 일쑤다. 올바른 방향으로 나가지 못하고 쓸데없는 일만 하기 바쁘다.

2009년 이명박 전 대통령은 일본 휴대용 게임기 '닌텐도 DS'와 같은 게임기 개발에 만전을 기하라고 관계 부처에 지시했다. 발등에 불이 떨어진 정부 부처는 명확한 방향과 미래 비전 없이 당장 60억 원을 게임기 개발에 투자했다. 결과는 대실패였다. 게임기를 개발했는지 안 했는지 일반 시민들은 모를 정도로 게임기는 판매도 되지 않았고, 제작사는 소리 소문도 없이 사라졌다. 그리고 몇 년 후 스마트폰이 인기를 끌면서 휴대용 게임기 시장은 급속도로 축소되었다. 단기 성과에 집착하면서 먼 미래를 보지 못하고 미래 비전을 소홀히 해 실패한 사례다. 쓸데없이 불필요한 일만 죽어라고 한 것이다.

함박눈이 내려 도로가 온통 하얀 눈으로 덮인 아침, 한 남자가 출근을 위해 자동차에 쌓인 눈을 정신없이 치운다. 손을 호호 불며 차 위에 쌓인 눈을 다 치운 뒤, 차 문을 열려고 리모컨 버튼을 눌렀더니, 여태 눈을 치운 게 자기 차가 아니었다. 자기 차는 바로 그 앞에 있었다.

명확한 미래 비전 없이 그냥 주어진 일만 열심히 해서는 안 된다. 원하는 미래를 만들기 위해서는 단기 성과에 집착하는 문화를 없애고 가슴을 뛰게 만드는 미래 비전을 수립해 천천히 가더라도 하나하나 행동하는 과정이 중요하다.

지속적인 성과 창출

삼성경제연구소가 경영자들을 대상으로 한 설문조사 결과, 응답자의 74%가 한국의 가장 심각한 문제점으로 '단기 성과에의 집착'을 꼽았다. 대부분의 기업들이 혁신 제품보다 리스크 낮은 개선 제품, 장기적인 전략보다 단기 실적 위주의 영업, 소비자 중심보다 판매자 중심, 고객 가치 창조보다 판매량 증대로 운영하고 있다. 이런 경영을 하다가는 미래가 원하는 지속적인 성과를 얻기란 불가능하다.

개인도 마찬가지다. 현재 사회 내부에는 "단기 성과를 달성하는 경우에는 좋은 평가를 받지만, 중장기 미래를 대비하여 도전적인 시도를 했다가 실패하면 오히려 불이익을 받는다."는 인식이 자리 잡고 있다. 그러다 보니 단기 성과를 우선시하고 미래 경쟁력 확보를 위한 투자에는 소홀해진다.

지속적인 성과 창출을 위해 미래 성과 달성의 기반을 제대로 유지하고 강화하여 현재와 미래의 성과를 균형 있게 창출해야 한다. 미래 환경 변화를 지속적으로 감지하고, 진정한 미래를 위한 성과주의 문화를 구축하여 장기적 관점의 가치 창출을 위한 노력이 필요하다.

DESIGN FUTURES +

신의 옷자락

독일 통일의 주역 비스마르크는 다음과 같이 말했다.

"역사 속을 지나가는 신의 옷자락을 놓치지 않고 잡아채는 것이 정치가의 책무이다."

한국에서도 수많은 신의 옷자락이 스쳐 지나갔다. 하지만 대다수 정치가, 지도자, 리더들은 이 옷자락을 잡지 못했다.

20세기는 엄청난 변화의 시기였다. 많은 나라들이 혁명을 통해 봉건제도를 끝내고 근대화를 맞았다. 근대화는 산업화를 토대로 자본주의 사회로 이행해 가는 역사적 전개 과정이었다. 이 찬란한 변화의 시기에 한민족은 일제에 나라를 빼앗기면서 근대화라는 황금의 기회를 놓쳤다. 1945년 해방은 됐지만, 한민족은 이 번영의 기회 또한 잃고 만다. 6·25전쟁으로 남북분단이라는 시련을 맞이한 것이다. 분단 극복에서도 한국은 타국에 뒤지고 있다. 독일은 분단된 지 50년도 안 돼 통일을 이루었다.

과거를 돌아보면, 변화의 시기마다 이 변화를 미리 알려주는 작은 신호들이 존재했다. 하지만 우리는 이 작은 신호를 알아채지 못하고 놓치고 말았다. 그리고 이 신호를 감지하지 못한 결과는 너무나 참혹했다.

나라를 빼앗기고, 남북이 분단되었으며, 통일한국을 아직까지 이루지 못하고 있다. 위안부 할머니들은 멍든 가슴을 치면서도 아픔을 호소할 때가 없으며, 이산가족들은 하루하루 헤어진 가족을 그리워하며 살고 있다.

이 작은 신호가 이머징 이슈다. 이머징 이슈가 발전하면 트렌드가 되고 트렌드가 지속되면 전 세계를 휩쓰는 메가트렌드가 된다. 신의 옷자락을 잡아채기 위해서는 정신을 집중하고 미래를 세심히 관찰하며 모니터링해야 한다. 미래가 어떻게 변하는지 한 발자국 떨어져 바라보며, 올바른 방향으로 나아가도록 지속적으로 행동을 취해야 한다. 신의 옷자락은 그것을 먼저 발견하는 사람이 잡을 수 있기 때문이다. 빠른 속도로 지나가는 '이머징 이슈의 옷자락'을 놓치지 않고 잡아채는 것이 바로 미래 디자이너의 책무다.

승풍파랑

"험한 인생길이여, 험한 인생길이여
수많은 갈림길에서 나는 지금 어디 있는가?
큰 바람을 타고 물결을 깨뜨리며 나아가는 날이 오리니,
구름 같은 돛을 곧장 펴고 드넓은 창해를 넘어가리라!"

— 이태백, 「행로난(行路難)」

이 시에서 '승풍파랑(乘風破浪)'이라는 사자성어가 나온다. "바람을 타고 올라, 거친 파도를 깨뜨리며 앞으로 나아간다."는 의미다. 바람은 미래가 주는 기회이며, 거친 파도는 다가올 위기다. 이는 "미래가 주는 기회를 잘 활용하여 다양한 리스크를 제거하며 우리가 원하는 미래를 만들어 나간다."는 뜻도 된다.

미래는 예상치 못한 '쓰나미'처럼 우리에게 위협으로 다가올 수 있다. 거대한 변화 앞에서 우리는 어떻게 행동해야 할까? 미래의 거대한 쓰나미에 맞서 싸우기보다 파도를 서핑하듯 헤쳐나가는 지혜가 필요하다. 승풍파랑과 같은 불굴의 용기를 가지고, 미래의 험난한 바닷길을 함께 뚫고 나가자.

YOLO

수없이 많은 환멸을 느꼈지만, 한 가지 더 알아야 할 게 있다.
삶의 이치를 알게 됨과 동시에 더 이상 눈물을 흘려선 안 된다.
순간순간 행복하게 살아야 한다.
당신이 인생의 주인이다.
인생을 즐길 줄 알아야 한다.

인생은 한낱 꿈이고
모든 건 사라지니까.

— 아르세리노 로드리게스(쿠바 시각장애인 가수)의 노래 〈인생은 한낱 꿈〉

온종일 찾아다닌 것이 바로 눈앞에 있는지도 모르고, 때때로 소중한 것들을 쉽게 잊어버리곤 한다. 주의를 기울이지 않으면 앞에 있는 미래의 씨앗을 놓치게 된다.

인생은 단 한 번뿐이다. 우리의 미래는 우리가 결정한다. "순간순간 현재를 어떻게 살아가느냐?"에 따라 미래가 정해진다. 현재가 모여 미래가 된다. 원하는 미래를 만들기 위해서는 지치지 말고, 순간순간 현재를 즐기면서 미래를 향해 도전한다.

'YOLO'는 'You Only Live Once'의 약자다. "인생은 한 번뿐이다."라는 의미다. 이는 단순한 영어 약자가 아니라 독일 사전 『랑겐샤이트(Langenscheidt)』에서 청소년 단어로 선정될 정도로 널리 알려졌다.

일, 사랑, 나 자신, 그리고 미래까지도 YOLO 해보면 어떨까?

"인생은 한 번뿐이다!
(You Only Live Once!)"

DESIGN FUTURES +

지구 속 여행

"만약 삶에서 태양이 사라졌다고 운다면,

당신의 눈물에 아름다운 별들은 보이지 않을 것이다.

(If you cry because the sun has gone out of your life,

Your tears will prevent you from seeing the stars.)"

— 아이슬란드 속담

프랑스 소설가 쥘 베른(Jules Verne)의 소설 『지구 속 여행』의 주인공인 리덴브로크 교수는 고문서에서 양피지 쪽지 한 장을 발견한다. 그 양피지에는 "스네펠스요쿨 분화구 안으로 내려가라. 대담한 여행자여! 그러면 지구의 중심에 도달할 수 있다."라고 적혀 있었다. 스네펠스요쿨은 아이슬란드에 있는 화산의 이름이다. 주인공은 용기를 얻어 화산 분화구를 통해 지구의 중심으로 내려간다.

아이슬란드는 얼음 땅이라는 이름을 가지고 있지만, 사실은 활화산이 여기저기에 부글부글 끓고 있는 나라다. 아이슬란드는 빙하와 추운 기후, 활화산이 많아 국토 대부분이 불모지다. 북대서양 한가운데에 있는 고립된 섬나라다. 이런 열악한 환경 속에서 아이슬란드인은 자연의 위대한 힘을 몸으로 느끼며 평생을 살아가고 있다. 척박한 땅에서 살아가는 아이슬란드 사람들은 삶의 고마움과 함께 사소한 곳에서도 느끼는 행복함을 항상 지니고 산다. 위대한 자연이 주는 소중한 교훈이다. 그래서인지 국민행복지수가 1위고, 전 세계에서 범죄 발생률도 가장 낮다.

아이슬란드인은 이미 미래 디자이너의 마음가짐을 가지고 있다. 아이슬란드 사람들처럼 서로에 대한 사랑과 감사하는 마음을 지니고 어떤 미래가 오든지 슬기롭게 극복하며 함께 미래를 만들어 가면 어떨까?

열정

미국 전기자동차 기업 테슬라의 CEO, '엘론 머스크(Elon Musk)'는 1주일에 100시간 일할 정도로 지독한 일벌레다. 전기자동차 '모델 X' 생산라인 끝에 책상을 놓고 일하며, 회의실에서 슬리핑백으로 쪽잠을 자는 모습은 흔한 일상이다. 엘론 머스크는 이미 갑부이므로 굳이 힘들게 일할 필요가 없을 것 같지만, '미쳤다'는 말을 들을 정도로 열정적으로 자기 일을 처리한다. 이런 '미친' 열정 없이는 우리가 원하는 미래를 만들기 어렵다.

열정은 긍정적인 감정과 에너지의 결합체다. 열정은 평범한 미래 디자인을 특별한 작품으로 만들어 주는 마법과 같은 존재다. 열정을 영어로 풀어보면, 두 단어로 나타낼 수 있다. 첫 번째는 'passion'이고, 두 번째는 'enthusiasm'이다. enthusiasm의 뜻은 바로 "내 안에 신이 존재한다."이다. 어떤 일을 하면서 잠깐 앉았는데도 여덟 시간이 금방 지나가고 정신없이 몰입하게 되는 과정을 내 안에 신이 존재한다고 표현한 것이다. 이처럼 열정은 열렬한 애정을 가지고 열중하며 끝까지 끈기 있게 해내는 마음이다. 사람들은 자신이 미래에 의미 있는 일을 하며 스스로 미래를 통제할 수 있다고 생각할 때, 그 일에 열정과 집념을 가지고 몰입해 최고의 성과를 창출할 수 있게 된다. 단순히 지시에 따라 일을 한다는 수동적인 입장이 아니라 자신이 주도적으로 미래 세대를 위한 일에 참여한다는 주인의식을 가질 때, 자발적인 열정을 가지고 미래 비전 달성에 몰입할 수 있다.

물은 99도에서 끓지 않는다. 여기에 1도만 더하면 100도가 되어 물이 끓는데, 많은 사람들이 99도에서 멈추고 포기한다. 미래도 마찬가지다. 미래에 대해 지속적인 관심을 가지며 열정을 가지고 포기하지 않을 때, 바람직한 미래는 우리에게 다가온다.

효와 미래 디자인

'황향(黃香)'은 동한 시대의 관리이자 이름난 효자다. 더운 여름날에는 부친의 잠자리 옆에서 부채질하여 서늘하게 잠을 재워드렸고, 추운 겨울날에는 자기 체온으로 이불을 데워 따뜻하게 재워드렸다고 한다. 신라와 고려 시대의 문인들 역시 황향의 효를 칭송했다. 효는 거창한 것이 아니다. '여름날 부채질, 겨울날 잠자리 데우기'처럼 사소한 보살핌이 진정한 효가 아닐까 한다.

미래를 디자인할 때도 '내가 더우니 다른 이도 더울 것'이라는 마음처럼 미래 세대에 대한 역지사지의 배려심이 중요하다. 또한, 행복한 미래 세대의 삶을 위해 '현재 내 어려움을 개의치 않는 희생의 마음', '수고로움을 마다치 않는 실천력', '미래 세대를 살피는 진실성.' 그리고 '이 마음을 행동으로 옮기는 의지'도 함께 필요하다.

DESIGN FUTURES +

SEIZE THE DAY

미래심 불가득

"과거심 불가득, 현재심 불가득, 미래심 불가득
(過去心不可得 現在心不可得 未來心不可得)."

— 금강경

이 말을 풀어보면 다음과 같다.
"과거라는 시간은 지나가 버렸기 때문에 가질 수 없고,
미래도 오지 않아 손에 잡을 수 없다.
현재의 마음도 한순간에 없어지기 때문에 얻을 수 없다."

과거는 이미 흘러간 시간이다. 되돌릴 수 없다. 미래는 아직 오지 않은 시간이다. 정해진 것이 없기 때문에 모든 것이 가능하다. 현재도 따지고 보면 순간순간 과거로 흘러간다. 과거, 현재, 미래를 정확하게 구분할 수 없다. 결국, 우리는 순간을 사는 것이다.

현재의 마음도 물과 같이 흐르며, 시시각각 변하니 붙잡을 수 없다.

밝은 미래를 만들어 가기 위해 현재를 깨어 있는 정신으로 온전히 살아가야 한다. 항상 감사하는 마음으로 현재 이 순간을 충실히 최선을 다해야 한다.

"순간을 어떻게 사느냐?"가 우리의 미래를 결정한다. 미래를 생각하며 사는 현재의 삶이 30년 후 미래 세대의 행복을 좌우한다.

사막화

"지구가 탄생한 후 인류만큼 극악무도했던 생명체가 존재했을까?"

지금도 인간은 먹기 위해 가축을 사육하고 도축하고 가죽을 벗기고 잡아먹는다. 멀쩡한 산에 터널을 만든다며 구멍을 뚫고, 산을 무너뜨려 평지로 만들어 그 위에 집을 짓는다. 수많은 오염 물질들을 땅에, 바다에, 하늘에 뿌리며 지구 생태계를 난도질한다. 원자력 폐기물은 인류를 보호한답시고, 지구 깊숙이 마구 쑤셔 넣는다. 이 폐기물들은 미래 세대에 엄청난 재앙으로 다가올 수 있다. 전염병 기미라도 보이면 수십만 마리의 가축을 눈 하나 깜짝하지 않고 살육한다. 이 모든 행동이 인류의 생존을 위해서가 아니라 단순히 편의 때문이다.

사막화는 오랜 가뭄과 과도한 개발로 숲이 사라지고 사막으로 변하는 현상이다. 자연적 요인인 가뭄과 인위적 요인인 무차별적인 산림 벌채, 화재, 과도한 경작지 개발, 산업화로 인한 환경오염이 복합적으로 작용하여 토지가 사막화되고 있다.

숲이 사라지면 지표 반사율이 증가하여, 지표면이 냉각되면서 온도가 낮아진다. 차가워진 지표면에는 건조한 하강 기류가 형성되어 강우량이 감소한다. 이로 인해 더욱 빠른 속도로 사막화가 진행된다. 사하라 사막에서는 연평균 10km 속도로 사막이 확장되고 있으며, 전 세계적으로는 600만 헥타르의 토지가 사막화되고 있다. 미얀마에서는 목재 수출로 해마다 26만 헥타르의 산림이 사라진다. 경작지 개간으로 매년 13만 4,000헥타르의 산림이 파괴되고 있다. 이 영향으로 최근 30년간 우기가 40일 정도 줄었다.

'사람'은 사막화를 재촉하는 가장 강력한 원인이다. 유엔은 지구 사막화의 원인으로 87%가 사람 탓, 13%만이 자연환경의 변화 때문으로 보고 있다. 사막화로 인한 피해가 확대되자 1994년 프랑스 파리에서 6월 17일을 '사막화 방지의 날'로 지정하고 사막화 방지 노력을 기울이고 있다. 사막화의 진정한 문제는 식량 생산 기반 그 자체가 파괴되는 것이다. 최악의 경우, 식량난으로 인간 사회가 크게 붕괴될 수도 있다.

살기 좋은 환경을 미래 세대에게 물려주려면 시민들이 한 가지씩이라도 행동을 통해 힘을 모아야 한다. 전기 사용을 줄이고, 에어컨 대신 선풍기를 사용하고, 일회용 종이컵을 없애고 대중교통을 이용하거나 자전거를 타든지 걸어가야 한다. 물건을 아껴 공장에서 제품을 생산하기 위해 발생하는 오염물질도 줄일 수 있도록 노력해야 한다. 이런 사소한 행동이 하나하나 모이면 미래를 변화시키는 힘이 된다.

미래의 내면

인간은 '티끌보다 작은 나노 세상'과 '태양계보다 큰 우주'는 헤아리면서 티끌보다 작고 우주보다 큰 '미래의 내면'은 헤아리지 못한다. 미래의 내면에는 인류와 함께 살아가고 있는 작은 미생물부터 동식물 그리고 미래를 이끌어 나갈 위대한 미래 세대가 있다.

인류가 탄생한 4만 년 전부터 우리 조상들은 이 아름다운 지구를 파괴하고 더럽혔다. 지구 표면의 온도는 섭씨 1.35도 정도 높아졌다. 해수면은 현재도 계속 상승하고 있다.

"지구에 사는 동식물들이 의사 표현할 수 있는 능력이 있다면 과연 현재 인류에게 어떤 말을 할까?"

"아직 태어나지 않은 미래 세대는 과연 우리에게 어떤 이야기를 들려줄까?"

말을 못한다고 해서 그들이 우리와 관계없는 존재가 아니다. 지구에 살고 있는 동식물은 인류와 함께 살아가는 공동체다. 미래 세대는 우리의 자손들이다. 아들과 딸, 손자와 손녀다. 지구 생태계의 위기는 이미 임계점(critical point)에 이르렀다. 지구에 함께 사는 동식물, 그리고 태어날 미래 세대가 무슨 이야기를 하는지 이제부터라도 귀 기울여보면 어떨까?

DESIGN FUTURES +

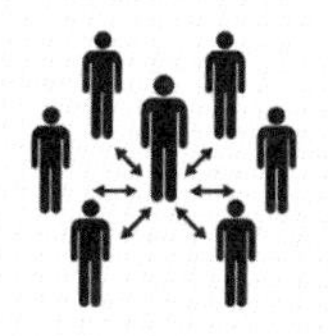

긍정적인 충격

"당신은 10년 후 미래에 어떤 사람으로 기억되고 싶으세요?"

'고고로'는 스쿠터 계의 테슬라(Tesla, 전기자동차 기업)라 불리며 '전기 스마트 스쿠터'를 개발하고 판매하는 기업이다. 전기 스쿠터 본체에는 80여 개의 센서가 부착되어 스마트폰 앱을 이용해 배터리 잔여량 등 각종 정보를 확인할 수 있다. 최고 시속 95km, 한 번 충전하면 160km를 이동할 수 있다. 고고로의 CEO '호레이스 루크'는 자신의 기업에 대해 이렇게 말한다.

"고고로는 돈이 아닌 다가올 미래 사회에 대한 충격에 집중한다. 진정 세계를 변화시킬 기술을 개발하는 데 모든 것을 투자하겠다. 고고로가 미래 세대에게 전달할 수 있는 긍정적인 충격을 기대하면서 말이다. 나는 고고로가 스쿠터 기업이 아닌 미래 에너지 기업으로 불리길 희망한다."

석유, 석탄, 원자력이 아닌 전기가 주동력이 되는 미래 에너지 네트워크를 비전으로 가지고, 미래 세대를 위해 연구개발에 모든 것을 투자하는 고고로 기업.

우리가 지금 하고 있는 모든 행동들이 미래 세대에게 직·간접적으로 영향을 미치고 있다. '긍정적 영향'인지 '부정적 영향'인지와 미치는 강도가 다를 뿐이다. 우리가 실천하는 작은 움직임이 미래 세대에게 긍정적인 영향을 미쳐 미래 세대가 행복한 미래에 살기를 희망한다.

미래 세대가 갑이다

최근 '갑을' 관련 이슈가 자주 나오고 있다. 세상 모든 관계는 동등하지 않은 비대칭이다. 사랑하는 사이도 더 사랑하는 사람이 있고, 덜 사랑하는 사람이 있다. 더 사랑하는 사람이 '을'이라면, 덜 사랑하는 사람은 '갑'이다.

현세대가 경제 성장과 발전을 위해 자연환경을 파괴하면, 미래 세대는 어쩔 수 없이 그 환경에서 살아야 한다. 이렇게 따지면 우리가 갑이고, 미래 세대가 을이다. 하지만 미래 세대는 남이 아니라 우리 자손들이다. 현세대가 미래 세대를 위해 아무리 노력한다 해도 현재 태어나지도 않은 미래 세대도 있어 그들이 우리에게 고맙다고 할 수는 없는 노릇이다. 이렇게 보면 우리가 을이고, 미래 세대가 갑이다. 인류의 생존 이유 중 하나가 바로 자손 번식이다. 자손 번식뿐만 아니라 후손들의 행복도 중요하다. 따라서 결론은 우리가 을이고, 미래 세대가 갑인 것이다. 갑인 미래 세대를 위해 그들을 사랑하고 그들의 행복을 위해 현세대가 좀 더 노력해야 하지 않을까?

미래 세대와 한 약속

1987년 일본에서 창업한 '피터팬'은 중소 제빵 기업이다. 이 기업은 어린이들이 미래를 이끌어 나갈 소중한 자원이라 생각하고 온갖 정성을 다한다. 어린이가 좋아하는 제품은 진열대의 높이를 어린이 눈높이에 맞추는 등 세심하게 주의를 기울인다. 피터팬은 작은 회사지만, 미래 세대를 가장 소중히 여긴다.

우리는 살면서 많은 약속을 한다. 그중에는 중요한 약속도 있고, 가볍게 던진 약속도 있다. 타인과 약속이 아닌 미래 세대와 약속을 하기도 한다. 과거 세대가 없으면 현세대도 존재할 수 없기 때문에 당연히 미래 세대도 존재할 수 없다. 하지만 현재는 과거 세대의 것이 아니며, 미래도 현세대의 것이 아니다. 미래는 미래 세대가 살아갈 터전이다. 밝은 미래를 만들기 위해 환경 보존, 기술 개발, 제도 정립 등 많은 체험과 경험에서 얻어지는 노하우와 정보를 전달하여 미래 세대가 행복해지도록 하는 게 현세대의 약속이자 의무다.

타인과 약속을 지키는 것도 중요하지만, 미래 세대와 약속을 지키는 것이 훨씬 더 중요하다. 아무리 보잘것없는 약속이라도 미래 세대와 한 약속은 미래 세대가 감탄할 정도로 정확하게 지켜야 한다. 신용과 체면도 중요하지만, 약속을 어기면 그만큼 서로 믿음이 약해진다. 지금 한순간의 편안함을 위해 미래를 포기하면서 현재와 타협하는 행동은 매우 위험하다.

매너는 몸가짐, 버릇, 태도 등 사람들이 행동하는 방식이나 자세를 말한다. 상대방을 존중해 주고 불편이나 폐를 끼치지 않고 편안하게 대하는 자세를 의미한다. 이제 우리는 '미래 매너(future manner)'를 가져야 한다. 미래 매너는 미래 세대에 대한 '관심, 배려, 존중, 성의' 등 현세대의 마음을 표현하는 것이다. 미래 매너에는 가식이 아니라 진정성이 있어야 한다. 관계에서 제일 중요한 가치는 진정성이기 때문이다.

아직 날이 맑을 때 우산을 준비하라

> "아프리카 차드의 어머니들은 가족들이 먹을 물을 얻기 위해 매일 10km 떨어진 차드 호수까지 걸어간다. 개간할 땅도, 가축을 키울 목축지도 사라져 가고 있다. 젊은 어머니들은 환경 난민이 되고 있다."
>
> — 힌두 우마루 이브라함(차드 환경운동가)

파리기후변화협정의 장기 목표는 산업화 이전 대비 '지구 평균 기온 상승'을 2도보다 상당히 낮은 수준으로 유지하고, 온도 상승은 1.5도 이하로 제한하는 것이다. 지난 20여 년간 이산화탄소 배출이 경제협력개발기구(OECD) 회원국 중 한국에서 가장 빠른 속도로 증가하고 있다. 1인당 이산화탄소(CO_2) 배출량이 5.41톤에서 11.3톤으로 110% 증가했다. 한국 1인당 석탄 사용량은 전 세계 석탄 소비 1위인 중국보다 많다. 또한, 미세먼지는 점점 심해지고 있어 한국은 '환경후진국'으로 전락했다.

미세먼지는 세계보건기구(WHO)가 1급 발암물질로 지정했을 정도로 심각한 문제다. 환경이 오염되면 그 속에서 살아갈 미래 세대가 겪을 고통은 상상할 수 없을 정도로 심각하다. 미래 세대를 위해 태양광, 조력, 풍력 등 신재생 에너지 비중을 높이면서, 석탄 연료 의존도를 줄여나가야 한다. 미래 세대에게 적어도 깨끗한 공기를 물려주는 것이 현세대의 의무가 아닐까?

DESIGN FUTURES +

COLLAPSE & NEW BEGINNING

붕괴 그리고 새로운 시작

우리가 세운 세상이 이렇게 쉽게 무너질 줄 몰랐다
찬장의 그릇들이 이리저리 쏠리며 비명을 지르고
전등이 불빛과 함께 휘청거릴 때도
이렇게 순식간에 지반이 무너지고
땅이 꺼질 줄 몰랐다
우리가 지은 집 우리가 세운 마을도
유리잔처럼 산산조각이 났다
소중한 사람을 잃었고 폐허만이 곁에 남아 있었다
그러나 황망함 속에서 아직 우리 몇은 살아남았다
여진이 몇 차례 더 계곡과 강물을 흔들고 갔지만
먼지를 털고 일어서야 한다
사랑하는 이의 무덤에 새 풀이 돋기 전에
벽돌을 찍고 사원을 세우고 아이들을 씻겨야 한다
종을 울려 쓰러진 사람을 일으켜 세우고

숲과 새와 짐승들을 안심시켜야 한다
좀 더 높은 언덕에 올라 폐허를 차분히 살피고
우리의 손으로 도시를 다시 세워야 한다
노천 물이 끓으며 보내던 경고의 소리
아래로부터 옛 성곽을 기울게 하던 미세한 진동
과거에서 배울 수 있는 건 모두 배워야 한다
지켜주지 못해서 미안하단 말은 그만하기로 하자
충격과 지진은 언제든 다시 밀려올 수 있고
우리도 전능한 인간은 아니지만
더 튼튼한 뼈대를 세워야 한다
남아 있는 폐허의 가장자리에 삽질을 해야 한다
우리가 옳다고 믿는 가치로 등을 밝히고
떨리는 손을 모두어 힘차게 못질을 해야 한다
세상은 지진으로 영원히 멈추지 않으므로

— 도종환, 「지진」

이 시는 '붕괴 그리고 새로운 시작'이라는 미래 시나리오를 잘 표현하고 있다. 붕괴가 일어나면 반드시 새로운 시작이 있다. 역사를 돌아보면, 인류는 어떤 위기에서도 그 어려움을 슬기롭게 헤쳐나가고 이겨냈다. 붕괴가 꼭 나쁜 건 아니다. 때로는 붕괴가 더 나은 미래를 탄생시키기도 한다. 지진으로 붕괴된 지역에 새로운 빌딩이 들어서 도시가 더 발전하는 것처럼 말이다.

'존 F. 케네디' 미국 전 대통령은 인류의 저력에 대해 다음과 같이 말했다.

"우리가 만들어 낸 문제들은 대부분 해결이 가능하다. 그리고 인간은 원하는 만큼 성장할 수 있다. 운명은 인간이라는 존재 위에 있지 않다. 인간의 이성과 정신은 불가능해 보이는 문제를 자주 해결해 왔다. 그리고 또 해낼 수 있다고 믿는다."

영화 〈설국열차〉에는 기상이변으로 모든 게 꽁꽁 얼어붙은 지구가 배경으로 나온다. 살아남은 사람들을 태운 기차 한 대가 끊임없이 달린다. 춥고 배고픈 사람들이 바글대는 빈민굴 같은 맨 뒤쪽 꼬리칸, 그리고 선택된 사람들이 술과 마약까지 즐기며 호화로운 객실을 뒹굴고 있는 앞쪽 칸. 열차 안 세상은 현재와 똑같이 절대 평등하지 않다. 뒤쪽 꼬리칸 사람들에게 바깥세상 사람들은 함부로 묻는다. "삶을 포기하고 싶지는 않았나요?" 하지만 그들은 포기하지 않고 끝까지 견뎌냈다. 수많은 고통을 참아낼지언정 포기하지 않는다. 이처럼 인류는 어떤 어려움이 있더라도 그것을 극복하고 더 나은 미래를 만들어 갈 수 있는 저력을 가지고 있다.

미래에는 과학문명이 강력해지며 오히려 과학문명을 악용하거나 남용할 우려가 커진다. 미래로 갈수록 그것을 견제하고 통제하기가 어려워진다. 소수의 과학문명 독점과 악용으로 미래는 크게 왜곡되어 전개될 수 있다. 또한, 환경 파괴, 자연재해, 바이러스 창궐 등 수많은 X 이벤트가 발생하여 인류 사회는 극단적인 파멸을 맞이할 수도 있다. 붕괴라는 미래 앞에서 일반 시민들은 한없이 나약한 존재다. 하지만 그 앞에서 아래의 시와 같은 인류애를 바탕으로 붕괴 사회를 이겨내고 새로운 시작을 추구할 수 있다면 그것은 인류의 미래가 밝아질 가능성이 남아 있음을 의미한다.

지진으로 도시 전체가 무너진 쓰촨 성의 한 마을
돌더미 밑에서 갓난아이 하나를 구해냈지요
누구네 집 아이인지 부모 중 누구라도 살아남았는지
맡기고 돌볼 곳이 있는지 그런 걸 먼저 확인해야 하는
긴 절차를 향해 아이를 안고 달려가다
그녀는 벽돌과 시멘트 더미 위에 앉아서
재가 뽀얗게 내려앉은
경찰 제복 웃옷 단추를 하나하나 끌렀지요
천막 사이를 돌며 의사를 찾거나
물 가진 사람 없어요 소리치기 전에
그녀는 젖을 꺼내 아이에게 물렸지요
놀람과 두려움과 굶주림으로 컥컥 막히는 식도
억눌린 어린 뼈와 상처 사이를 비집고 나오다
끊어지곤 하는 울음을 무엇으로 달래야 하는지
그녀는 더 생각하지 않았지요
먼지 묻은 땀방울인지 눈물인지
젖을 빠는 아이의 이마에 똑똑 떨어졌지요
가슴을 다 내놓고 폐허 위에 앉아
그녀가 아이에게 젖을 먹이는 동안
여진도 요동을 멈추고
우주도 숨을 쉬지 않은 채 잠시 그대로 있었지요
아직 살아 있는 모든 아이의 어머니인 그녀

— 도종환, 「젖」

DESIGN FUTURES +

CREATIVITY

창의적 인재

"내 학습을 방해한 유일한 방해꾼은 바로 내가 받은 교육이었다."

— 아인슈타인

주입식 교육으로 불리는 '지식을 암기하는 시대'는 끝났다. 과거에는 반도체, 전자, 조선, 자동차 등 선진국의 제조업을 따라가기 위해 모두가 똑같이 외우고 반복해 익히는 교육이 필요했다면, 이제는 창의적 인재를 양성하는 것이 중요해졌다. 한국은 자원과 자본이 둘 다 부족한 나라다. 우리에겐 인재가 제일 중요한 자원이다.

퍼스트 무버(first mover, 선도자)가 새로운 분야를 개척하면, 이를 벤치마킹해 1위 기업 제품과 기술을 빠르게 좇아가 더욱 개선된 제품을 싼 가격에 시장에 내놓는다. 이 전략을 패스트 팔로어(fast follower, 빠른 추격자)라 한다. 전에는 패스트 팔로어 전략이 통했지만 이젠 아니다. 급변하는 시장 환경 속에서 더 이상 '선진국 따라가기'만으로는 글로벌 경쟁에서 살아남기 어려워졌다.

인공지능은 컴퓨팅 테크놀로지를 기반으로 심리학, 철학, 인류학 등 인문학이 결합되어 탄생했다. 10~20년 후에는 인공지능처럼 융·복합 창의형 인재가 미래를 이끌어 나갈 것이다.

창의적 접근

기존 관행을 고집하며 단지 실수만 하지 않으려는 타성에 젖어 있거나, 단순히 선진국을 모방하려는 안이한 방식으로는 결코 미래 비전을 달성할 수 없다. 기존의 틀을 깨는 아이디어를 바탕으로 다른 사람들이 미처 생각지 못한 차별화된 미래 디자인으로 미래 판도를 바꾸려는 과감한 변화를 시도해야 한다.

사실 새로운 시도란 지금 하고 있는 일과 완전히 동떨어진 게 아니라, 현재 하는 일을 좀 더 세부적으로 제대로 이해하는 데서부터 시작된다. 미래 발전을 위해 무엇이 필요한지 찾아내는 통찰력만 있다면, 누구나 가능한 일이다.

"우리나라가 원래 이렇잖아?" 또는 "우리 사회는 어쩔 수 없지, 뭐." 라며 고정된 틀에 갇히는 대신, 미처 드러나지 않은 미래의 트렌드가 무엇인지 고민하다 보면 아주 특별하고 효과적인 아이디어를 도출해 원하는 미래를 만들어 갈 수 있다. 과거 성공 방식이 미래 사회에는 유효치 않다는 사실을 인식하고, 창의적 상상력과 유연한 사고를 바탕으로 더 나은 미래를 위한 새로운 접근을 시도해 보자. 남들이 생각지 못한 자신만의 독특한 가치를 창출하는 새로운 발상이 필요하다.

창의적 인재 양성

미국 MIT 니컬러스 네그로폰테(Nicholas Negroponte) 교수는 한국 교육에 대해 다음과 같이 말했다.

"정보 기술 분야에서 한국이 짧은 시간에 이룬 성과는 놀랍다. 그러나 한국은 굉장한 교육열에도 불구하고 어릴 때 받는 일방적인 교육제도가 아이들의 창의성을 파괴하고 있다."

미래 디자인에서는 새로운 프레임을 제시할 수 있는 창의적인 역량이 무엇보다 중요하다. 하지만 아직 한국의 교육 시스템은 창의적인 인재를 양성하는데 부족한 면이 많다.

주입식 교육에서 벗어나 어릴 때부터 STEM[32]에 흥미를 느끼고 우수한 인재로 자라도록 교육체계를 정비해야 한다. STEM의 네 가지 분야를 각각 떨어뜨려서 공부하는 것이 아니라 융합하여 하나의 새로운 학문으로 접근한다. 스티브 잡스도 "이제 더 이상 새로운 것은 없고, 존재하는 것들의 융합만이 새로운 분야를 창출할 수 있다."고 했다. 주어진 일만 열심히 하는 사람들로는 밝은 미래를 만들어 나갈 수 없다.

세계화와 신기술의 발전으로 이제 과거와는 차원이 다른 세상이 되었다. 창의적인 인재들이 수만 명의 사람들을 먹여 살린다. 기업에서는 제품이 아닌 플랫폼을 만들어 신산업 생태계를 창조하는 인재가, 미래 디자인에서는 문화, 과학, 기술, 산업 분야를 융합하여 시너지를 낼 수 있는 창의적인 인재가 필요하다. 창의적인 미래 디자이너는 미래 연구

---

32 과학(science), 기술(technology), 공학(engineering), 수학(mathematics)의 각 첫 글자를 의미한다.

에 대한 전문성을 보유하면서도 타 분야에 대한 이해도를 기반으로 미래 디자인을 균형 있게 구현한다.

한국이 세계적인 미래 디자인의 중심지로 우뚝 서려면, 교육 시스템을 제대로 갖추고 창조적인 우수 인재 양성에 힘써야 한다. 이를 위해 미래 디자인, 엔지니어링, 비즈니스 관리, 사회 변화, 트렌드 분석, 인문 고전, 커뮤니케이션을 결합한 창의·개방 중심의 융합 교육이 필요하다.

DESIGN FUTURES +

CHOICE

미래는 끝없는 선택의 연속

셰익스피어 대표작『베니스의 상인』에서는 친구의 빚보증을 서주었던 '안토니오'에게 위기가 닥친다. 친구의 배가 난파되자 보증을 선 안토니오에게 고리 대금업자 '샤일록'은 돈을 갚으라고 요구한다. 샤일록은 약속대로 빚을 못 갚은 안토니오의 살을 베어 가려 한다. 절체절명의 순간, 재판장은 "피를 흘리지 말고 살만 베어 가라."고 판결을 내린다. 답답한 가슴을 탁 트이게 하는 이 명장면에서 재판관의 의도는 "절대 살을 베어 가지 마라."는 경고였다.

미래도 끝없는 선택의 연속이다. '살을 베어 가되 피는 흘리지 않는 것'과 같이 한 가지 선택으로 모두가 행복해지는 '무혈입성의 미래'를 이루기는 쉽지 않다. 더 나은 미래를 만들기 위해서는 단 한 방울의 피도 흘리지 않겠다는 명분에 집착하기보다는 '가장 적은 피로 안토니오의 목숨을 살렸던' 슬기로운 지혜가 필요하다. 현세대와 미래 세대의 합의를 기반으로 한 신속하고 과감한 미래 비전과 실행 계획은 기본이다.

미래 디자인은 우리만의 문제가 아니다. 미래 세대는 직접적으로 우리가 만들어 가는 미래에 영향을 받는다. 우리는 과거, 현재, 미래까지도 미래 세대와 연결되어 있다.

미래 세대 공들이기

"너의 장미꽃이 그토록 소중한 것은
그 꽃을 위해 내가 공들인 시간 때문이야

하지만 너는 그것을 잊으면 안 돼
너는 네가 길들인 것에 대해
언제까지나 책임이 있는 거야

나에게는 나의 장미꽃 한 송이가
수백 개의 다른 장미꽃보다 훨씬 중요해

내가 그 꽃에 물을 주었으니까
내가 바람막이로 그 꽃을 지켜주었으니까
내가 그 꽃을 위해 벌레들을 잡아주었으니까

그녀가 불평하거나 자랑할 때도
나는 들어주었으니까
침묵할 때도 그녀를 지켜봐 주었으니까."

— 생텍쥐페리, 『어린왕자』

우리는 미래 세대에 좀 더 공을 들일 필요가 있다. 미래 세대의 행복은 우리의 행복과도 이어진다. "미래 세대에 공을 들인다."는 말은 우리 마음에 '미래 세대의 행복을 위한 진심', '밝은 미래를 미래 세대에게 물려주고 싶은 열정', '미래를 만들어 나가겠다는 능동적인 삶의 자세'가 담겨 있는 것이다. 미래 세대는 바로 미래 디자인의 핵심 요소다.

미래는 너 자신의 것이다!

"과거는 사신(死神)의 것이고, 미래는 너 자신의 것이다."라는 중국 속담이 있다. 사람은 인생에서 수많은 선택의 기로에 서게 된다. 무엇을 선택하든 결과가 좋을지 나쁠지 아무도 모른다. 사실 선택한 결과는 큰 의미가 없다. 중요한 것은 무엇을 선택하느냐가 아니라, 선택한 후에 "미래를 어떻게 살아가는가?"이다.

매사를 밝게 받아들이고 미래를 향해 한결같이 행동하고 노력하는 사람은 무엇을 선택해도 결국 "이것을 선택해서 좋았다."며 웃게 된다. 미래는 우리 자신의 것이므로 우리가 책임지고 미래 세대가 행복한 세상에 살 수 있도록 하나하나 만들어 가면 어떨까?

DESIGN FUTURES +

ONE DAY MORE

One day more

장발장: 하루 더!

(One day more!)

또 하루, 또 하나의 운명

(Another day, another destiny.)

이 끝나지 않은 고난의 길.

(This never-ending road to Calvary.)

나의 죄를 아는 듯한 이 사람들이

(These men who seem to know my crime)

곧 들이닥치겠구나.

(Will surely come a second time.)

하루 더!

(One day more!)

마리우스& 코제트: 오늘까지 난 살아있는 것이 아니었어.

(I did not live until today.)

우리가 헤어져서 어떻게 살 수 있지?

(How can I live when we are parted?)

내일이면 우리는 멀리 떨어지네

(Tomorrow you'll be worlds away)
그러나 당신과 함께 나의 세계가 시작되었네!
(And yet with you, my world has started!)
우리가 다시 만날 수 있을까?
(Will we ever meet again?)

자베르: 혁명까지 하루 더,
(One day more to revolution,)
싹을 잘라버리리!
(We will nip it in the bud!)
우리는 이 학생들에 대한 준비가 되었네
(We'll be ready for these Schoolboys)
그들은 그들의 피로 젖겠네!
(They will wet themselves with blood!)

장발장: 내일이면 우리는 멀리 가리,
(Tomorrow we'll be far away,)
내일이 심판의 날
(Tomorrow is the judgement day)
내일이면 우리는 알게 되리
(Tomorrow we'll discover)
하늘에 우리의 신이 준비한 것을!
(What our God in Heaven has in store!)
하루 새벽 더
(One more dawn)
하루 더
(One more day)
하루만 더!
(One day more!)

— 영화 〈레미제라블〉

누구나 아름다운 미래를 꿈꾸지만, 미래 비전은 제각각이다. 누구는 변호사, 누구는 의사, 누구는 공무원, 누구는 사랑을 꿈꾼다. 미래를 알 수 없는 인간이기에 우리는 나약한 존재다. 미래는 오직 신만이 알고 있다. 나약한 존재인 인간이 미래를 만들어 가기 위해서는 자신만의 '미래 비전과 핵심가치'에 따라 행동하면서 하루하루 최선을 다해야 한다.

내일이 우리의 마지막 날이라면 기분이 어떨까? 내일 지구가 멸망한다 하더라도 한 그루의 사과나무를 심는 사람이 있을까? 대다수 사람들은 사랑하는 사람들과 더 많은 시간을 보내려고 할 것이다. 영화 〈레 미제라블〉에서 "하루만 더!"를 외치는 것처럼 우리도 100세 이상의 무한한 삶을 꿈꾼다. 하지만 우리에게 주어진 시간은 한정돼 있다. 시간은 언제나 우리 편이 아니다.

> "날 수를 제대로 헤아릴 줄 알게 하시고, 우리의 마음이 지혜에 이르게 하소서.
> (Teach us to number our days, that we may gain a heart of wisdom)"
>
> — 『성경』 「시편」 90:12

『성경』의 「시편」에서도 시간의 소중함을 강조했다. "우리에게 남아 있는 아름다운 시간은 유한하다."라는 사실을 아는 지혜가 미래 디자인의 출발점이다. 시간의 소중함을 알고 미래 세대를 사랑하며 그들을 위해 나를 희생할 줄 알 때 비로소 우리는 현재만을 살아가는 이기적인 존재에서 벗어날 수 있다.

DESIGN FUTURES +

CORE VALUES

미래와 경쟁하는 가치

‘미래’와 경쟁하는 가치는 무엇일까? 가치가 경쟁한다는 의미는 ‘좋은 것과 나쁜 것’ 가운데 선택하기가 아니라, ‘더 좋은 것과 덜 좋은 것’ 사이에서 선택하기다. 이런 맥락에서 ‘미래’가 경쟁하는 가치는 ‘과거’가 아니라 ‘또 다른 미래’라고 볼 수 있다. 한 가지 미래만 디자인하는 게 아니라 ‘제2의 미래’, ‘제3의 다른 미래’, ‘제4의 다른 미래’ 등 다양한 미래를 상상한다.

다양한 미래를 서로 경쟁시켜 우리가 원하는 미래를 선정한다. 그런 후 이 미래를 위해 천천히 가더라도 하나씩 꾸준히 행동한다면, 원하는 미래는 바로 우리 것이 된다. ‘또 다른 미래’를 다양하게 만들기 위해서는 지금까지 우리가 당연하다고 여겨왔던 모든 것들을 다 버리고, 새로운 차원의 도전을 해야 한다. 개인의 굳은 결심만으로는 만들 수 없다. 미래는 우리 모두의 문제다. 모두가 한마음 한뜻이 되어 ‘또 다른 미래’를 만들기 위해 힘을 합쳐야 한다. 뭉치면 ‘미래에’ 살고, 흩어지면 ‘미래에’ 죽는다.

적당한 타협은 오히려 독이 된다

해결하기 어려운 문제가 발생하면 문제의 근본 원인이 무엇인지 알면서도 적당한 선에서 타협하거나 상대와 분쟁이 생길까 봐 미래를 생각하지 않고 대충 지나쳐버리는 경우가 많다. 그러나 '적당히', '대충' 하는 순간부터 암울한 미래는 시작된다. 급변하는 미래 환경 속에서 철저하게 배제할 필요가 있는 행위가 바로 안일한 타협과 담합이다.

타협이나 안일주의는 일시적으로는 편하다. 그러나 그것을 반복하는 사이 어느새 문제가 쌓여, 어느 순간 더 이상 어쩔 수 없을 정도로 커져 버리고, 미래 사회는 붕괴하기 시작한다. 이를 방지하려면 한순간도 '적당히', '대충'하지 않는 습관이 필요하다. 비록 어렵더라도 타협하지 않는 자세가 길러지면, 분명히 어느 순간 우리가 원하는 미래를 맞이할 수 있다.

사소한 것에도 관심 가지기

왜 우리는 세상에 유포되는 유언비어의 거짓을 눈치채지 못하고, 있는 그대로 받아들이는 것일까? 그것은 미래의 본질을 제대로 파악하지 못하고 있기 때문이다. 미래의 본질을 파악하는 데 특별한 능력이 필요한 건 아니다. 항상 '정말?', '왜?'라는 질문을 통해 비판적으로 생각하고, '미래 세대를 위해서'가 아니라 '미래 세대의 입장에서'로 시각을 바꾸면 된다. 판매자 중심에서 구매자 중심으로, 수요 과잉에서 공급 과잉으로, 인구 증가에서 인구 감소로, 지금은 세상의 모든 패러다임이 변하고 있다. 모든 사회 변화에 대해 '정말?', '왜?'라고 되묻는 습관을 몸에 익히지 않으면 미래의 본질을 놓치고 변화에 뒤처지게 된다.

반면에 항상 호기심을 가지고 미래 사회를 상상해 본다면 미래의 변화를 쉽게 알아챌 수 있다. 질문을 통해 궁금증을 해소하고 모든 현상을 새롭게 바라보는 습관을 들이면, 과거의 성공 경험에 얽매이지 않고 미래에 대응할 수 있다.

운동선수가 매일매일 거르지 않고 연습을 해야 실전에서 훌륭한 활약을 할 수 있는 것처럼, 매일 질문을 계속하며 미래의 본질을 파악하는 훈련을 지속해야 한다. 미래로 갈수록 사소한 이머징 이슈까지도 철저히 파고들어 고민하는 꾸준한 노력이 필요하다.

불이의 지혜

현실 세계는 여러 가지 사물이 서로 대립되어 존재하는 것처럼 보여도, 사실은 모두 고정되고 독립된 어떤 실체가 있는 것이 아니라 근본은 하나로 되어 있다. 이것을 '불이(不二)'라고 한다. 세상을 너와 나, 몸과 마음, 인간과 자연, 현세대와 미래 세대와 같이 이분법으로 바라보는 관점이 아니라, 모든 것들을 서로 다르지 않고 둘이 아닌 하나로 여기는 것이다.

사회 변화도 끊임없이 이어지므로, 서로 다른 것이 아니라 하나다. 현재의 세상은 너무나 복잡하고 무엇이 정답인지 정해지지 않는 사회다. 각계각층의 이해가 충돌하며 언제든지 폭발할 가능성이 넘치는 위험한 세상이다. 각박한 세상, 경쟁이 치열한 세상에서는 한 가지 일에 몰두하다가 정신적·육체적으로 극도의 피로를 느껴 이로 인해 무기력증에 빠지는 '번아웃 신드롬(burnout syndrome)'에 시달리는 사람들이 넘쳐난다. 조금만 건드리면 화를 터뜨리는 분노 사회다.

이 혼돈에서 벗어나, 더 나은 미래를 만들어 나가는 길은 의외로 간단하다. '여자처럼 생긴 남자', '남자처럼 생긴 여자', '한국을 선진국 계열로 이끈 기성세대', '한국의 미래를 만들어 나가는 미래 세대' 모두를 인정하는, '너와 나의 차이는 받아들이되, 둘은 결국 하나라는 것을 깨닫는 불이의 지혜'가 필요하다. 우리 함께 힘을 합쳐 미래를 하나씩 만들어 나가자.

에 필 로 그

흔들리며 피는 미래

흔들리지 않고 피는 꽃이 어디 있으랴

이 세상의 그 어떤 아름다운 꽃들도

다 흔들리면서 피었나니

흔들리면서 줄기를 곧게 세웠나니

흔들리지 않고 가는 사랑이 어디 있으랴

젖지 않고 피는 꽃이 어디 있으랴

이 세상 그 어떤 빛나는 꽃들도

다 젖으며, 젖으며 피었나니

바람과 비에 젖으며 꽃잎 따뜻하게 피웠나니

젖지 않고 가는 삶이 어디 있으랴

— 도종환, 「흔들리며 피는 꽃」

미래도 마찬가지다. 바람에 흔들리지 않고 비에 젖지 않고 만들어지는 미래는 없다. 시련과 고통을 극복한 후에야 비로소 우리가 원하는 미래를 만들어 갈 수 있다. 과거의 선조들도 다 바람에 흔들리면서, 비에 젖어가면서 우리에게 아름다운 대한민국을 만들어 주셨다.

바람과 비에 흔들리며 젖어도 우리 포기하지 말고 미래 세대를 위해 꿋꿋이 아름다운 미래를 만들어 나가자.

FUTURE
DECLARATION

D E S I G N  F U T U R E S

미래선언문

이것이 당신의 미래입니다.
(This is your future.)

미래에는 당신이 사랑하는 일을 하세요.
(Do what you love in the future.)

다가올 미래가 마음에 들지 않는다면, 지금 바꾸세요.
(If you don't like upcoming future, change it now.)

시간이 충분하지 않다면 시간을 헛되이 보내지 말고 미래를 위해 올바른 일을 하세요.
(If you don't have enough time, stop wasting your time and do the right thing for the future.)

미래에 대한 지나친 분석은 그만두세요.
(Stop over analyzing futures.)

미래는 단순합니다. 미래를 상상해 보세요.
(Future is simple. Imagine futures.)

새로운 미래들에게 당신의 마음과 팔과 그리고 가슴을 여세요.
(Open your mind, arms, and heart to new futures.)

미래에 우리는 다름을 통해 서로 함께하며 융합될 수 있습니다.
(We are united in our differences in the future.)

D E S I G N **미래선언문** F U T U R E S

어떤 기회는 단 한 번밖에 찾아오지 않아요. 그것을 준비하며 미래를 위해 그 기회들을 붙잡으세요.
(Some opportunities only come once, get ready and seize them for the future.)

미래에 대해 이야기해 보세요.
(Talk about futures.)

미래를 이야기할 때마다 새로운 미래들을 발견할 수 있을 거예요.
(Talking about futures will help you find new futures.)

모든 미래는 아름답습니다.
(All futures are beautiful.)

미래란 당신이 만나는 사람들, 그리고 그들과 함께 미래를 만들어 나가는 것입니다.
(Future is about the people you meet and future you create with them.)

그러니 어서 가서 원하는 미래 만들기를 시작하세요.
(So go out and start making preferred futures.)

당신의 미래 비전을 살아가세요.
(Live your future vision.)

그리고 그 미래를 함께 나누세요.
(And share your future.)